一粒子彈有多重

于懷岸・著

自序

今年四月，我陪上海和蘇州的四位作家、編輯朋友跑了湘西五縣一市，整個湘西自治州轄區七縣一市，只有龍山和瀘溪沒有涉足。不二門、邊城茶峒、保靖、王村古鎮，鳳凰古城、整整九天，我們沿著白河和沅水漫遊，一路放歌，一路豪飲，也一路侃文學和時事，聊沈從文文字裡的湘西，還有沒有文字的湘西的未來。幾乎所有的地方我都是故地重遊，但體驗和感受卻是全新的。四月十二日他們回去時，我給在火車上的《萌芽》老編輯孫文昌先生的短信回覆是：「我應該感謝你們，陪我在自己的故鄉跟自己談了一場戀愛。」

也許，這樣的表達不太準確，當時我只想強調我內心的那種震撼。這是我離鄉在外遊蕩了十多年之後第一次，也很可能是我四十歲之前的最後一次，在集中的時間內橫穿我的故鄉——湘西。此次穿越，不僅僅把我胸腔內的一顆在外面磨礪得粗糙和堅硬的心變得溫潤、軟柔起來，而且讓我真正找到了回家的感覺，一顆心落地了，安定下來了。是的，回湘西一年多來，我的心一直處於漂泊時的狀態，是不安的，動盪和懸浮著，現在終於在這片既是我肉體的故鄉更是我精神的原鄉的土地上落了下來。這片土地也以它寬厚的胸膛接納和擁抱了一個在外多年的遊子的回歸。

說湘西是我肉體的故鄉，那是因為我出身在這塊土地上，它是母親生我時流過血的地方。也是我的祖先流過血的地方。我生於斯長於斯，一直到十九歲，才去外面遊蕩；說它是我精神的原鄉，是因為我的寫作一直離不開湘西，這些年來，無論我遊蕩在這個國家的北方還是南方，堅定我寫作的信念和激發我寫作的靈感還是來自於我的湘西「母地」。我迄今寫下的近二百萬字的作品，幾乎都是關於湘西的或者是與湘西有關的文字。

湘西，是我文字的全部，也是我生命的全部。

而我回報過了這片土地什麼呢？

一聲歎息！

這部小說集《一粒子彈有多重》，都是關於湘西的故事。我自己把它們界定為歷史故事。所謂的歷史，就是「過去時」，是已經發生過的事件。這部小說集講述的就是那些遙遠的歷史和剛剛發生不久的歷史。從開篇的〈一粒子彈有多重〉主人公外公出生開始，到終篇的〈在風中掉落〉主人公劉大春曝屍荒野止，正好一個世紀。一百年，這是好幾代人的生存史，也是他們活命的掙紮史，更是一個地方的政治、文化、經濟，倫理等等的變遷史。雖然我選取的僅僅只是貓莊這樣哪怕是在湘西地圖上也找不到一個點的只有幾平方公里的小小的村莊，歷史同樣在那裡風雲集會過、最重要的，是村莊裡的那些人，這才是我的關注點。我關注的是他們的命運，他們的喜怒哀樂，他們的榮辱得失，儘管他們中有些人，宿命般地註定了悲劇性的結局，而另一些人則永遠走不出那片土地，只能在那裡生生不息，奮鬥不止，更有一些人，他們抗爭過，吶喊過，但聲音根本傳不出去，被貓莊周圍的山嶺彈了回來……

再聲歎息！

輯入這部集子的五部中篇，最早的〈屋裡有個洞〉寫於上世紀九十年代中期，最遲的〈一座山有多高〉寫於二〇〇八年，前後歷時十多年，是我公開發表的十部中篇精選出來的五部，其中的〈一粒子彈有多重〉、〈屋裡有個洞〉和〈貓莊的秘密〉等都是我的珍愛之作，如今我再重讀這些篇什，它們既令我些許地欣慰，也讓我無比地感傷。它們有的是我在鄉下老宅的煤油燈下寫成的，有的是在漂泊的途中完稿的，有的則寫於寒冷湘西的冬夜，也有的成稿於廣州炎熱的夏天。它們見證了我的那些逝去的歲月，見證了我那時的生存狀態，也記錄了我那時的思想、學識和筆力。思想、學識和筆力，通過學習、思考也許還可以更上一層樓，而那些青春歲月，是再也回不來了。

三聲歎息！

最後，我要說的，不再是歎息，而是感謝。感謝我已經故去二十二年的祖母廖楚英，她在我童年時給我講的故事讓我寫成了處女作小說〈斷魂嶺〉，並走上了文學創作的道路，在這本書裡，同樣也有我從她那裡聽來的故事；感謝我的父親和母親，在我年輕的時候，每次從異鄉回家挎包裡裝的是脹鼓鼓的稿紙而不是鈔票，他們毫無埋怨；感謝這麼多年來幫助我鼓勵我的編輯老師和朋友，是他們使我從一個種地的農民變成了一個種植文字的作者；感謝秀威出版公司，以及我的責編與各位同仁，是他們使得我的第一部中篇小說集能夠順利出版問世。

我衷心地希望臺灣的讀者朋友們能喜歡這本書。

于懷岸

辛卯年七月初五凌晨草就於湘西

目次

一粒子彈有多重

一個士兵要不戰死沙場，便是回到故鄉。
——沈從文

1

外公第一次殺人是在完全無意識下進行的。但他最後一次殺人卻是經過精心準備，可以說處心積慮地要殺死這個人。

這個人不是別人，正是他自己。

要說一個人殺死自己並不難，簡直太容易了，只要他下定決心不想在這個世界上活了。在我們那裡，那些年也確實每隔不久就會有一個人自己弄死自己，方法多得很，上吊、跳崖、投河、撞牆、吞鴉片、咬舌頭、抹脖子等等，不一而足。每一種方法都簡便快捷，易於實施，而且沒有多少痛苦，但外公卻不屑於凡此種種，他心裡一定認為這些死法太平淡無奇，死得像阿貓阿狗一樣，死得不壯烈，不足以撼人心魄。

這樣的死法跟他的身分不符。

外公給自己設計的死亡方式其實非常地簡單，就是難以實施：一粒子彈穿透胸膛！外公要的是一種轟轟烈烈的死。更準確地說，他是要死得像一個軍人的樣子。外公曾經是軍人，他到死都認定自己是一個軍人！

軍人有軍人的死亡方式。

軍人最好的歸宿就是戰場，戰場湮滅一個軍人的肉體，成就一個軍人的光榮和輝煌。沒有死在戰場，是外公此生最大的遺憾，新政權成立後再沒戰場可上的外公只能選擇讓一粒子彈穿透胸膛，舍此別無它途能讓他死得像軍人的樣子。

子彈是現成的，外公隨時隨身地帶在他的身上，可是他找不到槍。不僅找不到一把真正意義上軍人用的手槍或者步槍，甚至是他小時候打獵用的那種自製的土槍也找不到。那時新政權剛剛成立沒幾年，政府正在我們這一帶大力地剿匪和拚命地鎮壓反革命，每家每戶的獵槍都自動上繳或者是被搜查上去了，以至於坡地上的野豬、土獾、白麵（果子狸）、狐狸成群結對，玉米花生年年幾乎沒得過三成以上的收成，就是寨子中央的稻田裡也常有野豬、土獾、狐狸出沒，把莊稼拱得稀巴爛的。那些野東西大搖大擺地走在田埂上，像放養的雞鴨一樣步履從容。新政府可能也是沒有辦法，那時我們那裡幾乎家家戶戶都有人在做土匪，或者曾經做過土匪，稍一不慎這些人就會拖槍集結，呼嘯山林，以至於後來還規定了鐵匠舖裡打造任何一件鐵器都得向工作隊匯報。外公一定很後悔沒有在來貓莊時偷偷地帶一把手槍過來，悄悄地埋在木屋的奠基石下或藏在屋樑縫裡。

我見過外公那粒子彈。

那是一粒黃得耀眼的圓錐形的東西，差不多有一寸長。確切地說，它不是一粒真正意義上的子彈，只是一粒彈頭。作為一粒子彈，它已經在某年某月某日的某一刻完成了它的使命，從槍膛裡射出去了。但外公還是把他叫做子彈。我不可能明白外公把這粒彈頭叫做子彈的真正用意，因為那時我太小了，才五六歲，對整個世界既感到新奇無比又顯得懵懂無知。我不是一個早熟的孩子，甚至根本就分不清子彈和彈頭的區別，我只知道這粒黃得發亮的東西跟槍有關，能殺死人。我還知道外公相當地喜歡這粒子彈，除了我誰也沒有見到過它，包括外婆和母親。人們都不知道他身上帶有這麼一粒子彈。外公常常只在沒人的時候把玩這粒子彈，他有時候把它靜靜地放在掌心裡欣賞，有時候又緊緊地攥著它，攥得滿手是汗，他還會在有時候把它拋向空中，然後再穩穩地接住它。這多半是在天氣晴好，有強烈的陽光，而外公又是坐在他家院子的土坪裡時。那粒子彈升空後在陽光裡會幻化出許多道七彩的光芒，格外耀眼。起初我和外公一起隨著子彈的運行軌跡盯著看，但子彈上升到一定的高度後那些七彩的光芒就會霎時散射出來，我就得趕緊閉上眼睛，等我睜開了眼，看到子彈已經靜靜地臥在了外公的手心裡，像睡熟的嬰兒一樣的安靜。

這讓我感到莫名地驚詫。

更多的時候，外公是把這粒子彈拿在手裡反覆不停地掂量，讓它在他的掌心裡不停地顛簸和舞蹈。若是單手的話，那一定是右手，他有時也用雙手來顛簸，讓這粒子彈從右掌心裡跳到左掌心裡去，然後再從左掌心裡跳回右掌心裡來，樂此不疲。外公這麼掂來掂去的當然不是為了好玩，他不是一個孩子，玩只是手段，肯定不是目的。我曾經問過外公，一粒子彈有什麼好老掂來掂去的？外公神色凝重地告訴我，他那是在稱那粒子彈的重量。說的時候他的兩隻本來顯得空洞茫然的眼睛會突然閃爍出雪亮的光芒，但他的臉上卻像掛著一副千斤重的石磨，沉沉的，一派莊嚴肅穆。

說完，外公又會自言自語地問：

一粒子彈到底到多重？

我以為外公是問我，就搖頭說不知道。

外公又把子彈在手心裡顛簸起來，掂量了幾下，眼睛裡的光芒漸漸地黯淡了下去。

你可以用秤稱一下，我比劃著提醒外公。

沒那麼大的秤，外公也搖了搖頭。

我不解地給他打手勢，為什麼呀？秤什麼都能稱的。

一粒子彈就是一條人命，外公歎息了一聲，傻孩子，人命能稱嗎？

我就呆呆地望著外公。

外公的話我更是不懂了。大人們說的話有時候高深莫測，有時候又是莫名其妙，我沒少領教過，也就不去多想外公這話是什麼意思。就是想也是想不明白的。

外公在把玩這粒子彈時常常一玩就玩著迷，一個上午或者是一個下午就坐在土坪上，一動都不動。但只要四周稍微一有響動，外公就會把子彈迅速地收藏起來，動作相當地麻利，看不到一點老年人的遲鈍。只有一次，外公玩得實在是著迷了，駐貓莊工作隊的向隊長推開院門進來時，他正把那粒子彈拋向空中，子彈在上升的過程中向隊長已經走進土坪裡來了，外公要是再用手接住的話，那肯定就得暴露，但他卻沒有一點慌亂，鎮定地一張嘴，仰頭間就讓子彈準確地落入了他的口裡。

向隊長只覺得眼前一花，驚奇地問外公，你那是什麼東西呀，嘿嘿，有點花眼睛？

外公平靜地說，是一粒蠶豆。

說完還嚼得嚓嚓作響。

是嗎？向隊長將信將疑的，卻也不再追問了。

我就是從那天起十分地崇拜外公的。我佩服外公的鎮定、機智，也佩服他的敏捷的身手。我那時已明顯地感覺到了外公是有什麼來歷的，我覺得外公的這些本能仿佛是與生俱來的，他不可能是一個跟我們貓莊大多數老頭兒一樣的平凡的老人。但對於外公的身世，在我們貓莊卻是沒有一個人知曉的，除了外婆和母親。貓莊人只知道，外公一家是解放前從幾百里外的一座縣城裡搬來貓莊的。外公一家初來貓莊時就告訴人們他們以前是住在幾百里遠的一座縣城裡，在那裡他們家既沒有深宅大院，也沒有店鋪傭人，只是住在下河街的一棟破房子裡，外公給船老大當水手，外婆幫有錢人家縫縫補補，一家人聊以糊口度日。既然唯一的女兒嫁到了貓莊，就過來幫親住，人老了，沒力氣吃水上飯了，又沒積蓄，只能涎著臉皮投靠女兒女婿養老送終。包括對父親也是這樣說的。貓莊人也都深信不疑。外公長著一副粗膊長腰，身體結實，臉是古銅色的，全身的皮膚也是古銅色的，一看就知道沒少日曬雨淋過，外婆雖然生得小巧美麗，卻穿得十分樸素，常年只有兩件細花滿襟衣替換，看不出她過過富裕日子的痕跡。而且他們是在沒解放就搬來了，那時城裡還是有錢人的天堂，貓莊人相信外公一家真要是什麼城裡的有產階級就不會把女兒從城裡嫁到鄉下來了，更不會從城裡搬到鄉下來住，世界上連老鼠都不會從米桶往糠桶裡跳，更況且是人。外公和外婆看起來也不像是一對傻子。

至於是哪一座縣城，他們也不說。

其實這一切都是假像，是外公早就擬好了的說辭。外婆和母親不過是按他教的背誦給別人聽罷了。至於他們為什麼不說是從哪個鄉下來的，我想這就是外公的聰明之處了，城裡人和鄉下人的舉止動作，還有生活習慣總是不同的，明眼人一看就知道，反而讓人生疑。

關於外公外婆的的身世，後來我才曉得就是母親知道的也不多。外公常年在外行軍打仗，她長到十八歲前還沒跟他父親待上過十八個整天。至於外公的種種經歷，有許多甚至連外婆也是不知道的。至少，外婆知道的不會比我更多。

我之所以能夠知道這些，是外公親口對我講述的，到我能聽懂他說話時，他都給我一一述說過。需要說明的是，不是他特別地信任我，也不是因為我年紀小，能夠為他保密，而是因為我是一個啞巴。耳聾才會啞，這是常識，外公其實是以為我聽不到他說的那些話。我在兩歲半那年害了一場傷寒夾痢疾的大病，病了整整半年，看過不少於一打的醫生，吃了好幾籮筐中草藥，不曉得是吃錯了什麼藥，病好後就再聽不見聲音說不出話了。全貓莊所有人都認定我成了一個啞巴，沒有任何一個人知道我從四歲那年就開始慢慢地恢復了一些聽力，只是一直把話說不圓，咿咿呀呀的。我是只啞不聾，而且因為只能聽不能說，我的記性就特別地好，很多那時聽到的東西至今仍還記得很清晰。

多少年後我才明白，其實外公並不是講給我聽的，他是講給自己聽的。外公這是在回憶。我現在也到了外公當時的年紀，但一直都在抗拒回憶，我堅信一個人開始不停地回憶，那就證明他已經老了，或者是他已經決定要死了。

外公顯然是兩者兼之。

2

十六歲之前，外公一直生活在離我們貓莊三百多里遠的一個叫做塔沙的小山村裡。那個地方屬於鳳凰縣。跟我們貓莊不僅不同一個縣份，中間還隔了兩座縣城。塔沙也叫做他殺，是一種土語，據說意思是有山有水的地方。在一條長長的峽谷裡，一邊是陡峭如同刀削的山崖，崖下有一條河流，河不大，當地人卻把它叫做沱江，河水清澈得能見到河底的水草和游魚，另一面也是大山，山勢要舒緩一些，一座挨著一座，一座山下就是一個寨子，每個寨子都不大，也隔得不遠，房子一律是青瓦的吊腳木樓，被河流連起來，像是遺失在峽谷裡的一串黑珍珠。

當年的塔沙在峽谷裡算是一個不小的寨子，有近百戶人家。寨子裡的人主要靠種地和打獵為生。外公家是整個峽谷裡少有的富戶，峽谷裡兩三萬畝的土地，他家最少占了三分之一，家境殷實。外公的父親，也就是我的外老太，在外公六歲那年就把他送進了私塾學堂。外公天資聰慧，過目不忘，但他對唸書卻是一點興趣也沒有。他最感興趣的是跟著塔沙人上山打獵。因此常常逃課去打獵。十一歲那年，他就自己組裝了一桿獵槍，扛起它滿山滿嶺地尋找獵物，身後跟著他的先生，一個翹著一撮花白山羊鬍子穿一件灰色長袍細高乾瘦的老頭兒。老先生已經給我外老太告過多次狀了，他們也嚇唬過他，但無濟於事，外公依然我行我素，喜歡哪時上山去打獵哪時就去。外公是聽不得山上野物叫的，一聽到就溜出去了。他的那桿自己組裝的獵槍就是上學也是扛在肩上的，聽課時也要把它抱在懷裡。老先生制止過他多次，但外公根本就是一個「不聽講」的孩子，老先生就只好一次次硬著頭皮到我外老太那裡告狀。

老先生最後一次去找我老外太時，老外太生氣了，說你一個六十多歲的老先生真管不了一個十來歲的小孩嗎？管不了乾脆結帳走人。那個私塾學堂是我外老太出資辦的，他有權隨時更換一位先生。所以那位老先生只好跟在外公的屁股後面不停地勸說他回去念書。他手裡拿著教板，是一塊大山竹片，卻從不敢落到外公手心裡去。外公小名叫六一，也就是說他是在他父親六十一歲那年出生的。我外老太一生中娶了不少於四房太太，生了不下一十一個女兒，最後才在六十一歲的高齡上得來外公這一根可以傳宗接代的獨苗，可見外公金貴到了什麼程度。我外老太把他捧在手裡怕飛含在嘴裡怕化，豈是先生能打的。在山上轉了幾圈，回來時，往往是外公還扛著槍，老先生卻成了他的僕人，給他提著一大串野雞、兔子，白麵，甚至還有細小的連老獵人也打不著的麻雀，沉重得老先生不僅滿頭滿臉汗水，腰也累彎下去了。而且這一彎就彎到我外老太解聘他時也沒直起來。

回來後，就連先生也不得不承認外公將來必會成為一個優秀的獵手，他甚至直言不諱地對我外老太說，若是你捨得讓六一去從軍，他將來肯定能成為一位將軍。

我外老太沒說什麼，狠狠地盯了老先生一眼。老先生趕緊噤聲了，他看出了我外老太的臉上寫滿了對他唯一的兒子前途的憂慮。

外公就這樣三天打獵兩天念書，過得其樂融融的。換了好幾個先生後，書也不唸了。改朝換代不久鳳凰縣城裡有了新式學堂，我外老太是個圖新鮮趕時髦的人，剪了辮子後就把兒子送去了新式學堂，想讓他接受新式教育，然後謀個一官半職。但第三天外公就跑回了塔沙，縣城沒野物可打，外公憋得發慌。

外公長到十六歲時，已經是塔沙遠近聞名的一名優秀的獵手了。這同他大少爺的身分有點不符，但卻是事實。外公不但練就了一手百步穿揚、彈無虛發的好槍法，而且在奔跑、跳躍等等項目上也是無人能及的，據說現在的塔沙仍在流傳著外公奔跑起來能夠活捉一隻雄壯的公鹿。

外公十六歲這年的秋天，一夥土匪來塔沙搶劫。在那個年代，我們湘西到處都是土匪，鳳凰縣也不例外。人們已經習以為常了。雖然塔沙家家戶戶都有獵槍，但沒有誰想到過他們需要反抗，土匪一來他們就跑。外公一家也一樣的，他們甚至比別人還要跑得快。因為土匪抓到他們家的任何一個人，那就是釣上了一條大魚，是要勒索一大筆贖金的。為此，他們家還專門請有幾個更夫，更夫的主要職責不是打更報時，而是日夜待在河崖的最高處望風，一有土匪來犯就鳴鑼報信。大鑼一響，全寨都聽得見。土匪來塔沙也只有兩條路可走，不是從東就是從西，路沿著河岸。守在河崖上的更夫能盡收眼底，所以還從未失過職的。

每次大鑼一響，不管白天黑夜，外公拔腿就跑。跑得比誰都快。年邁的外老太自然是不要他管，他有兩個轎夫抬。

但這一次外公不想跑了。也許是這些年來每一年都要跑幾次，這種「躲土匪」遊戲他玩膩了。

也許是他的哪根筋擰了，倔脾氣上來了。一個人人寵愛、嬌生慣養的孩子總是脾氣倔的。外公在那時就是屬於這樣的。總之，他跑了一段路後就不想跑了。那時他都還沒跑出寨子，就在一戶人家的坪場上一屁股坐了下來，那個坪場裡剛好放有一把竹椅，他就像走累了需要歇腳一樣隨便地坐在了椅子上，把他的獵槍放在膝蓋頭上。外公走到哪都是要帶上他的獵槍的，包括裝火藥的水牛角和裝鐵馬子的豬尿泡袋子。

寨子裡的人都跑光了，外公就一直坐在他那家人的天坪上，雙手抱著他的獵槍，一動不動。

小半個時辰後，土匪們來了。

外公說他第一次殺人比任何一次殺死一隻野獸的距離都要近。大概還不到五米遠。那家人的天坪有一截低矮的土牆，第一個被外公打死的那個土匪如果不是因為大意的話，他是應該看得到坐在天坪裡的外公的，也能夠看得到他手裡有槍。但他就是大意了，大意的原因很可能是他曾多次來過塔沙搶劫，而從來沒有遭遇過抵抗。

外公一看到土牆外顯現出了一顆陌生的人頭和一桿標直的槍管，想也沒想就抬起槍口朝那顆頭顱放了一槍。這麼近的距離外公那麼一個優秀的獵手怎麼有可能失手呢，那一槍準確無誤地打中了那個土匪的太陽穴上方。

與平時打獵不同的是，這一次外公沒有聽到他自己的槍聲，他只是在一片升騰而起的藍色煙霧中看到那人的頭顱上開出了一朵很大很豔麗的血花。那朵血花在開放之後差不多有一半越過土牆濺到天坪裡來了，外公甚至感到他的臉上有了星星點點的熱度。外公想這人怎麼會比野獸的血還要多，要有勁一些，飆得那麼高那麼遠。

外公一下子也愣住了。

聽到槍聲，土匪們馬上圍了過來，外公聽到土匪們呱呱的叫喊聲和踏踏的跑動的腳步聲，一下子就清醒過來了，他知道他闖禍了。他立即就往屋裡躲。塔沙人躲土匪跟走親戚不同，出門時都是從不關門落鎖的，就敞開著。土匪來怎麼鎖也沒用，一腳踢爛了還得費木料修整。

外公剛一關上大門，用大木栓杠死，外面的土匪已經倚在土牆上朝他放排槍了。幸虧土匪們手裡也是自製的土槍，打不穿那塊薄木板做的大門。外公就躲在窗戶下反擊。由於外公一槍一個准，他的槍一響，就得有一個人的頭顱上開出一朵很大很好看的豔麗的紅花，土匪們也不敢貿然衝進去。其實外公放過一槍後，填藥、裝彈的時間很長，差不多要有一分鐘之久，土匪們完全有機會利用這段充裕的時間衝進屋去活捉了外公。外公自己很快也想到了這一點，他感到這個遊戲不好玩了。再玩下去他就必死無疑，時間長了土匪中總會有人想到利用這個空隙的。外公想到了跑，他從後窗跑進了屋後的那片樹林裡。一進樹林，那裡就是外公的天下了，他輕車熟路的，一下子就跑得不見蹤影了。

外公逃到山上後看到他們寨子裡濃煙滾滾，他知道那些土匪們因為抓不到他就拿寨裡的房屋出氣了。外公從那天起也就不敢回家了，他翻過了幾座大山，然後再轉到沱江邊，沿沱江到了鳳凰縣城。

半年後，外公才從一個塔沙鄉親那裡知道，他那天打死了三個土匪，土匪們也燒光了塔沙幾乎所有的房屋。他還知道了我外老太為了給他了結這樁三條人命的樑子，不僅花光了多年的積蓄，還賣掉了三千多畝上好的水田。據說僅黃金白銀就被那夥匪徒拉走了整整一牛車。我老外太一擺平這件樑子，就吐血而亡了。他早在曉得外公打死人的那天就咯了一大碗血。

知道後外公也沒有回鄉去。那時他已經從軍了，隨部隊開拔去了外地。

他這一走，走進了整個中華民國的血雨腥風裡。

3

外公家也住在貓莊的，跟我們家不是一個自然村，是兩個寨子。他們住的那個寨子叫烏古湖，離我們家有二三里路，要翻過一個全是墳地的大土包。穿過這片墳地，進入一個小峽谷，兩邊也是山，山下有一條小河。外公家就在小河邊上，門前的河水就順著峽谷流淌。不過這條峽谷和河流都沒有經過我們貓莊，峽谷就在墳地的大土包那裡打止了，變成了開闊的坡地，小河在土包後面轉了一個大彎，從另一個寨子流走了。

當初，父親母親不同意外公一家定居烏古湖，雖然同屬於一個行政村，但畢竟遠了，外公外婆年紀一大照顧起來就不方便。但外公心意已決，誰都勸不動他，他的理由聽起來似乎也很充分，他說親戚住近了反而不好，不說久而久之會相互產生矛盾，就是你們小倆口吵個架都不方便，怕傷這邊怕傷那邊的。母親一聽外公說跟她是親戚，眼淚就涮涮地流了下來。其實外公的理由絕對不充分。父親是一個老實巴交的農民，老實到了三天屙不出兩個屁的程度，能娶到母親這麼一個漂亮如天仙又唸過書的城裡老婆他就是活五輩子也滿足了，在我們家裡從來就是母親說了算，父親只有無條件地堅決執行母親的吩咐，抗命不遵這樣的辭彙根本就不可能在父親的字典裡出現。據說，父親在初婚的那幾年裡連惹母親臉紅的膽子也沒有，他們又何來吵架呢？

顯然，它只不過是外公的託辭罷了。真正的原因遠比這個託辭要複雜的多，譬如烏古湖太像他的故鄉塔沙，勾起了外公的鄉愁；譬如烏古湖比貓莊更要偏僻，有利於避世。等等等等。但有一個更加重要原因肯定起了不小的作用，那就是外公不敢面對母親，他怕天天看到她那雙哀怨的大眼睛。

在強迫母親嫁給父親這件事上，外公自知理虧。

無論從哪一方面考察，父親是絕對配不了母親的。如果沒有外公的專制和壓迫，母親也絕對不會嫁給父親，他們相差得太遠了，就像一個是天上的織女，一個是地下的牛郎，本來是神話故事裡才會發生的事情，偏偏就讓母親碰上了。母親直到現在依然覺得她這輩子最虧的就是嫁給了我的父親。她曾經反抗過，但被外公，一巴掌搧得臉上起了五個血印子。母親在六十歲之前一直都對她嫁給父親感到耿耿于懷，多次說過她一個城裡的女學生嫁給一鄉下的農民過了一輩子窩窩囊囊的毫無情趣的生活實在是死不甘心。母親曾經給我說過她年輕時眼光高得很，在師範學校裡就有很多人追求她，她一個也看不上。她那時喜歡畫畫，畫油畫，每天傍晚都坐在鳳凰城的城牆上畫天空中的晚霞，畫夕陽下著火似的瓦屋和塔樓，也畫沱江中那一排灰暗的高高低低的跳岩，色彩一律塗得波濤洶湧。母親說她那時最大的夢想就是去法國的巴黎，在藝術之都的塞納河邊寫生作畫，在全世界最浪漫的香榭麗舍的林蔭道上和心愛的人手挽手散步。母親說她甚至什麼都想到了，但就是沒有想到她會和像父親這樣一個窩囊的農村男人生活一輩子做了一輩子的家庭婦女。所以，母親這一輩子都在後悔不該有一九四八年冬至那天陪同她父親的貓莊之行。

那一天的大雪在母親的心靈裡下了整整半個多世紀，冷得她骨頭到現在都還生疼生疼的。

母親是陪同外公一起到貓莊來掃墓的。冬至掃墓這在古書上也是有記載的，在我們那裡清明去墓地叫做掛清，冬至節才是真正的掃墓。當然外婆也一同來了。母親本來是不想來的，她快期末考試了，說是想好好複習一下，但被外公一句話就否決了，外公說兵荒馬亂的，我看書就不要念了。母親一聽這話就心驚肉跳，因為外公向來是說一不二的。他說讓她兩個哥哥去當兵，兩個哥哥就真的棄筆從戎扛起了漢陽造，在他手下當了兵。兩個哥哥都是文弱書生，並不見得熱愛行軍打仗。最後兩個哥哥還沒穿上兩個月軍裝，在同一天躺在兩副黑棺材裡被運了回來，大哥那年才十九歲，二哥還沒滿十八歲。他們兄弟倆先後只隔一天死在了一百多里外的沅州城的城牆上和巷子裡。六十年後的二〇〇四年，已經是七十四歲老人的母親跟我聊起了外公，還有那兩個短命得來不及跟我見面的舅舅，母親還對外公的鐵石心腸心有餘悸。她回憶說我兩個舅舅的靈柩拉回到縣城裡，當天就草草地拖到南華山上掩埋了，都沒葬到幾十里外的塔沙祖墳裡去。外婆哭得昏死了三天三夜才蘇醒過來，但外公硬是沒掉一滴眼淚。一埋完我兩個舅舅，他又護送另一個人的靈柩走了。那個人是他的副官。母親在當天就從外公的衛兵口裡得知了，其實外公當初就並沒有把我兩個舅舅拉回來的打算，是十七個士兵齊刷刷地跪下後外公才同意的。外公說，反正也跟宋副官同路，就一起帶上吧。

母親和外婆陪同外公一九四八年冬至的貓莊之行就是給這位宋副官掃墓。那天他們一家三口換上了粗布衣服，一副鄉下人走親訪友的妝扮。這也是外公的主意。為什麼不能穿得體面一些漂亮一些？外婆不會去問，外公怎麼說她就怎麼做，外公讓她找一些乾淨樸素的衣服出來，她就找出來了。母親不敢問。她還在思量著外公那句書就不要念了的話到底會不會作數，她的心裡被巨大的擔心填滿了。而且這種擔心一直伴隨著她的整個貓莊之行，因些她才會覺得那天的貓莊特別地冷，冷到了她的骨髓裡去了，冷得她骨頭疼痛了好幾十年。

外公一家到達貓莊已經天近黃昏了。這時候天空中飄起了雪花。外公給我回憶時說雪下的不大，稀稀落落的，天氣有些冷，刮著小北風，但在母親的嘴裡卻是漫天的大雪飛舞，呼嘯的北風撲在臉上刀削一般的疼痛。可見他們父女當時的心境何其不同啊。外公顯然是自從安葬宋副官後再沒來過這裡，貓莊的人不認得他，他也一時找不到宋副官的墓地，只好不斷地問人。最後找到一個二十來歲看起來十分憨厚的小夥子帶他們去的。這個小夥子後來就成了我的父親。那晚外公一家在他家歇了一夜，外公就認準了他這個女婿。

小夥子把外公一家人帶到了那片墳地的土包前，外公把他支開了。這時他記起了宋副官墓地的方位，帶著一家人來到了宋副官的墓碑前。墓碑已經完全被雜草覆蓋了。看來宋副官在這一帶是沒有了親人的。外公拿出一把鐮刀去砍草。母親就是在外公分開雜草時看到那塊不大的墓碑上的幾個暗紅色的大字的。雖然由原先的朱紅色變暗變淡了，字跡還是相當地清晰：民族英雄宋連生之墓。字是她熟悉的父親的顏體。蒼遒有力。可惜這塊墓碑在文化革命的那年被人砸得粉碎，我再也無緣見到外公的墨跡了。不僅墓碑被砸得粉碎，就連宋連生的棺木也被撬了出來，他的屍骨和棺材板散落得滿坡都是。但就在他墓碑不到一米遠的外公的墓地——一個小土堆卻安然無恙，就在那個最狂熱的年頭，外公的真實身分在我們貓莊還是無人知曉，簡直算是一個奇蹟！

外公修理完雜草後，拿出了香紙，擺上祭品，他恭恭敬敬地對著墓碑作了三個揖，又讓外婆和母親也作了揖，然後才焚香燒紙。香紙一點著，外公突然就伏下身去撫碑慟哭：

兄弟呀，你不該給我擋那粒子彈。

兄弟呀，我現在生不如死呀！……打完那一仗你哥哥就再不打仗了，他們撤了哥哥的職，把哥哥送進了軍法處……

嘿嘿，哥哥不怕，哥哥反正是光桿司令……

哥哥對不住弟兄們呀，你走早了三天，你不曉得，剩下來的那四千七百六十一個弟兄，到最後哥哥只帶出來十七個人，就連一百四十七個伙夫都全部陣亡了……

你還記得那個鴉片鬼石老二嗎，就是在開戰前一天你還說要把他在炮筒上吊三天三夜的那個老兵油子，想起來了吧，他紅燒肉燒得多地道呀，我抱著他落氣的，他身上被捅了五刺刀，腸子裡的屎尿和血嘩嘩地往外流，落氣前他還讓我數他身邊的屍體……

沅州城保住了，哥哥不後悔……

哥哥難呀，老蔣點名要你哥哥出山，土匪也想拉哥哥入夥做掌舵的。

哥哥在城裡住不安生，來給你做伴吧……

外公斷斷續續說，哭。

說完了哭夠了，才收起眼淚。

他站起來時看到外婆也是一臉的淚水，知道她想起了我的兩個舅舅。外公又看了一眼母親，發現她縮著脖子，表情很古怪地望著一邊，雙手卻在不停地搓揉，顯得格外地冷。雪越下越大了，來時看到那條酷似他家鄉塔沙的峽谷現在已經隱在雪花、暮色和煙嵐裡去了。

那天晚上，外公一家就是住在那個後來成為父親的小夥子家裡的。小夥子家只有一棟低矮的人字屋，這種屋在我們那裡任何一個地方都只屬於貧困人家的專利。屋只有兩間，一間這頭一間那頭，中間隔了一個只有幾平方米的堂屋。那晚，母親和外婆睡在東頭的房裡，外公和小夥子睡西頭的火坑房。其實那晚外公和小夥子都沒怎麼睡，他們烤了大半夜火。小夥子不停地往火坑裡塞雜木蔸子，把火坑裡的三角支架燒得通紅，以至於第二天母親和外婆起床後不僅還有一坑大火碳烤，她們還能看到三角支架上的火屑都還沒褪盡，紅紅地閃爍著。

母親和外婆，特別是母親萬萬沒有想到的是，就在那個晚上那個不停地往火坑裡塞雜木蔸子的小夥子的憨厚、本分和木訥打動了外公的心，一樁婚事就這樣敲定下來了。也許打動外公的還不僅僅就這些，譬如小夥子無父無母無兄無弟呀等等。母親後來回憶說，難怪第二天她回城的時候看到那個小夥子頭低到褲襠裡去了，看也不敢看她一眼，臉卻是紅紅的，像喝多了酒一樣。關於那晚祥細的細節外公沒對我回憶過，包括這一次的貓莊之行也隻字未提過，這些細小的、瑣碎的事情可能根本就在他的腦海裡留不下深刻的印象。我也問過我的父親，我一開口，父親的臉就紅了，像是做了多大的虧心事似的不願意開口。母親也不知追問過他多少遍，問他到底是用了什麼迷藥迷惑了外公，但父親到死也沒有向母親坦白過那夜的細節。

第二年正月，外公一家在城裡過完了最後一個年，一出元宵節他就把家搬來了貓莊，先是住在父親家裡，當年二月外公就讓母親和父親完了婚。外公舉家搬遷這麼重大的舉措母親一點也沒覺察到，直到有一天早上，她看到家裡堆滿了大包小包的，才驚訝地問她母親，怎麼啦，要搬家啦？

母親的聲音些興奮。這些年來母親的心裡一直都在渴望著搬家，搬到更大的一些城市裡去，縣城太小，太閉塞，她覺得這麼一個小地方一直令她的藝術想像的翅膀在不斷地萎縮和退化。外婆告訴她是要搬到鄉下去，母親嚇得花容失色，一連說了幾個不去不去不去，我還要上學呢。母親是在城裡出生的，對鄉下的畏懼可以理解。外公這時進房，聽到了，從不對母親發火的他，第一次咆哮起來，不去，不去由你。共產黨員的軍隊都打到江南了，南京已經朝夕不保，你們還能上幾天課！

母親一下子嚇得不敢做聲了。她不是被打到江南的共產黨軍隊嚇著的，而是被外公的咆哮震懾住了。

直到在貓莊安定住下來後，母親還以為他們一家只是暫時躲避戰亂，不會長住，總有一天他們一家還會搬回鳳凰城裡去的，但沒一個月外公就徹底地粉碎了她的回城的夢想。他把她嫁給了他們住在他家的那個小夥子，決絕得就像是外公要迫不及待地扔掉她這個包袱一樣。

母親給我說成婚的那天她的雙眼只差哭瞎了，夜裡死活不肯進洞房，是外公一耳巴子把她打進去的。

母親和父親圓房的第三天，外公就從烏古湖一戶人家買了一棟低矮的人字屋，搬到烏古湖去住了。那是一棟多年沒有住人破破爛爛搖搖欲墜的房子，買得相當的便宜，據說只花了不到一塊光洋，人家本身就是當一座豬圈牛欄處理的。外公請人整修，添木板買青瓦倒比買屋還花得多，用掉了整整一塊大洋。修整後，也能勉勉強強住人了。外公就一直在這棟人字屋裡住了差不多六年，直到他去世後母親把外婆接到我們家來住後，才賣掉了它。

外公當初在宋連生的墓碑前曾說過要來陪他，但奇怪的是，自從他在烏古湖定居後，就一直再沒去過那個土包的墓地。

4

我從幾個月大就常住外公外婆家，是外公外婆一手帶大的。

母親和父親成親的當年就生下了我。最初的那一年裡，母親對我感到很厭惡，除了給我餵奶水，她幾乎是不大抱我的，都是由外婆抱。晚上外婆也跟我和母親睡在一起。母親那時都還沒從女學生的夢想破滅後恢復過來，自己對自己都一點也不愛惜，又怎麼能一把屎一把尿地摳理好一個剛出生的孩子呢？就是很多農村長大的小媳婦頭一胎都得婆婆來幫忙，更何況是在城裡長大的嬌生慣養的母親。經驗有時候是必不可少的。而且我又是那麼地特別難養，據說我生下來時只有二斤三兩重，比一隻大老鼠還小，這肯定跟母親成婚後心情鬱悶進食極少有極大的關係。長到一歲時還不足三斤，外婆常常把我裝在她的滿襟衣袖裡面。母親後來常常說，要是沒有外婆，我肯定活不下來的。她說我從一出生到三歲之前，幾乎就沒消停過，不是頭痛發熱，就是拉稀抽筋，可沒把外婆折騰壞。

我一斷奶，外婆就把我帶到了烏古湖，一年有一大半時間我是待在那裡的。我斷奶斷得特別地早，不是我主動不吃的，而是母親沒奶水了，她本來奶水就不多，我三月大的時候不知為什麼她的奶水突然就幹了，我喝出來的全部是膿血。血水是不能喝的，有毒，我也就不能跟母親睡了，半夜裡餓了總會要拱她乳頭的。於是外婆一狠心，就把我抱去了烏古湖，夜夜由她抱著我睡。母親當然巴不得自己清閒一些，她本來就心情不好，加上生我之後的折騰，已經瘦骨如柴了。外婆抱走我其實也是出於心疼她的女兒。那時候我們那裡還沒有牛奶之類的嬰幼兒食品，沒有，就是說有錢也買不到，外婆就給我磨米粉，她用網眼極細的羅篩篩好，調成糊糊餵我，也推豆漿和做豆腐腦讓我喝。後來豆漿和豆腐腦我喝上癮了，能吃三大碗乾飯後還離不開這兩樣東西。每次一哭，外婆就放下手裡的雜事，趕忙去打掃石磨給我弄。自從我大病後雙耳失聰，外婆聽人說有一種我們本地人叫茈兒根的野草的根須能夠讓人復聰，她就每天都要去挖這種野草弄回來洗淨，讓我當零食咀嚼。這種野草長在峽谷裡背陽的地方，很難挖到，外婆每次弄回來都是一身汗水和泥土，有時衣服也被石稜蹭破，手臂或大腿上一道道的血印。但這種野草有一股巨大的難聞的魚腥味，我總是偷偷地把它扔掉。外婆就想方設法地讓我吃下去，後來她想了一個好主意，她把它們曬乾，然後泡茶讓我喝，為了不讓我半途而廢，外婆也陪我一起喝，一直喝到我開口說話還不甘休。也許我能慢慢地復聰就跟這種野草有關，外婆自己也似乎得到了好處，她活到九十多歲時耳朵還不聾，滿口牙齒掉光了說話咿咿呀呀的，但屋裡有個輕微的響動她也聽得清清楚楚，跟我五六歲時一個樣。我和外婆兩個人都創造了奇蹟。

到了晚上，外婆總是緊緊地摟著我睡，心怕她一鬆手，我就會像我那兩個舅舅那樣飛走了，找不著了。我在外婆的懷裡一睡就睡了十年，到十一歲時我們家造了一棟大點的木屋後才跟外婆分舖。

沒有外婆，我肯定活不下來。

在我的記憶裡，外婆是一個特別沉默寡言的人，更是一個長不說短不講的人。她在我們貓莊住了幾十年，和任何人都沒有發生過一次口角。我後來常常禁不住想，也許就是因為外公討了外婆這樣一個什麼也不多說的好女人，得到了太多的實惠，才決定把他的女兒也嫁給一個像外婆這樣的沉默寡言的男人，她的女兒也能得到同樣多實惠，一輩子才能平平安安地過下去。恰恰父親就是這樣的一個男人。這樣看來父親是因為性格才撿到了一個大便宜。這一點可能是母親永遠都看不到的，他對父親的沉默已經習慣了，就是所謂的熟視無睹。

還有一點也給我留下了深刻的印象，那就是外公吩咐外婆去做什麼她就去做什麼，從來就不提什麼異議，做起來也從不打一點折扣。好像並不是因為她是一個沉默寡言的人，更像她是外公的一名勤務兵，她是在執行外公的命令。要不然許多事肯定是要激發他們的矛盾，譬如我兩個舅舅念書念得好好的當什麼兵，而且當的是明知要送死的兵，譬如在縣城裡日子過得也不錯呀，為什麼要突然搬到鄉下來，為什麼比千金還重的寶貝女兒要嫁給一個三天屙不出兩個屁的鄉下小子，這些，外婆都不問，更不提出異議。用現在流行的話說，就是理解要執行，不理解也執行。其實外公對外婆根本就不存在命令這一說，他同外婆說話總是輕言細語的，眼睛裡總是帶著一些柔柔的東西，帶著無限的溫情。而外婆看外公卻很少這樣，她看外公的時候目光定定的，癡癡的，一看就像是看入神了。有時候她正在做著什麼，一看到外公，目光就跟隨著他動起來了，以至於忘了手裡正做著的事。有一天還曾經打落了一隻碗，這是我親眼所見的。

無論是在誰的眼裡，外公和外婆都是一對恩愛的老夫妻。

我曾經無數次地想像過外公和外婆的相識、相戀，他們應該是在那座叫做鳳凰的縣城裡相識的，那時外公是一位年輕的軍官，部隊也正好駐防在這座縣城裡。外公和外婆應該是相識在那座縣城裡唯一的一家書店裡，他們同時看上了同一本書或者是雜誌，如果是一本書，這本書應該是一本翻譯的外國小說，若是雜誌的話，那就應該是一本《小說月報》。外公是不大看書和雜誌的，他也很少去書店裡逛。他之所以在這天去書店裡是因為他聽他們部隊的另一個軍官宋連生說早幾年前跟外公一個舖睡的那個大家都叫他小不點的檔收發員沈嶽煥，跑到北平去後找不到活路，改名從文，靠賣文為生，他的那些字常常就刊登在《小說月報》上，於是外公就想找兩本這種雜誌，看看這個小傢伙都寫了些什麼。書店不大，也就是兩個書架而已，外婆先到那裡，等外公進了書店，外婆正在拿著書店裡唯一的一本《小說月報》看，外公就一直眼巴巴地望著外婆手裡的雜誌，盼著她看幾眼後就放下來，但外婆像是看入迷了，直到她感覺有一雙火辣辣的眼睛正在盯著她看，才抬起頭來，一抬頭就看到了一位年輕英俊的青年軍官正深情地凝視著她，外婆的臉一下子就紅了，登時芳心大亂，有如鹿撞。當然，也有可能是外公和外婆同時看上那本雜誌，同時伸手去取的，一隻粗糙但卻乾淨的大手和一隻細嫩白皙的小手觸碰到了一起，兩人都同時愣住了。外婆作為一個女孩子肯定要敏感一些，她先抬起頭來，看到面前是一個長得高高大大臉上稜角分明的青年軍官，臉也一下子紅了。外公也抬起頭來，看到是一個女學生模樣的端莊漂亮的女孩，他看到女孩的團圓臉上佈滿了紅暈，他自己的臉上也是一熱。之後，他們又在書店裡碰見了幾次，這些碰面好像是雙方刻意製造出來的，漸漸地兩人就熟絡了。再之後，他們就手拉手地走在了外婆的那座學校的林蔭裡，走到了黃昏裡的城牆上。

當然，更有可能是，外公作為剿匪英雄去外婆的學校作報告時他們相識的，而且在報告會上，外婆還故意向外公提了許多在別人看來很是有點幼稚的問題。外公儘管也覺得好笑，還是很有耐心地給外婆解答了，他之所以有耐心，就是他看到這個女學生不僅長得端莊漂亮，而且一雙眼睛清澈得跟他家鄉那段沱江一樣，能看到河底的水草和遊魚，是那麼地天真、純潔，沒有一絲一毫的邪氣。而外公那時不但雙眼已被他沾滿了鮮血的雙手污染得渾濁不堪，一顆心也被成山堆積的死屍磨礪得堅硬如鐵。他從外婆明亮清澈的眼底裡看到了十六歲前的自己，他的心在那一霎那間柔軟了起來……

想像當然不可避免地要帶有一些浪漫的成分，更不可能跟事實完全相吻合。事實上，外公從來就不是一個浪漫的人，他理性永遠大於感性。我跟他一起生活了將近六年的時間，從來就只看到他的冷靜，沒看到他激動過，哪怕是對誰發一次小脾氣也沒有。我以為他的這種冷靜是深入到骨子裡去了，可能是他幾十年的軍旅生涯磨練出來的。同樣，我也看不出來外婆曾是一個天真浪漫的女學生，也許是生活的磨礪，是歲月的淘洗讓她失去了少女時那些本質的東西，也許她本來就是一個平凡至極的女人。唯一可以推算得出來的是，外公和外婆相識的那一年應該是一九二六年之前，因為我大舅是一九二六年秋天出生的。

關於外婆的身世那才是一個真正的不解之謎。包括母親也不知道。外公在給我回憶時沒有提到過外婆，也許稍微提到過，但我沒能記住。比起外公給我講的他的那些傳奇經歷，很可能是外婆的身世太平淡無奇了，在我那麼幼小的腦海裡沒留下一點點模糊的痕跡也說不準，或許外公根本這沒有提及過。對於自己的身世，外婆是從來不提的，據母親回憶，在她很小的時候，曾問過外婆，還聽到過我大舅二舅也不止一次地問個同樣的問題，說人家每到過年過節的都走親戚，他們家怎麼不走親戚呢？外婆給孩子們的回答是她家沒有親戚。母親又問她，哪你是從哪裡來的？外婆告訴母親說她是他們的爹爹從大路上撿來的。

外婆真的是外公撿來的嗎？這種可能不是沒有，在那種兵荒馬亂的年月裡，什麼都有可能發生。但這顯然又不能讓人信服。母親說，外婆一輩子就是一個家庭婦女，她沒有正式地工作過一天，而且外婆就連母親也看不出她是什麼來路，母親說外婆年輕時看上去更像一個農村婦女，雖然長得端莊漂亮，卻生得結結實實的，什麼家務活都能幹，而且手腳利索，不像是大家閨秀，但外婆卻又識文斷字，母親記得在鳳凰城生活的那些年裡，每晚睡覺前外婆是必定要躺在床上看一個小時的書刊雜誌，外公在外面行軍打仗回來，帶給外婆的禮物也只有一種——小縣城裡買不到的最新的書刊雜誌。母親說外婆房裡的書櫥裡，藏有沈從文出版的幾乎全部的集子，有的是沈先生寄給外公的，有的是外公特意給外婆找來的，《從文自傳》、《龍朱集》、《邊城》、《湘行散記》這幾本，外婆沒多久就翻得稀爛，因為作家是鳳凰城裡人，寫的也是我們本地發生的事兒吧？因為這個人和外公一個鍋裡攪過食一個舖上睡過覺，讓外婆覺得格外親切？

但，這就不是一般的識文斷字了。外婆曾經上過學，應該是一個小知識分子。

外婆為什麼要對她的身世那麼諱莫如深呢？外公為什麼也從未向母親透露過隻言片語？這實在是一個謎。我有時候就禁不住想，是不是外公也不知道外婆的身世，就像父親在幾十年裡不也是不知道母親的身世嗎？我原以為外婆在她臨死時要揭開這個謎的，但也沒有。有可能她有過這個想法，但一切都來不及了。

一九九六年四月初的一天，一直和我們生活在一起的外婆獨自一人坐在縣城我家客廳的竹椅上，當時母親上街買東西去了，因為清明節快到了，她要準備香紙之類的回貓莊給外公和父親掛清，而且我們還準備在三天後清明節那天給外公立碑。本來外婆是要跟著母親一起出門的，有些東西她要親自選定，但母親擔心她紀大了，街上車多，難以照應就沒同意。中午的時候，我還在書房裡寫作，但我沒關門，我怕外婆有事叫我聽不到，寫得正起勁的時候，我聽到客廳裡傳來一聲啪嗒聲，是椅子倒地的響聲。一般來說，這種不太響亮的聲音是打不斷我寫作思路的，但那天不知是為什麼，響聲一傳到我的耳膜上，我立即就像是被電擊了一下，全身抖動起來，心裡也是一涼，我趕緊衝進客廳裡去。我看到外婆已經倒在地上了，我抱起她，發現她的雙眼已經定了，嘴巴卻在蠕動，似有許許多多的話要說，卻已說不出來了。直到她落氣，她的嘴還是張得圓圓的，像一條渴水的大鯉魚的嘴巴。雙眼也沒閉。我把外婆的雙眼抹閉了，嘴巴卻怎麼也抹不閉。

外婆從我記事起就沒進過一次醫院，她是無疾而終的。外婆疼愛了我一生，最後死在我懷裡，上天讓我以這種方式回報了她對我的愛。我以為冥冥中，是蒼天有眼，能讓我給她接氣，對她對我都可謂不薄。

外婆入殮時，是母親親自給她淨身和換上壽衣的。據母親說，她發現外婆的身上有兩處傷疤，一處是在左大腿上，一處是在後背的肩胛骨上，兩個傷疤都是圓的，差不多有現在的一元的硬幣那麼大。母親說她跟外婆一起生活了幾十年，從沒見過她身上的這兩處傷疤，更是沒聽她說起過，母親估計那是槍傷。

這就更加令外婆的身世撲朔迷離起來了。聯想到外公外婆合謀著連自家所有人都在隱瞞的這一事實，再結合那個特殊的時代背景，以及外婆的種種怪異之處，譬如她的文化程度，譬如她守口如瓶的個性，我當時立即就有了一個大膽的猜測，外婆的身世最大的可能不外乎兩種：她曾是一個女匪，或者是一個脫離了組織的中共地下黨員。而且後一種的可能性更大。但不管是哪一種，外公和外婆的結合都會有一個相當精彩的傳奇故事。

外婆這一走，不僅她的身世成了永遠的不解之謎，她把那個一定是個驚心動魄的傳奇故事也帶走了。

三天後，也就是清明節那天，我們把外婆送回了貓莊，葬在外公的身邊。

5

我雖然每夜都是和外婆睡的，但自打能跑動以後，玩卻是常常跟著外公。這不需要什麼解釋，每個小男孩都是這樣的。其實也沒怎麼地玩，我從小體弱多病，跑不了幾下就氣喘吁吁，因此我其實是一個挺安靜的小男孩。那時外公也是一個安靜的老男人了。多數時候他就靜靜地坐在院子裡，凝望著天空，手裡攥著他的那粒子彈。而我則是靜靜地坐在一個小馬紮上，用手掌托著腮幫骨，偏著頭望著外公。安靜得也是一句話不說，應該說一個手勢也不打。

突然地，外公就把那粒子彈拋向了空中，然後再穩穩地接住，攥在手心裡。或者是，在他的手心裡顛來簸去的。但外公卻從來不讓我碰它。外公問我最多的一句話那就是：一粒子彈到底有多重？後來我才知道這個問題困擾了他一生，最終他也沒能找到準確的答案。我想外公當然知道這是一個永遠也不會有正確答案的問題。

那麼，他為什麼還要不停地去追問呢？

外公是從什麼時候開始對我回憶的，現在記不得了。畢竟，倏忽間就是半個多世紀了。現在我唯一可以肯定的是，外公的回憶是從他手裡的那粒子彈開始的。

知道它的來歷嗎？他是從日本鬼子身上摳下來的，是外公殺死最後一個鬼子的子彈……那一仗打得真過癮呀，五天五夜，打到最後，幾千弟兄全部陣亡了……

後來我查閱史料，知道外公說的這一仗就是抗日戰爭史上著名的湘西會戰中的沅州保衛戰。時間是一九四五年的春天，更精確的時間是一九四五年五月一日到五月五日。據史料顯示，湘西會戰是抗日戰爭中最後一次大會戰，日本軍方稱作「芷江作戰」，目的是佔領湘西芷江機場。整個會戰起始於一九四五年四月九日，止於一九四五年六月七日，雙方投入總兵力超過二十八萬，是抗戰中最後一次大會戰，也是整個抗日戰爭的轉拆點。此後日軍再無能力佈署大戰役了。

整個湘西會戰中，打得最慘烈的就是沅州保衛戰。

外公帶著一個整編師六千多弟兄就這樣走進了十年前的那座孤城。

外公清楚地記得他是四月三十日下午接到上峰的命令開拔沅州城的，突擊行軍了一整夜，於拂曉前趕到了指定的位置——一百多公里外的沅州城。那時沅州城已是一座空城，居民早在先天晚上聞訊日軍即將攻城匆匆逃離了。沅州也是一座小城，如果不是在它西南一百多里外修建了一座芷江機場的話，根本就毫無戰略意義可言。外公帶著他的部隊進城時，整座沅州城死一般地寂靜，惟有縣政府前亮著燈，其實也不是燈，是三十多隻火把，蕭縣長和三十多個穿黑制服的警察正等在那裡。蕭縣長是一個年近六旬的細高乾瘦的老頭，外公乍一見到他還覺得有點面熟，想想是根本不可能見過面的，這才想起這位縣長跟他童年時的那個私塾先生很是相像，只是少了一撮花白的山羊鬍鬚。外公一到，蕭縣長就小跑著過去，雙手緊緊地握住了外公的雙手，說沅州城就交給將軍了。外公大手一揮，對蕭縣長和警察們說，你們放心去吧。蕭縣長帶著警察們就走了。外公讓官兵們抓緊時間瞇一覺，自已則上了城牆察看工事。轉了一圈之後，才發現整座沅州城幾乎沒一座工事，連碉堡也沒一個，好在它還有較為堅固的紅岩砌的城牆，外公知道這城牆是清朝嘉慶年間朝廷為防備湘西苗民暴亂修建的，一百多年來就連城門也保存得完好無損。

外公心裡大大地舒了一口氣。

來到南門，外公看到蕭縣長和警察們還沒有出城，就說老蕭，趕緊走呀，晚了就走不出去了。蕭縣長說老夫不走了，這些警察我讓他們誰願意走誰走，也沒一個人肯走，三十二個人，一個也不少，你點點數，都是你的人了。外公說老蕭你別胡鬧，趕緊走，趕緊走。蕭縣長說，真不走了，讓老夫給你搬彈藥當伙夫都行。警察們也說，跟狗日的小日本拼了，打死一個夠本，多的就賺。外公突然一聲大吼，老蕭呀，你這是給我交了三十三條命啊！蕭縣長卻呵呵地大笑，有將軍這句話老朽就放心了。老朽能向沅州十二萬父老鄉親交待了。

蕭縣長已經從外公的話了聽出了他誓與沅州共存忘的決心。

外公轉過身去，問宋副官向陳長官報告部隊到達沅州了嗎？

宋副官答，剛剛報告完畢。

外公說，很好。傳我的命令，把城裡所有的電話線全部切斷，所有的發報機全部砸爛。

宋副官啪地一個立正，說，是！師座。

蕭縣長連忙搖頭說，將軍，萬萬使不得呀。這樣一來，沅州就成一座孤城了。

宋副官雖然心領神會，仍小聲地提醒外公，師座，有些不妥吧？

外公大手一揮，說沒什麼不妥的，上軍法處我去。又拍了拍宋副官的肩膀，老弟，咱哥倆等這一仗等了多少年呀，再不他媽的痛痛快快地打一仗算是一個軍人嗎？

宋副官說，打了多少年狗咬狗的仗，窩心啊！要上軍法處咱哥倆一起去。

宋副官走後，蕭縣長還在捶胸跺足，說，使不得，將軍，使不得呀！

外公說，老蕭，你給黨國效力了這麼多年，怎就長不大呀？你相信會有援軍嗎？黨國的軍隊要是真心抗日，小日本打得到我們這地方來嗎？看在你我都沒幾天活頭的份上，實話給你說吧，上峰交待，放幾槍就跑，仗打贏打輸是小事，人不能打沒了，部隊不能打散。

外公看到蕭縣長的嘴巴張得像娃娃魚一樣合不攏了，一雙小眼睛也瞪得比牛卵子還大。

第一次戰鬥兩小時後天剛剛亮明就打響了。日軍一個聯隊一千多人大搖大擺地向沅城開進，他們也是四月三十日下午從寶慶開拔沅州的。日軍早就探明從鳳凰到沅州正好比寶慶到沅州路程還多出二十公里，以為外公的部隊至少要等第二天中午才能趕到，但令日軍沒有想到的是，他們一到城外，就遭遇了我方軍隊的伏擊和頑強地抵抗。惱羞成怒的日軍把迫擊炮和小鋼炮的炮彈像下冰雹一樣往城內傾洩，輕重機槍的子彈打到石牆上比雨點還要密集。而外公手下六千多人只有六千多條漢陽造，不到十挺輕機槍，重型武器沒得一門。

一天過去了，沅州城巍然不動。

兩天過去了，沅州的城牆被撕開幾道口子，是被炮轟開的，但又都被及時地堵上了。

最慘烈的戰鬥是從第三天下午開始的。原定於一天拿下沅州城後直插芷江的計畫被延誤，令日軍司令部大發雷霆，第二日深夜又增派了兩個聯隊，於第三天上午十點就趕到了沅州城外。

十點之前，外公的部隊剛剛打退了一次日軍的衝鋒。空氣裡的硝煙味，焦糊味還沒有散去，外公獨自一人坐在一個被炮彈炸開的缺口上抽煙。從不抽煙的外公一點著就被著實地嗆了一口，發出了一串嘹亮咳嗽聲。他目光平視地看著城外平壩上的田疇，和稍遠處波光粼粼的沅水河，春天的陽光結結實實地照耀著，這樣的季節本來是農人們犁田插秧最忙碌的時候。但外公眼睛裡看到的只有日本人的橫七豎八的屍體，和一片燒焦了正在冒著濃煙的土地。

剛打退了一次日軍的衝鋒，但外公的心裡卻並沒有多少輕鬆感，他的臉色陰沉沉的，他在盡力地壓抑著心裡的悲痛。他抽了一口煙，眉頭鎖得更緊了。煙是宋副官留下來的。一小時前，就在就個缺口上，外公失去了兩個他最親近的人，宋副官和我的二舅。前後不到一刻鐘，兩個人一下子就沒了。當時他們三個人都是在一起的，外公和宋副官來城牆上督戰，看到那裡撕開了一條口子，他馬上就抓起一支步槍趕過去。外公槍法準，他的槍一響，就得有一個鬼子跳起來栽倒下去。一個，二個，三個，外公一邊開槍一邊數著從他槍口下栽倒下去的鬼子兵，這一打就打上癮了，任憑宋副官怎麼拉也拉不開他了，宋副官也就趴下來陪著外公，他說我來幫你數數吧。外公和宋副官趴在缺口的右邊射擊，我二舅就趴在缺口左邊的牆垛射擊，中間隔了一挺輕機槍。當宋副官驚叫著又栽了一個，二十一個了，這時一發炮彈落在了缺口內，把我二舅和那個機槍手同時掀上了天。機槍一下子啞了，外公知道我二舅挨炸了，但他來不及多想，馬上竄過去端起機槍掃射。一會兒，宋副官來了，說你看看二佬去吧，快不行了。外公頭也沒偏一下，說狗日的又上來了，快給我裝彈匣。宋副官一看缺口外成群的鬼子正貓著腰蜂湧而來，二話沒說趕緊裝彈匣。

可能殺紅了眼，也可能是覺得這仗打得太過癮，外公一下子忘乎所以了，更有可能是射擊角度的需要，外公端起機槍一下子站起來掃射，他一站起身立即就一撂一大片。宋副官也在起勁地叫喊，像是給外公加油，哎呀呀，又倒了幾個，我都數不過來了呀。話音未落就朝外公撲過去，他看到了一個日軍狙擊手正瞄準外公。外公正打得過癮時，突然一下子被宋副官撲倒下去。外公只趴了不到幾秒鐘，就感到臉上有股熱流在蠕動，他知道宋副官中彈了。他拱開了壓在他身上的宋副官，宋副官身子無力地倒向了一邊。外公再一次站身起來，直到把那個彈匣掃射完後才把機槍交給另一個士兵。等他抱起宋副官，宋副官早就落氣了，那一槍不偏不倚地打在了他的太陽穴上。外公轉過身去，紅著眼睛死命地喊救護員，卻看到我大舅站在他身後，大舅滿臉淚水，外公這才想起我二舅來，問二佬怎麼樣了？大舅說他死了，爹你回指揮部去吧，這裡太危險了。外公說不去！大舅說副師長等著你呢。外公凶我大舅，說等打退了狗日的再講，莫羅索了。說完又抓過一支步槍射擊。

兩個最親近的人就死在眼前，一個是親生兒子，一個是二十多年來出生入死的兄弟和朋友，外公卻沒同他倆講得最後一句話。

這一仗下來，外公和副師長清點了一下人數，連傷殘在內只有四千多人了，兩天裡，陣亡了兩千一百多弟兄。

平均一天陣亡一千多弟兄！

外公說這些弟兄在城內守城的多半是被炮炸死的，放出城外機動作戰的幾乎整營整連都沒得一個人回來。後來打掃戰場，清點屍體時，竟然一個都不少。

6

外公是從什麼時候有了讓一粒子彈穿過胸膛這種想法的，我不太清楚。也許是從解放軍打進湘西來那天就有了，也許是從一九五二年大規模鎮反時才有的，這就不好說了。據母親後來回憶時說，自從一九四九年冬天解放軍一來，外公就開始明顯地衰老了，衰老的速度幾乎是驚人的，半個月時間裡，他的一頭烏黑發亮的頭髮就灰白灰白的了，他的硬朗的腰板也佝僂下去，彎成了一張弓。等我稍稍長大了一些，對外公有了記憶時，他在我的記憶裡就完全是一個蒼老的老頭兒了。

我常常猜想外公那些年一定是在惶惶不安中度過的，雖然他在外表上裝得若無其事，讓貓莊人看不到哪怕一點點他內心裡的畏懼和擔心，還有焦躁。但他加速度式的衰老把他內心的煎熬暴露無遺了。其實這也很好理解，外公打了大半輩子的仗，除了他認為打得最過癮的，也是他一生中最輝煌的最後一仗外，大部分的仗都是跟共產黨軍隊打的，也就是跟解放軍的前身紅軍打的。外公能在軍隊中一步步迅速地晉升為少將，就是因為我們湘西有一支由賀鬍子帶領的紅軍，沒有賀鬍子和他的紅軍，外公的將軍夢很可能就是一場空夢，他最多能混到一個上尉或者是中校頂尖了，可能連老婆都沒得機會娶，有機會娶也養不活全家人。可以這樣說，死在外公手裡的紅軍戰士遠遠要比死在他手裡的日本鬼子多得多，無論是直接的還是間接的。外公曾經給我計算過，他說他在沅州城時至少有七十六個鬼子是直接死在他的槍口下的，但他從沒給我提起過他親手殺死了多少個紅軍戰士。

那麼，是不是能夠證明實在是多得連他自己也記不清了呢？

當然，我的猜想也僅僅只是捕風捉影，沒有事實根據，或許一點也不正確也說不定。事實上，據我的觀察，外公在貓莊的生活一直都是平靜的，內心裡的波瀾壯闊也許會有那麼一點點，但也許根本就是子虛烏有。外公的衰老也許僅僅只是緣於他身體的原因，是他的體質垮了，而他體質垮下去的原因就是營養跟不上來，那時離開了城裡到鄉下居住就意味著和原來的生活方式徹底地脫鉤，在貓莊這個地方，一年四季除了臘月裡殺年豬，其他的時候是莫想看到豬肉的。僅僅就只有那幾樣蔬菜而已。對於大魚大肉慣了的外公，體質不垮那才是怪事了。外公的心境之所以能如此平靜，這當然與我們貓莊，特別是烏古湖的與世隔絕有關。那些年裡，我們貓莊不通公路，也沒有水路可走，最近的一條水路也有二十裡遠，若是有事要去縣城的話，先要翻過幾座大山，到鎮上，然後再下一千來級石階到白河的一個碼頭上坐船才能出去。貓莊是如此偏僻，外面除走親訪友的人，幾乎沒人來過，而貓莊人的親友，也就是一二十里範圍內的村寨裡的人，來去多了，都是熟人了。烏古湖就更鮮有生人的足跡了。這裡連貓莊的人都很少涉足，除非是來這幾戶人家下達開會的通知，或者是工作隊的例行檢查。而工作隊的例行檢查，到一九五四年之後新政權已經牢固得堅不可破的時候就很少很少了。

也許正是因為烏古湖的偏僻，外公一家才得以平安度日，他們的身分沒有引起任何人的懷疑。要是換了別的地方，我想外公是不可能躲得過一九五二年的鎮反運動的。我後來常常設想，要是真能夠把外公揪出了也許並非就是一件壞事，說不準還能因禍得福呢。其結果有兩種，一種是最壞的，那就是把他作為一個雙手沾滿了人民鮮血的國民黨反動派高級領拉出去槍斃，還有一種就是以他的資歷和身分去縣裡或者省裡做一個參事。兩種可能並行存在，各占百分之五十的機率。若是後一種可能的話，那麼外公還會不會要用一粒子彈穿透胸膛呢？

可能還會！

但不管是哪一種可能，可以肯定的是外婆，母親以及父親，甚至也包括我的命運將會徹底改變，也就是說那以後的歲月我們都不可能在貓莊平平靜靜地生活下來。看來外公還是高瞻遠矚的。我一直不清楚外公一家是怎樣躲過一九五二年鎮反時的大清查的。奇怪的是，母親也不清楚，她說好像那時候根本就沒人找她調查過什麼，至於找沒找過外公外婆，母親說那她就不知道了。

母親說也許是那時外公可看起來已經是一個真正的農民了，工作隊盤查他時就不那麼仔細了，再加之外公一家跟貓莊的村民們人人都相處得很好，大家也不認為他是一個壞人呀。哪怕是這種可能，淳樸的貓莊人想也沒有想過吧。

這倒是實情。

在我的記憶裡，外公一直就是一個慈祥、和藹的小老頭兒，如果他在做與那粒子彈無關的事時，他臉上的肌肉總是鬆弛的，眼神也不顯得專注，跟一般農村裡的老頭兒沒多大的區別，神情有些散漫，表情也是木訥和遲鈍。這種木納和遲鈍在任何一個鄉下老頭兒的臉上都能見到。外公也不顯得鬱悶，他的小日子過得隨心所欲的，種田種地，有時夜裡去貓莊和一些年紀差不多大的老人打打上大人，一打就是大半夜才回來。田是土改時分給他和外婆的，是一丘三畝多的大田，在我們貓莊的平壩上。犁耙活是父親做的，但栽秧打谷外公外婆都要來參加的，不僅只是幫忙收割他們家的，還要給我們家幫忙，等於是兩家合夥一起做。地是他自己在屋後山坡開荒的，主要是種蔬菜，還種一些豆類，也是用來做菜吃的。外公和外婆兩人都特別喜歡吃豆腐，所以地裡種得最多的是黃豆。為此，外公還專門自己選了兩塊上好的青石鑿了一副石磨。後來我長大了一些，他們才在菜園裡種上一些包穀，以供我燒吃嫩包穀。

許多年來，在我還沒有真正長大成人之前，我一直想不透，那時候外公和外婆的小日子其實還是過得蠻不錯的，雖然是清貧了一些，生活上很艱苦，但也其樂融融啊，有兒（郎是半邊子嘛）有女，還有一個可愛的小孫子整天在膝前繞來繞去的，人一老，不就圖個兒孫滿堂，享受天倫之樂嗎？再說，那時候動盪已經過去了，局勢已經穩定下來，更大的風暴還遠在天邊，或者說還處於正在醞釀階段，那一段時間無疑是外公一生中最平靜的時光，幾乎到了無人打擾的地步。他在貓莊已經紮下了根，經過剿匪、鎮反之後，他的身分和來路幾乎沒人懷疑，他和外婆早就被我們貓莊人認可了，成了我們貓莊的一員。

恰恰就在這個時候，外公卻迫不及待地要讓一粒子彈穿透他的胸膛了！

他開始行動起來。

7

外公沒有死在沅州城裡，無論怎麼說那只是一種僥倖。外公打仗一慣是身先士卒的，仗一打起來他就在指揮部裡待不住了，哪裡的槍聲最密集他就往那裡跑，所以說，外公在沅州城裡陣亡的機率跟他那六千多名弟兄是一樣多的，甚至比有些士兵還要大一些。但有時候偏偏造化作弄人，一心想當民族英雄光榮在戰場上的外公偏偏就沒有死成。

外公是被一顆在他身邊爆炸的手雷震昏了過去，等他醒來後，他這一生的仗就打完了。

外公說最激烈的戰鬥是在五月三日下午三點打響的。雙方一交火，外公就發現日軍的攻勢格外凌厲，如果沒有援兵的話他們根本就沒能力發動這麼兇猛的攻勢了。日軍兵分三路攻城，每一路的火力都猛烈無比，壓得外公的人根本就不敢抬頭，這樣打下去，沅州城很可能在當夜就得失守。外公把團級以上的軍官召集攏來迅速地一合計，決定堅守到天黑後主動地一路一路把敵人放進來，放進來一路吃掉一路，吃掉後再放一路進來再吃掉。這就是所謂的關門打狗法。短兵相接才是我方的優勢，日軍一進城，他們的火炮優勢也就沒有了。

軍官們一致贊成，大家都知道除了巷戰和肉搏，這仗根本就沒法打下去。天一黑，外公故意讓日軍攻勢最弱南門被攻破，把日軍引進了五里牌，不到兩個小時，三四百日軍就被消滅得乾乾淨淨。接著把西門的也放了進來，這一次最少也有七八百日軍，還有摩托車隊，但令外公和軍官們沒有想到的是，這股日軍識破了他們的企圖，進城後就直撲小北門，攔都攔不住，守在那裡的二團腹背受敵，不到半小時傷亡過半，等另外兩個團從五里牌趕來增援時，小北門已經失守，大量的日軍正蜂湧而入。

之後，就是一整夜的廝殺。整座沅州城到處都是槍聲，殺喊聲，手榴彈和手雷的爆炸聲。激戰一夜後，第二天凌晨，日軍傷亡過半，無心戀戰，不得不撤出城去，沅州城仍舊巍然不動地在外公的手裡。但是城內的大街小巷裡已經屍集如山，血流成河了，整座城無論走到哪裡都有屍體絆腳，都有一灘灘的血漿。這一夜，外公的四千多人消耗掉了一多半，包括傷患在內只有不到八百人了，一夜戰死了一個副師長，兩個旅長，團級以下的軍官還活的已不到原來的五分之一。我大舅就是在這一夜被捅死在一條巷子裡的，死時他還咬著一個日本兵的脖子。蕭縣長也死了，仰面倒在一家店舖的門面外，手裡還死死捂著一小布袋撿來的子彈。

外公自己身上也掛彩了，被鬼子紮了兩刺刀，一刀紮在腿上，一刀紮在肩上。包紮完後，外公喝了一碗石老二端來的大米稀飯，忍痛到了蕭縣長的遺體前，脫下軍帽，給他敬了一個軍禮。

外公讓士兵們把所有的我方屍體都集中到一所中學操坪裡，等到戰後統一掩埋。他還讓士兵們清點了一下日軍留下來的屍體，一個軍官給外公報告說日軍在沅州城內丟下了一千五百多具屍體。外公說戰績不小呀，加上城外的死亡人數，估計得上兩千，狗日的鬼子也沒多少人了，這仗我們一定贏定了。那名軍官又說，抓到了幾個沒死的日軍俘虜，怎麼處置？請師長指示。外公想也沒想就說用刺刀捅死，他娘的一個不留！

說完，外公又問，在紫金嶺阻敵的的警衛營有消息嗎，他們怎麼樣了？

那名軍官說，全營四百八十九名弟兄全部陣亡，屍體已經拉回城內來了，一個也不少。都是些好弟兄啊！外公仰天長嘯了一聲。

因與外面切斷了聯繫，此時外公還不知道這時整個雪峰山下已經打成了一鍋粥。而且日本人在任何一處戰場上都沒撈到便宜。他們投下的大量兵力就像撒入河裡的魚餌，轉眼間一股一股地消失不見了，以至於各個戰場都抽不出兵力增援。但國軍的部隊卻在源源不斷地集結，芷江機場上日夜燈火通明，幾分鐘就有一架飛機起飛趕往戰場轟炸，或者是降落下來補充燃料和炸彈。但是不管是國軍戰區司令部還是陳納德的飛虎隊都把沅州城遺忘得乾乾淨淨了，也許距離芷江一百多裡的沅州和那些只隔幾座山頭的雪峰山脈下的各個正處於膠著狀態的戰場來說，沅州已經不重要了。日軍占不佔領沅州對芷江都構不成什麼威脅。

其實外公在沒開拔進沅州城之前就知道他們無論陷入如何艱難地步都不會有援軍的，沅州保衛戰不過是老蔣要借日本人之手消滅湘西王陳渠珍的實力而已。外公心裡清楚，打贏打輸他都得上軍法處。外公把所有活著的士兵集合起來最後一次訓話，他把上衣一脫，露出一身腱子肉，說弟兄們，仗打到這個份上了，兄弟們哪個要是不想再打了，把槍和子彈留下來，從籮筐裡抓光洋回鄉。

不走的哪個若是活下來了就給死去弟兄的家裡報個信，讓家裡人別再等了。

外公給我回憶說，兩大籮筐光洋就擺在士兵們的面前，但沒有一個人去拿，包括傷兵。也沒有一個人交頭結耳地議論。大家都神色凝重地望著他。

外公了看著他的士兵，眼圈濕潤了，他咳嗽了一聲，高聲地說，弟兄們，只要我沒死，我就給每個戰死的弟兄刻一塊民族英雄的墓碑，我死了，活著的弟兄也別忘了你們的老哥哥。

士兵們一片哽咽，老師長！

外公說，我從現在起我就不是師長了，和弟兄們一樣，我也是一個兵，一個與沅州城共存亡的老兵。

五月四日一整天都相當的平靜，外公估計這一晚日軍不會有什麼行動，他們剛剛在前一晚吃了大虧。外公讓士兵們抓緊時間趕快困一覺，養足精神準備明日的最後一仗。他猜想日軍天亮後肯定會迫不及待地發起攻擊，狗日的武器裝備比他們的要好一百陪以上，晚上顯不出一點優勢，白天則是他們被狗日的猛烈的火力壓得抬不起頭來。城牆到處都是口子了，天一亮鬼子輕而易舉就能攻進城來，這一仗不可避免的還是巷戰和肉搏。

外公預料得果然不錯，五月五日這天天剛亮，日軍就對沅州城發起了最後一次攻城。外公站在城牆上估計了一下攻城的日軍，大約也只有七八百名士兵，他們的兩三聯隊四五千人也所剩不多了。因此攻勢明顯沒有前幾日那麼地凌厲，一開始就成了均力敵的拉鋸戰。攻進來了幾次，又不得不退出去，直到中午日本兵才完全進入城內。

外公是在鬼子進城後肉搏時失去知覺的，他正在一條巷子裡跟一個小鬼子軍曹拼刺刀時，旁邊一個士兵和另一個鬼子抱在一起打滾，他拉響那個鬼子腰帶上掛著的一顆手雷時，兩個人正好一起滾到外公和那個軍曹的腳邊，巨大的氣浪把外公和那個軍曹都掀翻了，震昏了過去。

外公是太陽快要落山時被他的勤務兵小趙抖醒過來的。小趙在這場戰鬥中失去了一隻胳膊。外公睜開眼時看到他那條空蕩蕩的右臂，一下子覺得小趙好像很陌生似的。小趙看到外公睜開了眼睛，大叫起來，你醒了呀！師長你沒死！

外公搓著麻木了的雙腿問，仗打完了？

小趙說，打完了，狗日的小鬼子被我們全部幹掉了。

外公說，幹光了？

幹光了，小趙說，師長，他娘的一個活的都沒有了。

仿佛是故意要跟小趙作對似的，這時那個一同跟外公被震昏了的日軍軍曹也醒轉過來了，舉著軍刀咿咿呀呀地朝外公衝來。

外公大吼一聲，他娘的你還沒死呀！

吼完就呵呵地大笑起來，笑得震天動地，像見了老朋友似的高興。日軍軍曹一下子愣怔住了，軍刀也掉下了地，接著他轉身就跑。跑出去老遠了，外公才從小趙手裡抓過一支漢陽造，槍聲一響，日軍軍曹一個狗啃屎撲倒下地。

外公對小趙說，把那粒子彈幫我挖出來。

小趙不解地望著他的師長。

外公看了小趙一眼，語氣傷感地說，打完這一仗我就再沒仗打了，留粒子彈做個紀念吧。

小趙跑過去，用刺刀把那粒子彈從日軍軍曹的心臟裡挖出來，交到外公的手裡。外公擦掉了上面的隱隱約約的血跡，把它裝進了上衣口兜裡。

外公知道日本鬼子完了，他的部隊也完了，但他和小趙還是去一個個地翻找，看看還有不有活著的弟兄。他們最先找到的就是石老二，石老二明顯地不行了，他的肚子已被捅得稀爛，在黃昏的微風裡發出糞便的惡臭。按理說他早該落氣了，他到底是怎麼撐下來的，外公一直認為這是一個奇蹟。也許是信念，他覺得一定得撐到親口告訴外公他也幹掉了五個鬼子，沒給師長丟臉。果然，他話一說完，外公就感到手臂一沉，石老二歪過頭睡著了。

是再也不會醒來的睡著了。

外公和小趙打著火把找了整整一夜，小趙還戳死了四個重傷跑不動的鬼子，他們終於還是找到了十六個負傷沒死的弟兄……

8

外公是在一九五五年春天開始著手準備讓一粒子彈穿透胸膛的。

既然找不到一把真正意義上軍人用的手槍或者是步槍，外公只好委曲求全，自己打造了一把能夠讓一粒子彈穿透胸膛的形狀很像德國造的瓦爾特的仿製品。這種活計外公在十來歲時就幹過，現在重操舊業更是輕車熟路的。外公對我說，他最後一次，也就是在沅州保衛戰時佩戴的就是這種手槍，它外觀漂亮，輕巧，但射程不遠，除了用來自殺，幾乎沒有實戰價值。外公還告訴我，希特勒就是用這種瓦爾特ＰＰＫ型手槍自殺的。

這是我第一次聽到外公在我面前提到自殺這個詞。什麼是自殺，我依然懵懂，不知其義。至於希特勒是誰，更是不曉得了，我從沒見過這個人，這個古裡古怪的名字也是第一次聽說的。

「瓦爾特」的木槍托外公是在光天化日之下光明正大地做的。槍托他用的是那種木質堅硬的楓楊樹板做的，做得相當精美，跟真槍幾乎差不多了。他之所以敢在光天化日之下來做這把槍，託辭無非是拿我做掩護，說是給我做的玩具。事實上這把槍在很長一段時間裡，差不多有一兩個月吧，它也就是我的玩具，我把它握在手裡對著豬牛馬羊叭叭地亂放一氣，聲音當然是我用嘴巴模擬出來的。

我很是喜歡這把手槍，它太漂亮了。作為一個安靜的小男孩，我也忍不住拿著它四處跑動，意在向人炫耀。

有一次，向隊長來外公家發一個什麼通知，我跑進屋裡拿出槍對準他叭叭地射，弄得向隊長呵呵地大笑。

外公也呵呵地大笑。

第一次，向隊長就被這把槍的逼真和精美吸引住了。誰做的呀？他撫摸著我的頭顱問道，做得挺像真槍的。

我又把木槍對準外公，咿咿呀呀了幾聲，意思是告訴他是那個人做的。

外公就說，瞎做的，瞎做的。小孩子嚷著要玩耍嘛。

向隊長也就不去深想了。他如果好好想一下一定會想出問題來，一個農村的糟老頭兒怎麼會造得出來那麼逼真的瓦爾特手槍？哪怕就是他曾當過水手，要知道這種手槍就是當了一輩子國民黨士兵的人也未必看到過幾眼，在國民黨高級將領中也很少有人佩戴的這種手槍。

也許向隊長根本就不認得這種手槍，所以他才沒去深想。

就在那天下午向隊長一出門，外公就把他的瓦爾特從我手裡收繳了上去。作為補償，也是為了止住我的哭聲，外公重新給我做了一把駁殼槍。這把槍明顯就是粗製濫造的，它笨重，醜陋，拿在手裡感覺到很彆扭，沒前一把有靈性，我只玩了不到一個時辰，就把它扔進門前的小河裡去了。

一個月後，我看到外公在那把瓦爾特手槍上推了一道溝槽，然後裝上槍管和槍機。秀氣的瓦爾特一下子顯得粗笨起來，再沒有原來那麼漂亮了，那隻槍管太長了一點，（槍管不長外公怕射出的子彈穿不透他的胸膛）槍機貼在槍身上好像很生硬，而且還突出來一塊安裝火砲的噴嘴，像一匹翹起的公雞尾巴上的黑羽毛。好在後來外公又給它上了一層我們貓莊人只用來涮棺材的黑土漆，使它看上去烏黑鋥亮的，對它的粗笨算是一個彌補。

外公裝好槍管槍機在上漆時，我看到他一直就在不斷地搖頭，看來他自己也不是很滿意，沒有達到他預期的效果。

將就著用吧。外公自言自語地說。

我以為外公是要讓我來用的，興奮得咿咿呀呀地叫起來，但自從他涮好漆之後卻看也不讓我再看一眼了，他把它藏起來了，我翻箱倒櫃找了幾次也沒找到。

外公是什麼時候打好槍管和槍機的，對我來說直到現在還是一個謎。我想他可能是在前一年的冬天的夜裡乘我和外婆都睡著後悄悄完成的。以外公的穩重，他不可能找鐵匠去打。那時候要找到一些鐵是很容易的，家裡的刀鋤都是鐵做的，就是上好的鐵塊也不難找到，外公只要築個小泥爐，得到一把小鐵錘，打造出一根槍管和一個並不複雜的槍機也不是什麼難事。而且在他家後面的山上就有那種黏性極好的白泥巴，那是用來做火爐的上好的材料，碳也是現成的，一入冬，貓莊人家家戶戶都烤碳火，外公即使是半夜里弄出火光來，人家看到了也不會起疑心。

接下來就是焙制火藥。

我們那裡焙制火藥有一硝二磺三碳的講究，硝是硝土，磺是硫磺，碳是木碳，這是製造火藥的三種原材料，它們的比例就是1比2比3。一般來說，只要嚴格按照這個比例去配製就能制出可以燃燒的火藥，至於品質好差就得看原材料的好壞了。硝土和木碳我們那裡到處都是，但選用的時候也有講究，百年老屋基腳下的或是山洞深處的為佳，屋越老洞越深越好，總之刨出來看上去要像麵粉一樣白花花的，碳卻要用木質疏鬆的桑樹，因為它易得著火。而且還得冬天的桑樹燒成的碳，其他季節水分太重，影響火藥的易燃度。

這些，外公也在先一年的冬天早就準備好了。

只是硫磺一下子不好找，貓莊本身不出產這種東西，它的用途也不廣，一般人家都不會放有備用的。為此，外公出了一次貓莊。這是他在我們貓莊定居的六年中唯一一次離開貓莊。他沒有去二十里外的鎮上商店裡買，他怕遭到到售貨員的盤問，因為硫磺這個東西除了能製造火藥，能驅邪，在我們那一帶就再沒有什麼別的用處了。新政府已經破除了迷信，他更沒有理由買這種東西。那天外公是去了十五里外青石寨一個道士家裡。我們貓莊的習俗是死人後棺木下井前要撒硫磺避邪，所以道士家都會必備硫磺。為了遮人耳目，外公是帶著我一道去的。那也是我有記憶以來的第一次出門，我至今記得那一日是一個春光明媚，鳥語花香的好日子。

到了青石寨，外公就向人打問趙武林家住在哪裡，別人問他哪個趙武林，外公就說是你們青石寨做道士的那個人。

哦，哦，你是說他呀，他早就不做道士了，那人說，他現在在接受貧下中農的監督勞動呢。你們是哪個寨子的，還敢請人做道場？

沒，沒有呀，外公慌張地說，我是他家親戚，多年沒走動了，來看看他。

那人雖然一臉狐疑，還是指著半山腰上一棟孤零零的低矮的茅屋說，就是那裡，他剛才回去，在家呢。

到了那棟茅屋前，我看到一個中年人正在屋簷下打水洗臉，我和外公就站在外面的坪場上，沒有動。外公也沒有叫他，就那樣呆呆地看著他。中年人轉過身來，我才看到他右邊衣袖裡面空蕩蕩的，原來他是個獨臂漢子。

中年漢子轉過身來，看到我們爺孫倆也一下子呆住了。他和外公就那樣呆呆地對視著。我看看這個，又看看那個，他們兩人都好像被施法了，定定的站著，一動也不動，我還看到那個中年男人的表情首先是驚愕，接著眼圈就紅了，紅得亮亮的，那是眼眶裡有淚水在轉動。

外公的臉上雖然沉穩一些，很快他的眼眶也紅了。一滴濁淚砰然砸落下地。

良久，獨臂的中年漢子撲通一聲跪倒下去，他輕聲地哽咽著說，師長，您還活著呀！

外公雙膝一軟，也跪倒了下地，說，活著呢，活著呢，活得憋屈死了。

師長，使不得，使不得！中年漢子趕緊爬過來去攙扶外公。

外公不起來，老淚縱橫，說，我這不是給你一個人跪的，我是在給全師六千多弟兄謝罪，死去的和活下來的我都對不住呀！我說過要給兄弟們刻碑的，我沒做到，老宋就躺在我家門口，那塊碑倒幾年了我沒去扶一下，有幾次我看到你在貓莊給人做道場，我老遠就繞開了。我對不住兄弟們啊！

中年漢子跪在外公身邊，流著淚說，師長，這不怪你！就是弟兄們不怪我，我自己心裡也不好受啊！外公說，我對不起弟兄們，他們都是被我送掉性命的，死後連塊碑也沒得。

有師長這份心他們也值了，中年漢子說，師長，這頁書不能翻了。

兩個人都起來後，外公才說明來意，問小趙做道士時剩不剩有硫磺？小趙也不問外公要它做什麼，就帶著他進屋，在床腳翻找。最後終於在一個旮旯裡找出來了雞蛋大一坨黃黃的硬邦邦的東西。

小趙問，夠了不？要是不夠我再去原來一道做道士的幾家問問。

外公欣喜地說，夠了夠了。

小趙還問了，我嬸子還好嗎？

外公說，好，好。

秀英呢？小趙又問。

也好，也好。外公拍了拍我的頭說，這就是秀英的孩子，叫太平。

我早看出來了，嘿嘿。小趙使勁地掐了一下我臉上的肉，疼得我呀呀地叫喊起來。

回來的路上外公一直似乎很興奮，一路都在自言自語，嘰嘰咕咕的，直到走出了青石寨，來到一條寂靜無人的峽谷裡時，外公才把一路憋癢了的嗓子放開來。他吼出聲了：

一團長！

報告師座，一團長陣亡了。

一團副！

報告師座。一團副也陣亡了。

參謀長！

到！

我正式任命你為一團團長，帶一團弟兄們守住西門。

是！師座。

二團長！

到！

給我帶弟兄們人堵住北門，不准一個鬼子過小北橋。

是！師座。

三團長！

報告師座，三團長陣亡了。

三團副！

到！

你接替三團長，帶弟兄們守住南門。

是！師座。

你的傷怎麼樣？

沒事，不是我伍大彪吹牛，這點小傷跟三五個鬼子拼刺刀沒他們的贏頭。

我可醜話講在前頭，放一個鬼子進城來了我把你就地正法。

是！師座。

警衛營長！

到！

帶上你的弟兄從東門出城搶佔紫金嶺，務必堅守到第二天天亮。

保證完成任務！師座。只要還有一個兄弟活著就不讓他娘的小日本上前一步。

趙武林。

有！

走，上城牆去。

是！

給我拿挺輕機槍，多拿幾個彈匣。

好嘞。

…………

師長，我沒……沒當孬種，我……我幹掉了他……娘的……五……五個……小……小……日本。

呵呵呵，我講你石老二呀，你一個鴉片鬼死得值了！

師……師……長，你……你記……記得給……給……我立塊碑，記……記得刻……刻上我……

幹……幹了五……五個……狗……日……的……日……本……兵……

石老二呀——

外公撕心裂肺般地對著山谷喊了一嗓子，突然蹲下地噢噢地放聲大哭起來。

群山震盪。山谷裡一片嗡嗡的回音。

收住眼淚後，外公神色黯然地坐在一塊大石頭上，雙眼茫然地盯著高遠、深邃的天空。良久，他從懷裡摸出那粒他隨身攜帶著的黃亮的子彈，開始在他的手心裡顛簸起來。隨著這粒子彈從他的右掌心跳到左掌心，又從左掌心跳到右掌心，外公的臉色越來越凝重起來，但他的一雙渾濁了的眼睛卻愈來愈明亮了，熠熠閃光。

外公在手心裡掂著那粒子彈，再一次問我，太平，你說一粒子彈到底有多重？

我已經記不清這是外公第幾次問我了。

曉得我不會回答他的，外公輕輕地搖了搖頭，收起了這粒子彈。

外公對著那粒子彈說，今天剛好滿十年呀，十年，怎就那麼快呀，想起來還像昨晚上發生的事呢。

之後，我們一路上就走得異常地沉悶。

到了貓莊，天色尚早，外公帶著我回了一趟我自己的家，我父母正好剛剛從地裡收工回家，他們讓外公進屋去坐，外公不坐，卻突然對母親說，今晚就把太平放這裡，不帶回烏古湖了。我父母也沒多想，說就讓他跟我們睡吧。停頓了半天，看到父親把我帶進了屋，外公對母親突然又說，秀英，我要是走了的話，你把你娘接過來跟你們一起住吧。記住，她胃不好，炒菜時不要放那麼多辣椒。

母親一下子愣住了，接著鼻子一酸，說，爹，你身體好好的，講這些做什麼呀！

外公平靜地對母親說，天有不測風雲，人有旦夕禍福嘛！

9

第二天，也就是一九五五年五月六日這天凌晨，外公終於用他自製的那把看上去十分粗笨和彎扭的瓦爾特手槍完成他的夙願，讓那粒他捂了整整十年的帶著他溫熱的體溫的黃亮的子彈穿透了他那乾癟了的胸膛。

從青石寨回來的當天晚上，外公把自己關進了房間裡，他像一個科學工作者進入試驗室一樣，開始研磨、烘焙那些硝土、硫磺和桑木碳，然後按比例地配製出了火藥和火砲。原料齊全，配製火藥這事就太簡單了，外公幾乎一試即成。當外公抓起他面前的那些像藥粉一樣的黑色的粉末投到一塊紅紅的碳火上時，立即聽到「嘭」的一聲，碳火上就冒出了一股濃烈的青煙，同時整個房間裡也瀰漫起了一股濃烈的硝煙味。

外公使勁地嗅了一陣這種他多年沒有味到過熟悉的氣味，臉上浮出了自我陶醉的滿意的笑容。然後就是製造火砲。這個活技術含量要高一些，硝土硫磺木碳的比例也跟火藥不同，但也難不了外公，他用一張紅紙做底板，用漿糊圍了個小圓圈，在裡面裝上火砲藥，一個火砲就出來了。火砲的品質當然要好，但關鍵是槍機要有力，才能扣著火砲，外公反覆試驗了幾次就大功告成了。他在打造槍機的時候早就考慮到了它的力度問題。

一切都準備就緒後，外公去了一趟外婆睡的房間裡。他看到外婆已經睡著了，而且正打著輕微的鼾聲，外婆早就習慣了他一個人半夜裡搗鼓什麼，或者是一個人沉默地坐著什麼也不搗鼓。外公在外婆的床前默默地坐了一小會兒，然後決絕地起身回了他的那間「工作室」。

幾分鐘後，在一片嘹亮的雞啼聲遮掩下，從外公的房間裡傳來了一聲一點也不張揚的沉悶的槍聲。

那一槍是外公頂在胸膛上打的，由於外公在槍膛裡填了太多的火藥，不僅那粒子彈順利地穿透了他的胸膛，而且巨大的爆炸力把那隻槍的槍膛也炸裂了。

外公永遠都不會知道了，其實外婆並沒有睡著。外公來她房裡的時候，凝望著她一句話也不說，她就敏銳地感覺到了什麼。外公一離開，她就尾隨著他，目睹了外公開槍自殺的全過程。外婆當時完全有時間制止外公，但她沒有這樣做。外婆後來回憶說，她也不知道為什麼，她當時只是呆住了，腦子裡一片空白。

外公進房後直到開槍一直都沒回頭，他是面對著幾百里外的沅州城所在的南方扣動槍機的，因此他就沒能看到背後站著外婆。

事隔多年後，我才知道外公在那天晚上給外婆留下了一張「閱後付炬」的遺囑，其大意是：他死後立即處理好他自製的手槍，清洗掉他身上及屋內的血跡，換上他準備好的壽衣；對外只稱他是心臟病發作死的，包括女兒和女婿也必須隱瞞；喪事從簡，不得超過三日下葬；以上墳方便為由，在宋副官的墓旁買兩塊墳地，把他葬在他的旁邊。這樣，不僅他們老哥們可以在一起了，以後外婆來時也好有塊地兒。外婆看完之後，沒有絲毫耽擱，以最快的速度和最麻利的手腳不折不扣地完成了外公最後一次囑託。

忙完後，外婆這才點燃了長明燈，把一掛鞭炮在堂屋裡放了。她這是要給烏古湖的其他幾家人遞信。然後她才伏在外公的屍身上哥哥長哥哥短地卯足了嗓子哭嚎起來。

那天晚上我是和父母睡在貓莊的，烏古湖人沒有聽到的外公自殺的那一聲沉悶的槍響，我在睡夢中聽到了，而且聽得異常真切。我一個激靈就醒了過來，坐在床上對著父母大叫一聲：外公死了！

我父母一下子也驚醒起來了。最先是母親的驚叫聲，她沒聽清楚我說的是什麼，一下子坐起來對父親喊，啞巴開口了，我兒子講話了。

父親也說，我也聽到了！

母親摟著我，異常興奮地問我，兒子，你剛才講什麼？

我又大聲地說了一句：外公死了！

我臉上立即挨了母親火辣辣的一耳巴，從此又是好幾年沒再開口說話。

亂講！母親低聲地訓斥我，你外公好好的，怎麼會死！

父親也幫母親說話，罵我說，白眼狼，外公天天帶你，你還咒他。

父親和母親又睡了下去，但母親的心裡終究是不安寧，她想到了啞巴開口說話一般是很靈，又想到了傍晚時外公說的那種斷頭話，蒙在被子裡嚶嚶地哭泣起來。哭了一陣，就叫起了父親，帶上我，打著火把往烏古湖趕去。當我們走到那片墳地時，就聽到外公家裡傳來了鞭炮聲。再走近一些，外婆的哭嚎聲也清晰了起來。

母親一下子就癱軟了下去。

三日後，外公下葬了。他的墓地就在那個宋副官墓地的旁邊。下葬的那天我也披麻戴孝地去了，我看到幾天前我和外公去青石寨路過時還倒坍著的宋副官的墓碑不知什麼時候已經被人扶正了，碑前還有燃燒過的香紙，而且那塊墓碑上灰暗的「抗日英雄宋連生之墓」幾個大字也用紅漆重新描過，在一片熾熱的陽光照耀下血紅血紅的。

但外公的墓地只是一個土堆，沒有碑，更沒有字。

外公死的那年僅才五十八歲，離我們貓莊人認為的滿六十歲才算是一個老人還差兩年，因此他就沒有資格立碑……

一座山有多高

前輩子是頭牛，這輩子做個人，下輩子變座山。

——湘西民謠

1

父親是一九五〇年底鎮反運動時因罪大惡極被拉到縣城外一處叫做石灰窯的河灘上槍決的。

行刑那天，差不多整座縣城的人扶老攜幼，傾巢而出，加上方圓幾十里聞訊趕來的鄉親，總共有好幾萬人民群眾湧上河灘，不僅狹窄的河灘被擠得水洩不通，四面的山坡上也站滿了人。當父親一瘸一瘸地被人民解放軍戰士五花大綁押來時，人群發生了嚴重的搔亂，許多老弱病殘者被擠進西水的深水裡泡得渾身精濕。那天是農曆冬月一個霧氣沉沉的日子，異常陰冷，寒風掠過河對岸的石崖像河灘上所有人同時在用指甲刮白鐵皮一樣尖銳地嘶鳴，沒有一個人感覺到冷，包括那些落水者也捨不得回家換衣，大家挨冷受凍也要等到最精彩的一幕。

雖然父親沒有喊出人人期待的「老子十八年後又是一條好漢！」之類豪言壯語，但他果然沒讓忍饑受寒前來給他「捧場」的鄉親們失望。

父親挨了九槍沒有倒地。

解放軍一個班十二名戰士執行這次行刑任務，大多數輪上向父親胸膛射擊一槍。如若不是第九個戰士違規射擊，那個軍官還發現不了父親已經站立著斃命，每個戰士肯定都能輪上一次。

父親在挨第三槍沒有倒地時，人民群眾發出了驚訝的尖叫聲，以後每一聲槍響，他們都同時高呼：倒——！倒——！倒下去——！可以想像一下，幾萬人同時興奮地高呼一個字，那是多麼巨大的聲響，用響徹雲霄來形容一點也不為過吧。群眾的呼聲如此之高，說明他們一秒鐘也不願意讓這個血債累累的人民公敵多活，局面令這班身經百戰戰無不勝的解放軍官兵尷尬和無地自容。父親的胸口已經被多粒子彈絞走不少於二斤肉，呈現出一個碗口大的窟窿，血流如瀑，但他依然虎眼圓睜，氣勢若虹。父親的這種神態激怒了一名解放軍小戰士，對這個頑固到底死不改悔的階級敵人的仇恨使他不顧規定衝著父親的頭顱射擊了一槍。子彈從眉心鑽進去從後腦勺鑽出來，落入父親背後的河水裡，濺起一圈圈漣漪。但父親身子幾乎沒有顫動一下，更沒像前面幾槍那樣渾身抖動起來，那個軍官剛要批評違規的小戰士，發現父親的額頭上只印上一個圓圓的小洞，沒有一滴血滲出來，再看他的臉，寡白寡白的，雙目圓睜卻毫無光澤，定了。軍官知道父親已經死了，他是憋了一口氣，再打五百槍也是浪費子彈，不會倒地。他跑過去，用家鄉東北話罵了一句：媽個疤子！老子以為打不死你！一腳踢去，父親轟然一聲撲倒下地，像一截木頭似的滾動起來，嚇得圍觀的人群又是一陣驚叫，亂作一團。

父親一倒地，母親嚎叫一聲衝上去。事實上，要不是母親及時上前，一把扯住父親的屍身，他就一骨碌滾進河水裡去了。他是站在一個四面隆起的小沙丘上行刑的，身後不到兩丈是綠得發暗的河水。母親在三天前就接到了收屍通知，等她帶著我從九十里外的貓莊趕到石灰窯時槍決父親的槍聲已經響過六次。第七次槍聲響起時，母親終於費力地鑽出人群擠到最前列，在巨大的槍聲中她大聲地喊出了父親的名字，同時父親也看到她，眼睛亮了一下，迸出最後一道光芒。

母親後來一直認為父親是在那一刻落氣的。她堅信父親是在看到她，特別是看到我之後才會死去。

那年，我零歲，還在母親肚子裡待著。所以我從未見過父親，儘管他臨死前我趕到了刑場為他送行。

母親衝上前去，一把扯住父親屍身，幾乎沒有停頓，雙手抓起父親的胳膊，把他整個人提溜起來，然後快速地半蹲下去，一隻肩鑽進他的腋下，往上一撂，父親順勢趴上了她的肩頭。那時父親全身還熱乎乎的，手腳並不僵硬。母親從地上起肩時吆喝了一聲：長生，回家嘍——！

母親一連串動作一氣呵成，像雜技表演一樣，那一聲吆喝也吼得字正腔圓，悠遠綿長，圍觀的群眾看呆了。

母親把父親背起來後，人們才反應過來，紛紛退讓，給她閃出一條道路。母親步態平穩地走在鵝卵石上，向泊在不遠的一條烏篷船走去。她聽到身後傳來人們驚詫的議論：

他娘的，土匪婆就是厲害。

不愧是民國政府懸賞三十萬大洋通緝的土匪的婆娘。

聽那腔，這婆娘應該是個戲子，八成是趙老三搶來的。

看她那肚子不下七八個月了吧。

母親感到背上的父親越來越沉重，她知道父親正在快速地變硬，變涼。母親把父親往肩上聳了聳，但很快父親又往下滑溜了一截，母親的腰彎不下去，只好雙手使勁地往上托。好在這段路不長，不到一百米。到泊船的地方，也不管四處水窪，嚓嚓地踩上去。接近船舷，母親試探了幾下，船頭翹得太高，她怕一腳踩上去，船身會晃蕩，把她摔下來。

上不了船，母親無論如何努力，也沒把握平穩地將父親放進船艙裡。加之我像感應到了什麼似的在她的肚子裡亂踢亂動，使得母親更加不敢冒險。最後，母親只好像空麻袋一樣把父親對著船艙倒進去。

母親把父親在船艙裡擺平，提起竹篙開始撐船。當竹篙離開水面涮涮往下滴水時，母親的手停住片刻，眼淚才比水滴更凶湧地嘩嘩啦啦流下來。母親沒有哭出聲來。她背過身去。當時看熱鬧的很多人根本沒有發現母親流淚，只見她把竹篙在河灘的一塊大卵石上一點，小船左右晃蕩幾下，輕巧地滑進水面，順著暗綠色的酉水遠去了。

2

現在回過頭去梳理父親的一生，可以說他的一生是熱愛刀槍的一生。其實，在我的整個家族中，熱愛刀槍的遠遠不止父親一人，我的祖祖輩輩皆是如此，他們在打打殺殺中度過短暫的一生。最後，都死在刀槍下。

父親出生在一個土匪世家。

從他爺爺的爺爺就開始從事佔山為王打家劫舍這門古老的職業，後來父親成為一代名匪，是子承父業，把祖輩的「生意」做大做強了。

據說我爺爺這個老土匪至死從沒有讓父親接替他衣缽的想法。走上匪道，完全是父親自由選擇的。

我爺爺有三個兒子，父親是最小的老三。出生不到兩個月，我奶奶就死了。死在一次火拼中。那年大年三十，盤踞貓莊的另一夥土匪包圍了爺爺家的大院，槍聲一響，奶奶趕緊抱起熟睡的父親往外跑。一出堂屋，才曉得整個院子被包圍了，情急之下，把襁褓中的兒子塞進左廂房裡一隻廢棄的雞籠裡，用一塊破麻布蓋住。奶奶能使雙槍，左右摟火跑去跟爺爺會合。當時爺爺帶著我兩個伯父和幾個家丁正在後院跟那夥人交火，前院已被攻破，有人衝了進來。奶奶跑了幾步，想到不能讓爺爺腹背受亂，又轉身往前院跑去。她一梭子撂倒衝進院子的兩個人，但她沒注意到院牆上趴有人，在瞄準她，一槍打中她的左肩，又一槍打中她的胸膛，奶奶晃蕩幾下撲倒下地。

天亮前，衝出去的爺爺召集攏貓莊人殺回來時，那夥人早把家裡上上下下裡裡外外搜索一遍了，包括我奶奶手裡的兩支短火也成了他們的戰利品。所有沒死的家人和負傷的家丁都被當場捅死，手段極其殘忍。唯一倖存下來的就是父親。爺爺找到他的時候，他還躺在雞籠裡的乾屎中呼呼大睡。先後兩次炮仗一般激烈爆響的槍聲竟然沒有把他驚醒，讓他撿了一條小命。

所以，後來父親得了一個小名，就叫三雞籠。

儘管父親其實並未受到什麼驚嚇，爺爺也很快給他找了一個奶娘，但他卻一天一天瘦弱下去。十來歲時，還乾瘦得像一根長在岩罅中的山竹竿，兩排肋骨撐出來老高。父親的兩個哥哥，也就是我大伯父和二伯父，都像爺爺一樣，粗膊長腰，高大威猛。也許覺得這孩子太瀛弱，也許覺得他從小沒娘，太造孽，爺爺對父親溺愛有加，卻不准他像兩個哥哥那樣舞刀弄槍，說他吃不了刀槍這碗飯，而是讓做過私塾先生的老管家來教他讀書識字。但父親天生不是一塊讀書料，先天教的東西晚上睡一覺就會忘個精光。父親對讀書不來勁，只對刀槍感興趣。

父親對槍特別有感覺。第一次摸槍，在他八歲生日那天，是一把八連發德國毛瑟槍。那天，父親跟爺爺吵著要玩槍，被訓斥了一通，蹲在屋簷下哭鼻子。兩個哥哥哄他，偷偷地把他帶到後山一片樹林裡，在十步開外的一塊大石頭上擺上三隻拳頭大小的橘子讓他打。槍太重，父親單手拿不穩，用雙手握緊著摟火，三聲槍響，三隻橘子汁液四濺，全被打得粉碎。

這個準頭讓兩個哥哥大吃一驚。

父親十七歲那年，長得只比一支七九式快槍高不了多少，但對長槍短火各種槍械都玩的得心應手。而且槍法奇準。就是沒有準星的自製火銃，一抬手能打下飛行在天空中的一隻麻雀。槍法比兩個哥哥厲害得多。體力也比一般同齡的山裡人好。除個子矮小一些，看上去瘦瘦弱弱的，其實父親的力氣不在肌肉上，而是在骨頭裡。許多年後，貓莊的老輩人說起父親，還稱他是鐵骨人。

一切都是瞞著我爺爺的。父親有一身好槍法、好身手，兩個哥哥也不敢說出去。爺爺脾氣暴躁，誰不遵從他的意志都沒好果子吃，輕輒挨打，重輒要挨槍子，哪怕是親兒子，他也絕不輕饒。

這年冬天，我們縣換了一任縣長。那是個城頭變幻大王旗的年代，已經是這一年中第三次換縣長了。以往每一個縣長走馬上任，本縣的土匪頭目們都會在半月內備厚禮派人去打點。我爺爺更不例外。那時候他已有上百匪眾，仿效水泊梁山，在雞公山建起山寨，獨霸貓莊。樹大招風，縣裡主張剿滅他的大有人在。因此爺爺對縣裡長官變迭格外關注。但這次變得實在太快，給前一任縣長三千大洋厚禮送上去還不到一個月，當時恰恰縣城聯絡點上的人下常德辦事去了，貓莊離縣城近百里，消息閉塞，縣長換人這等大事我爺爺竟渾然不知。

等爺爺知道時已經大兵壓境。縣警察局幾十號人馬開來貓莊，摸上了山寨。槍響時，爺爺和嘍羅們正在聚義堂裡喝酒吃肉。

這天是臘月二十三，貓莊人的小年，清晨爺爺帶人出去打了一頭重達二百多斤的野豬。一高興，從山洞裡搬出十多壇陳年竹葉青，跟弟兄們一醉方休。他們划拳，對山歌，耍酒瘋，聚義堂鬧得喊聲震天，不亦樂乎，幾乎沒人聽到外面的槍響。父親是第一個從屋裡衝出去的。當時他一手提著一支七九式快槍，一手攥著從父親房裡偷來的七發子彈，準備去後山一個山洞過把射擊癮。一聽到槍聲，立馬就往寨門口趕去。跑到寨門時，看到前面木樓哨亭上的那個人挨了槍子，先是定在那裡，一動不動，接著，往前一竄，張牙舞爪像一隻禿鷹似的栽倒下來。警察已到聚義堂下的飛鴉角了，正向上面放槍，子彈在耳邊呼呼嘯叫，父親沒有感到懼怕，貓著腰飛快地爬上哨亭，端槍射擊。第一聲槍響，父親看見一個警察捂著腿蹲下地去。但這樣反而遭來對方更瘋狂的射擊，子彈像馬蜂一樣成群地朝哨亭的木板和木柱上撞來。第二槍，父親就不手軟了，照著一個拿短火警察的黑殼帽白條紋上瞄準。槍聲一響，他就後仰式栽倒下去。又一聲槍響，另一個警察胸口開出了朵黑花。

警察們嚇得全部趴下，一動也不敢動。

等爺爺帶人拖槍從聚義堂跑出來，警察已經撤下山去。

父親一個小屁孩，用一條沒得準星的破快槍三槍幹掉兩個警察，讓爺爺和眾匪們吃驚不已。但我爺爺吃驚之餘，更多的是擔心。他擔心會招來報復。不管怎麼說，打死警察是非同小可的事。

爺爺把父親關了三天。同時受罰的還有教他習武打槍的兩個哥哥。

三天後，爺爺親自把父親送到兩百里外的沅州城，讓他進了一所中學讀書。爺爺在沅州城秘密開有一間主營桐油賺帶銷嚇的鋪子，打理人正是父親的舅舅。爺爺回貓莊時對我舅公說，管好長生，讓他好好讀書。不要再刀呀槍呀的惦記著，沒我來接，不准回去。咱家不能光出拿槍的土匪，也得出一個拿筆的秀才。

舅公看到父親兩個眼珠子咕咕碌碌亂轉，說這傢伙怕不像讀書的貨。

爺爺說，這是他娘的意思。你妹妹懷他時就說要讓他讀書考學的。

父親終究是一個土匪種，血液裡流淌著幾代人沉澱下來的沖涮不掉的對刀槍的熱愛。無時無刻不在盼望我爺爺接他回山裡去，心猿意馬，不僅書念得一塌糊塗，隔三差五還鬧出打架鬥毆的劣蹟，令我舅公頭疼不已。

終於，有一天，父親看到街上有人招兵，偷偷跑過去問有不有仗打？當他弄確切這支部隊要開到北邊的戰場後，毫不猶豫報了名。換上軍裝，手裡拿上了一支嶄新的瓦藍色的漢陽造，父親心裡充滿了對我爺爺報復的快感。

其實，父親不知道，我舅公也一直瞞著他，爺爺在他來沅州城的第二年秋天，人頭就掛上了我們縣城小西門城頭。父親打死的兩個警察中其中一個拿短火的是警察局的大隊長，也是新縣長親兄弟，新縣長豈肯甘休，請求上峰調了一個保安團開來貓莊，不到半天工夫就搗毀了我爺爺的山寨。眾匪們死的死逃的逃。我爺爺在戰鬥中挨了十多槍，胸脯被打成一張羅篩。

二伯父也被一槍打破腦殼。

那天大伯父逃過一劫。他帶人去十五里外一個寨子收租，等他趕回山寨，一切都已經結束。他在一座碉樓下找到半截屍身的我爺爺和腦漿灑了一地的二伯父。

爺爺的人頭在縣城城牆上掛了三個半月，日曬雨淋，皮肉掉得一絲不存，只剩一具骷髏。

3

母親把船撐到河心，就不再流淚。不是她不想流，而是她的淚腺已經乾枯，流不出多少淚來。在此之前，母親曾給父親收過兩次屍。這是第三次。前兩次母親一得到父親死亡的消息就嚎啕大哭，淚如泉湧。哭得天昏地暗，日月無光。第一次還跑了幾百里路，直到確信父親沒死才收住眼淚。更早之前，母親在少女時代曾痛失所有親人，有整整半年眼淚沒乾過。母親一生的眼淚已經流得差不多了，現在父親真死了，確確實實死了，她反而沒有更多眼淚流下來。

母親沒有眼淚的另一個原因，可能是她已經想開，父親的死，對她來說未必不是解脫。就像一塊懸在心上的石頭終於落下地，雖說砸得痛，比起終日提心吊膽沒完沒了的擔心，長痛不如短痛。

因是下水船，母親划船並不費什麼力氣，她一手撥槳，一手撫摸父親的臉頰。父親安祥地躺在前艙裡，神色平靜，只是雙目圓睜。母親手一搭上他的眼瞼，像有感應似的，兩隻眼皮叭嗒一下合攏下來。母親看到父親渾身血跡，知道他一生是個愛乾淨的人，索性拋開槳，任船往下漂流，跪在船艙裡仔細給父親清洗全身。母親先脫掉父親身上的血衣血褲，赤條條的父親像一個剛出生的嬰兒。母親輕輕地給父親拭擦，水太冰涼，母親擦得畏畏縮縮，怕他冷，也怕弄痛他。血跡結了痂，很難擦掉，特別是胸口上的那個大洞，越擦血水反而越多。母親用水瓢去澆，一邊澆水一邊搓，開始小心翼翼的，澆了幾瓢水，見父親沒反應，恍惚中明白父親已是一個死人，死人是不曉得痛不曉得冷的。母親這才無所顧忌地大瓢大瓢地給父親澆水沖洗，從頭到腳，從前胸到後背，連腋窩和指縫也不放過。澆得前艙裡汪洋了半倉紅紅的血水。

洗完擦淨，母親把父親抱上船頭甲板，從後倉裡拿出一個小包袱，取出給父親準備的壽衣壽褲壽帽壽鞋。母親一邊拍打著包袱上的塵灰，一邊對父親說：放整整七年，快長蟲了，長生啊，你這次終於穿上了。

母親清楚地記得縫製這套壽衣的時間是一九四三年深秋。那天早上的霜下得好大好大的，雪一樣白了貓莊山山嶺嶺。父親一走，她就開始剪裁布料。壽衣壽褲剛縫完，壽帽還沒來得及做，父親的死訊就傳來了。那一次當然是誤傳，卻也害得她一路哭泣，跑了好幾百里路，去給父親收屍。

母親又說，本來呀，想到家後再給你穿，現在穿上，體體面面地回家。你呀，出了那麼多次門，就沒有哪一次是光光鮮鮮齊齊整整地回來的，這一次可不能再那樣了，你到山上後再也下不來了。

母親撫摸著父親赤裸僵硬的身體，手指在父親前胸後背以及手臂大腿上游走，像在彈奏一曲無聲的哀樂。琴鍵就是父親軀體上的新舊傷疤。父親身上到處凹凸著觸目驚心的傷疤。圓形的，塊狀的，長條狀的，蜈蚣狀的。母親曾經躺在父親的懷裡無數次地撫摸過它們，知道每一塊的來歷。母親的手指停在父親小腹上一處圓形傷疤上。

這處傷疤是刺刀戳的。

母親突然笑起來，這是你給我擋的那一刺刀。

母親手指又停在父親左腿小肚鼓出來的一處傷疤上，說這裡有一塊彈片是嗎，長生？哦，哦，這裡，這裡也是彈片。

母親臉上的笑容越來越燦爛。

一陣陣嗚嗚吼叫的河風讓母親驚醒過來，看到天空越來越陰暗，大塊大塊鉛色雲層層移來，母親這才開始給父親穿衣戴帽。她怕下雪，得趕急趕回貓莊去。

壽衣壽褲是一套繡有八仙過海圖案的大紅唐裝，壽帽也是紅頂黑邊的財主帽，父親穿戴後顯得喜氣洋洋，寡白的臉上有了一些紅潤。只是額頭上的那粒槍洞太低，母親想盡辦法也無法用帽子遮蓋，使得他的遺容看上去有一些滑稽，像三隻眼二郎神楊戩。

船到貓莊二十里外老碼頭，天色尚早，母親看到碼頭上站著稀稀落落幾個人，沒有一個男人，知道那是我大伯母和兩個姐姐等在那裡。船近岸邊，七歲的大姐看到一身紅衣的父親躺在船頭一動不動，哇地一聲哭嚎起來。四歲的二姐不明所以，咬著中指，滿嘴涎水，望望這個，望望那個，還莫名其妙地笑了一聲。看到人人都爛著臉，比天氣還陰冷，二姐不敢再笑，嘴角一歪，跟著姐姐哭嚎起來。

大伯母跑過來繫好母親遞過來的纜繩。兩人費力地抬父親下船，放進一個擔架裡。

大伯母肅穆地站著，好像是給父親默哀。

大姐二姐止住了哭泣。

母親眼睛紅紅的，大伯母安慰她說，小玲，你想開一些，長生好歹落個全屍，比他兩個哥哥強。又說，玩刀刀上死，弄槍槍上亡。趙家幾代人都是這命，沒人活過四十歲。別太傷心，肚裡的孩子要緊。

母親說，遲早都有這一天，我不傷心。聲音卻有些哽咽。

良久，大伯母徵詢母親意見，明天還是後天出殯呢？

母親問，棺材訂了，道士請了嗎？長生英雄一輩子，喪事要辦得體面一些，出殯也要熱鬧一些。

大伯母說，在王二木匠那裡訂了一口棺材，他說晚上送過來。白石坳楊道士來不了，被公安局抓了，說長生的一批軍火被他藏起來了。我又去了再生寺，想請幾個和尚做場法事，廟門關了，聽人說政府讓他們還俗了。

母親無奈地噓了一口氣，那就算了吧。長生死得不是時候，明天就出殯，早點入土為安。她站起身來，抬手撫了一把被風吹亂的前額上的頭髮，彎腰去抬擔架。

大伯母說，小玲，嫂子說實話，你想把長生送上山去，怕是不現實呀，貓莊的青壯年男人本來就不多，抓的抓逃的逃，送上山抬喪的拉索的沒三五十個人弄不上去，我今天去找人幫忙來碼頭抬長生，沒一個人爽快答應，畢竟長生是土匪，是被政府槍斃的，現在這形勢……

母親停下來，不解地望著大伯母。良久，才說，不錯，長生是土匪，可他也是個英雄呀！

大伯母歎了一口氣，誰還記得以前的事，人家看到的是長生被槍斃，聽到的是長生被宣判的那麼多罪行。我看還是就在屋後坡地上選塊地吧。

母親堅決地搖頭，就是背我也得把他背到山上去。

母親說的山是雞公山。也叫做幾共山。這是貓莊一帶土話，據說是不曉得這座山有多高的意思。雞公山方圓幾十里，前臨峽谷，背靠酉水，山上常年雲遮霧罩，幾座主峰從沒人上去過，主峰下原始森林中有一片開闊地，建有木屋和碉樓，近百年來一直是我們趙家幾代人的匪窩。母親之所以要把父親送到山上去，是因為那裡有父親的墓地。七年前，父親和他大哥帶著六七百名弟兄去外面打仗時修建的，是兩座高大巍峨的九廂碑，圈岩也用過了細鑿的青石砌成。那裡還有父親給死去的弟兄們建造的一片碑林。

大伯母知道母親心裡是怎麼想的，把父親往山上送，母親看重的並不是那座高大巍峨的墓碑，也不是看重那裡還埋葬了老趙家幾代人，要讓父親歸宗祖墳，母親看重的是父親生前親筆給自己題寫的碑銘：民族英雄趙長生之墓。母親曾給大伯母說過，不管父親是不是土匪，也不管他作了多少惡，殺過多少人，是被哪一個政府槍斃的，母親覺得父親受這幾個字當之無愧。

當之無愧的當然也有大伯母的男人趙長春，以及所有戰死的弟兄們。

4

在母親的心裡，父親是一位軍人，一個英雄，甚至是一座頂天立地的山嶽。一直到死，她都不承認父親是一名悍匪。母親其實不是父親搶來的，她根本就不是我們貓莊人，甚至連湘西人也不是。據說母親的家在遙遠的北方，只是待久了，說得一口貓莊話，外人大多不知道她的來歷。至於她的家在北方的哪個省，哪座城市或者哪個鄉村，可能連父親都不曉得。

母親是父親從戰場上帶回我們貓莊的。他們的關係最初是同一條戰壕裡趴過的弟兄。

父親當兵後，在城裡集訓了半月。然後進入部隊，成為一名正式軍人。父親因為是學生，有文化，槍又打得準，很快被委任了一個班長的職務。他帶的是一個老兵班，全班十二個弟兄沒一個人比他小，論年紀他都要叫叔叔伯伯，也沒人叫他班長，人人都喊他學生娃。

入伍不久，盧溝橋槍聲打響。全國掀起抗日高潮，部隊許多官兵寫了請戰書。父親參軍就是衝著上戰場，連夜趕寫了一封三千字的請戰書，咬破中指，按上血印，交給長官。沒多久，父親和一批軍官從各營連裡抽調出來，赴浙江補充進駐紮那裡的一二八師。抽調出來的都是排級以上的軍官，作為班長，父親是唯一的例外。

一二八師也是筸軍，全師七千多人，清一色的湘西籍官兵。父親官升一級，任見習排長。看得出來，這支部隊雖然有正式番號，屬薛嶽的第十集團軍，但更像一支雜牌軍，槍枝多年沒有更換，全是老掉牙的七九式和漢陽造，很多槍連準星、甚至撞針也不見了。事實上，一二八師的前身就是湘西王陳渠珍的暫編第三四師，因「剿共不力」被改編。父親聽許多官兵說他們都是直接從山上下來的，穿上軍裝前跟我爺爺同一職業。操練時，多數人連東西南北都分不清。而且很多人還有大煙癮。父親的頂頭長官吳連長，人稱三把槍，兩隻快慢機另加一桿大煙槍，年紀才三十六七歲，幹過近二十年土匪，連裡的許多弟兄，都是他從山上帶下來的。聽弟兄們說，他們的山頭就在西水南岸的斷龍山。

父親一聽，心裡樂了，斷龍山跟我爺爺的老巢雞公山隔河相望，使勁吆喝一嗓子喊得答應。

沒幾天，部隊奉命開赴上海。父親隨一二八師先頭部隊趕到黃浦江畔時，中國軍隊已經從上海全面潰退。整個大上海只聽得到零零星星的槍炮聲，空氣裡到處飄蕩著一股股屍體腐爛的惡臭。

上海已經失守。

一路都是遊兵散勇。

一紙電令，一二八師即刻趕往嘉善增援。

父親是在從上海開往嘉善的路上碰上母親的。

父親坐在軍車駕駛室裡，手裡抱著一支老掉牙的漢陽造，正生悶氣。弟兄們也都歪著腦殼打瞌睡。不時從後面的車箱裡傳來一陣陣幹嘔聲，從沒坐過汽車的弟兄中有人暈車。

父親是在和自個兒生氣。他鬧不明白，部隊長途跋涉幾百里，連上海城也不進又打了回轉。眼看著近在咫尺的上海炮聲隆隆，不立即投入戰鬥，又殺了回馬槍。一路上弟兄們也罵罵咧咧，不曉得老蔣唱的哪一出戲。讓父親更不明白的是，國軍七十三個精銳師，幾十萬人馬竟如此不堪一擊，不到三個月就全面潰退！是日本人太厲害，還是那些正規軍被老蔣寵熊了？

正想著，汽車一個急剎，父親一頭撞到擋風玻璃上。

一個人突然從公路外斜竄出來，擋在軍車前。父親嘟噥了一句，跳下車去。看到一個穿灰色軍裝手臂上戴紅十字袖章的衛生兵，沒聲好氣地罵道，找死呀，往車上撞！

那個衛生兵問，長官，你們部隊開往哪裡？

聲音脆嘣嘣的，父親這才看出是一個女兵，故意嚇唬她：開上戰場。

女兵驚喜地說，真的嗎，帶上我行吧，長官。

不行，不行。父親斷然拒絕。

女兵拍了拍隨身藥箱，然後拍地一個立正，敬了個軍禮：報告長官，我是瀏河防區的衛生兵，我們部隊苦戰了兩個月，大部分官兵陣亡，部隊也散了。讓我跟你們走吧，我藥箱裡的藥品還能救幾十個人命呢。

邊說邊拉車門上車。

父親攔著她：你還是跟家人往後方撤吧，看你不像一個軍人，倒像一個學生。

女兵望著父親，說話像連珠炮：家人？沒家人了，讓日本人殺了。從東北逃到北平，從北平逃到上海，我走到哪，小日本打到哪。現在不逃了，哪裡有部隊打日本人我跟著去哪裡。

父親不再說什麼，讓女兵上了車。團部有指示：遇上散兵，願意繼續抗日的拉上一起走。戰場上少不了流血負傷，一二八師缺的就是衛生兵。

一路上，父親才知道這個叫謝小玲的女兵還不是一個純粹的軍人，是自願去火線當救護兵的。她說這身軍裝還沒還沒穿上兩個月。

到嘉善後，父親和女兵分開。她去了後勤衛生連。當夜凌晨，他們團又突襲十多公里，襲擊了剛被鬼子佔領的楓涇鎮。楓涇鎮是嘉善城的門戶，按師部的佈署，他們團的陣地就在楓涇鎮。

出發前，吳連長給父親說，老弟，交待下去，讓有煙癮的弟兄用綁帶把老二連根紮住。父親說，管用嗎？吳連長拍了拍自己的硬邦邦的褲襠，哈哈一笑，管用，管用，老子每次打仗都用這個法子，靈得很。

有煙癮的弟兄們大都是吳連長舊部，一邊紮老二一邊笑，吳三槍每次打仗前都要交待弟兄們，吃飯的腦殼可以打落，做種的老二不能丟掉。

楓涇鎮駐紮有六七百名鬼子，但營地很分散。團部命各連分開行動。吳連長帶著弟兄們剛摸進鎮子，就被日軍發現，一幢屋頂上的機關槍放鞭炮似的炸響起來。

父親對著身後弟兄們大叫一聲：臥倒！抬手一槍把房頂上的鬼子打下來。

吳連長大叫：哪個狗日的打的，好槍法。弟兄們，衝上去，狗雜種的日本兵都在打瞌睡。

果然鬼子們都在睡夢中，剛被槍聲驚醒，衣褲來不及穿，光著身端槍咿咿呀呀地從屋裡衝出來。衝在最前面的吳連長揮起馬刀劈手砍去，一刀削去一個鬼子半邊腦殼。吳連長不愧做過山大王，是練家子出生的，轉眼間就砍死了三個鬼子。父親蹲在地上射擊，一槍一個，也打得酣暢淋漓。幾十個鬼子很快就被解決掉。這時全鎮到處傳來連續爆響的槍聲。吳連長吩咐各排分散行動，往各處槍聲激烈的地方增援。

激戰了兩個多小時，開快亮時，斃敵百餘人，沒死的鬼子們抱頭鼠竄地逃走。我軍奪回楓涇鎮。天亮後清點人數時，許多士兵蹲在地上哭，嘴裡叫著平日要好的弟兄的名字。

吳連長也沒有回來。

父親帶人去找，發現他被捅死在一座磨坊裡。臉扭曲得厲害，好像異常痛苦。除了小肚子上的刺刀洞，全身再無傷跡。以他的身手，不可能讓日軍輕鬆地捅死，會死得更慘烈，顯然是煙癮發作，讓小鬼子撿了便宜。

父親心裡一酸，覺得吳連長死得不值。

當天上午，日軍對楓涇鎮進行了瘋狂報復。動用了六架飛機對楓涇鎮施行地毯式轟炸。當時官兵們都在工事外吃早飯，從東邊傳來隆隆的轟鳴聲，弟兄們鬧不清是什麼聲音，抬頭好奇地打望，直到看清那些黑大的鐵傢伙朝他們府沖過來。父親只聽到一片震得發麻的嗡嗡聲，感覺耳朵裡有無數支針紮。聲音太大了，房頂上瓦片被震得雪花般飛舞。大多數弟兄們都懵了。父親接著看到這些巨大的鐵老鷹似的東西屙蛋了，一枚枚炸彈傾洩而下。

父親聽到有人大喊：快趴下！快進工事！

喊音未落，炸彈在地上和屋頂上開了花。父親看到不遠處的幾個弟兄在爆炸起來的塵土和濃煙中飛上了天，像一隻只黑蝴蝶一樣翩翩飛舞。一條血淋淋的大腿落在父親的身邊。

輪番俯衝的飛機幾乎炸平了陣地上所有的簡易工事和鎮上全部房屋。陣地上一片哀嚎聲。

不等傷兵包紮完畢，上千的頭戴瓦藍鋼盔的鬼子在飛機和火炮掩護下撲來了。成片的鋼盔在深秋的陽光下反射出清冷的光芒。經過昨晚的戰鬥，父親已經有了點作戰經驗，他槍法好，專打鬼子的機槍手。只要露出腦殼的，一槍一個。

鬼子的火炮太猛，加之頭上盤旋的飛機，壓得弟兄們抬不起頭來。團部調整作戰方針，讓鬼子們衝到陣地前，士兵們突然躍出戰壕和工事，進行白刃格殺。這樣，鬼子的飛機和火炮以及鐵甲車就施展不開，成了擺設。

後來，鬼子的每一次進攻都成了白刃戰。

一排排弟兄倒下去，後面的一排排弟兄接著躍出戰壕，高聲呼叫著衝進敵陣。槍枝碰撞的唠嚓聲和刺刀捅進皮肉的噗嗤聲不絕於耳。每次衝殺出去，父親的腦子裡一片空白，都是機械式拼殺。他幾乎分不清誰是誰，看到穿黃軍裝端三八大蓋的就捅。

整整三天，日軍發動了數十次衝鋒。看得出，他們對於楓涇鎮志在必得，但每一次都被迫丟下無數具屍體撤退。

三天後，撤回嘉善城內時，全團一千二百餘人，還活著的只有一百三十四人。幾乎沒一個官兵沒有負傷。父親身上多處受傷，渾身血跡，他是被炮炸暈後被人背回城內的。他那個排，只有他一個人活下來，三十多名弟兄全部壯烈殉國。

背父親的就是那個他半路撿來的女衛生兵。其實從戰鬥一打響她就被派到團部臨時衛生院裡隨衛生隊在火線上搶救傷患，一次次穿梭在炮火和硝煙中，也多次在父親所在的三號陣地的戰壕裡出入，跟所有作戰士兵一樣，她也被火炮炸得衣衫褸爛，灰頭土臉，幾乎讓人認不出是一個女兵。

父親是她從炮坑裡扒拉出來的。當時都認為他已經死了，女兵覺得他有些臉熟，認出是帶她來戰場的那個年輕排長。女兵走出了幾米遠，不知為什麼，感到心裡一酸，眼眶裡流出一滴碩大的淚珠，就又踅回來，在他腹部使勁按壓了幾下，父親的鼻孔透出了一絲微弱的氣息。

一發落在隔壁房頂上的炮彈把父親震醒。他睜開眼，看到一個女兵在用紗布纏繞他的胳膊，問：這是在哪裡？

女兵驚喜地說：長官，你醒了？

父親腦子在短路，再一次問：這是哪裡？

女兵說：我們撤到城裡了。這裡是設在城隍廟的戰地醫院。

父親急切地問：弟兄們呢？都撤出來了？

女兵沉默了一陣，說：三號陣地就活下來你一個人。我們背回來四個人，其餘三個沒搶救過來。

是你把我背回來的？父親問。

你們都是英雄，是民族英雄，女兵激動地說，打得太慘烈了，國軍部隊要是都像你們湘西軍人一樣，上海也許就不會失守，北平也不會淪陷，咱東北人更不會當亡國奴！

女兵說的不是湘西話，父親仔細看了她一陣，呵呵笑了：我認出你了，你是我撿來的那個小姑娘。

女兵臉一紅，分辨道：誰是小姑娘？你嘴上長毛了嗎，自己才多大，小姑娘是你叫的？

父親問：日本人是不是開始攻城了，到處都是槍炮聲。

女兵答：城外的陣地全部失守，全師傷亡很大，聽說只剩不到三千人了。除了重傷，都在守城。師部正在組織敢死隊。

父親掙扎著從床上爬起來，女兵一把按住他，說你的傷不能亂動。父親粗暴地一把推開她，敢死隊怎麼能少了我，你知道我盼打仗盼了多少年，這幾天還沒過足癮呢。

一下地，父親感到腿上傳來一陣錐心的疼痛，一個趔趄撲下地。這才發現腿上不知什麼時候挨了一槍，正從包紮好的繃帶上滲血。他咬牙挺身站立起來，一瘸一瘸地出了門。

身後傳來女兵委屈的聲音：你傷口沒好，會感染的。你這人，怎這樣啊！

奉命堅守四天的一二八師在嘉善保衛戰浴血了七晝夜。向臨平撤退時，全師包括傷患在內不足三千人。臨時升為連長的父親帶著一連敢死隊正在城東跟湧進城來的鬼子巷戰，得到撤離命令時大部分官兵已經出城。敢死隊被鬼子纏上，父親帶人邊打邊退。退到城隍廟時，父親眼前閃現出那個女兵的團圓臉，想到了那裡的戰地醫院，醫院裡有傷患，行動可能滯緩一些。

父親說不清為什麼，拔腿就往城隍廟跑去。城隍廟人去廟空。傷患們都撤走了，父親在裡面找了一圈，沒看到那個女兵。往前走了不遠，聽到一條巷子裡傳來槍聲，父親往那裡趕去。那是一條狹小的直巷，父親看到三個日本兵追趕著射擊一個背著傷患的士兵，子彈叭叭地打在被背的傷患的背上，那個士兵彷彿渾然不覺地拚命往前奔跑。父親抬手幾槍，日本兵應聲倒地。父親走上前去，看到那人正是那個他放不下心女兵。

女兵也認出了父親，一頭紮在父親的懷裡嚎啕起來。

父親也抱緊了女兵。突然，父親一把甩開女兵，他看到一個沒被打死的鬼子端著明晃晃的刺刀向女兵後背刺來。刺刀一頭扎把進父親小腹裡，父親手裡的快慢機也一槍揭掉鬼子的半邊頭皮。

父親在女兵的驚叫聲中搖搖晃晃地倒了下去。

女兵把父親背出城，一口氣背了二十多里，她沒有趕上部隊，後半夜才在一個老鄉家歇下來。幸虧女兵隨身的藥箱裡剩有幾支藥品，幾天後，父親能下地走動了。

女兵問父親：還找不找部隊，要是找，我也跟你一起去。

父親說：不找了，我想回家，回湘西去。

女兵瞪著父親，驚訝地說：你不抗日了？要當逃兵是不是？語氣很憤慨。

父親問：你呢，還是去找部隊？

女兵說，我跟日本人有仇，他們殺了我全家人。一天不把他們趕回去，我這個衛生兵就要當下去。

父親說：我這幾天都在想，國軍幾十萬大軍怎麼就擋不住區區幾萬日本人，肯定不是中國士兵們不愛國，不忠勇，固然也有武器裝備的懸殊，但我想還是老蔣和那些集團軍老總們的問題。他們在保存實力，仗往往還沒打起來就撤了，人家追著你打，趕水鴨子似的，不敗才怪。以這種打法，我看要不了多久，日本人就要打到我們那裡去了。我還不如回去拉一支隊伍，自己跟日本人幹痛快一些。

父親想到了我爺爺的那支土匪武裝。他想只要回去勸說我爺爺招兵買馬，他就能帶出一支鐵打的部隊來。那時他還不知道我爺爺早已腦殼搬家，人頭落地三年多了。

女兵說，你真這樣想呀？我很佩服你們湘西人不怕死，幾桿破槍守了嘉善七天七夜，要是中央軍早就跑了。

父親說：如果不是守城部隊不等交接就跑了，若是那些堅固的工事和碉堡打得開，若是給我們配備中央軍的裝備，若是左右兩翼的友軍能救援，一二八師何至於全師覆滅，嘉善不是被老蔣自詡為堅不可破的馬其諾防線嗎？讓一二八師守城那是借日本人的槍炮殺我們湘西人。老蔣連他家祖墳都不要了，日本人何愁佔領不了中國。打日本人，靠老蔣沒指望了！

5

一九三八年春天，父親帶著母親回到我們貓莊。母親是因為愛情，還是被父親要拉抗日隊伍吸引來湘西的，或者是她一個姑娘家沒親沒故，到什麼地方都是漂泊，我不得而知。但母親最初幾年並沒有和父親成親，後來也一直沒有上雞公山，而是和大伯母住在貓莊的老宅裡。

大伯母才是大伯父搶來的。她是我們貓莊不遠的青石寨一戶人家的女兒，長得水靈、漂亮。十七歲那年，大伯父帶人路過青石寨看到在水井邊洗衣的她，一看就看癡了。託老管家彭伯去提親。那家是戶老實本分的農民，不願意把女兒往火坑裡推，婉拒了彭伯。大伯父一時性起，召集人馬準備下山去搶。彭伯勸住了他，說我再跑一趟吧，鄉里鄉親動刀動槍面子上不好看。彭伯第二次去，除給那戶人家下了五十塊大洋的聘禮，一句話也沒說，但他在那筆錢上壓了五粒黃燦燦的子彈。

那是戶五口之家。

大伯父和大伯母的婚事是在貓莊趙家老宅裡辦的。張燈結綵，辦得很熱鬧，大伯母說到底只是一個農村姑娘，也就認命了。但大伯母嫁過來後，死活不跟大伯父上山去住，就住在趙家的老宅裡。大伯母是個強脾氣，她認定一上山就成了土匪婆，她給大伯父說她不想當土匪婆。為此，沒少挨過大伯父的拳腳。大伯父越打她就越強。小倆口的關係一直很僵。

父親帶著母親回來時，大伯母剛剛流產，父親讓她留在老宅裡照顧嫂子。大伯母生性善良，為人寬厚，母親跟她很投緣，相處得十分融洽，後來跟父親成親後也沒搬到山上去住，而是和大伯母一起打理老宅裡的事務。其實母親的骨子裡想的跟大伯母差不多，只不過父親不會逼她上山，更不會逼她說出不願上山的理由。

大伯母習慣性流產，每胎都沒有生育成人。我的兩個姐姐，以及後來的我都是跟著她長大的，我們都喊她大娘。

父親回到貓莊，馬上扯起「湘西抗日救國義勇軍」的大旗，大肆招兵買馬。自封副總司令，總司令自然是大伯父。關於這桿大旗的命名，也有母親的一份功勞，父親想了幾天，一直定不下來，母親給父親說，我們東北的鬍子也扯抗日大旗，一般都叫抗日義勇軍。

父親一拍大腿：就叫湘西抗日救國義勇軍。這名字響亮，有氣魄。

大伯父當時有四五十人槍。他是個真正的土匪，胸無大志、只想守住我爺爺留下的山頭，在貓莊一帶有吃有喝，逍遙自在。同時他心裡很清楚，貓莊一帶，匪窩眾多，山頭林立，要是不壯大，隨時都有被官兵剿滅，或是被別的土匪吞併的危險。所以，當父親回來時，勢單力薄的大伯父感到特別高興。父親提出拉扯抗日大旗，他也滿口答應。山上匪徒們大多是爺爺的舊部，他們從來就對趙家老三很佩服，當年那一仗父親救他們逃過一劫，大家都記憶猶新，父親在山寨的權威無形中比大伯父還高。

父親一邊整頓山寨，一邊拿出趙家幾代人積攢的家產購買槍枝彈藥。整頓山寨的第一招就是戒煙。當時山寨裡幾乎人人抽大煙，包括年紀輕輕的大伯父。父親深知要帶出一隻能打仗的隊伍，必須剷除大煙癮這個禍根。吳連長慘死的模樣深深地印在他的腦子裡。父親把吳連長的故事講給大伯父聽，希望大伯父能帶頭戒煙。大伯父一戒煙，其他弟兄就好辦了。大伯父抽煙時間不長，是爺爺死後才抽上的。但他心性太柔，反反覆覆戒了幾次也沒戒脫。有一天，大伯父正在床榻上吞雲吐霧，父親帶人不由分說地把大伯父捆綁起來，吊在聚議堂大樑上，一吊吊了五天五夜。嚴禁任何人給他鬆綁，包括送水送飯。大伯父叫罵了三天三夜，吼得滿嗓子血水，駭得山寨裡人人小腿肚子打顫。

大伯父煙一戒掉，父親在寨前的土坪上搭起一排木架，裝上吊環，把弟兄們招來，面無表情地發話：有煙癮的請上吊環吧，不願意戒煙的每人發十塊大洋，回家去。願種田的種田，願經商的經商。留下來的我宣佈三條軍紀：第一，不准隨便搶劫老百姓財物；第二，不准強佔民女；第三，每天按作作息時間操練。軍紀從今天開始執行，若有違犯，輕輒重罰，重輒槍斃！

弟兄們全愣住，你望著我，我望著你。

軍紀頒佈沒一個月，父親就遇到了接二連三的巨大挑戰。

首先是大伯父要娶壓寨夫人。因大伯母不肯上山來，弟兄們都慫恿他再娶一房，接到山寨來。這倒是父親沒回來之前就謀劃好了的。明媒納妾倒也罷了，他偏偏看上的是青石寨一個有夫之婦，按輩分還是大伯母隔房嬸娘。那婦人常來山上給弟兄們送油送菜，長得漂亮，也浪，一來二去，和大伯父勾搭上了。她不過是貪賣油賣菜時能從大伯父那裡多拿幾塊光洋，真要做壓寨夫人她也不願意。誰願意跟那些把腦殼別在褲腰帶上的土匪做夫妻。

大伯父卻迷上了她，迷得神三五道的。

大伯父和弟兄們商議把那個婦人搶上山來。動手之前，料定父親不會反對，跟父親明說了，沒想到父親很生氣：你這不是強佔民女嗎？剛跟弟兄們宣佈軍紀才幾天？

大伯父振振有詞道，我們做土匪圖的是什麼？不就是圖快活，大煙不能抽，女人不准玩，還做什麼土匪？

父親說，誰講我們是土匪？弟兄們背底裡講這種怪話你也講！我不是給你說過我們是要帶一支以後能打日本人的部隊。紀不正軍不嚴，你現在是總司令，要搶個壓寨夫人，下面那些大隊長小隊長也要搶個小老婆，這部隊還是部隊嗎？

大伯父哈哈一笑，我們本來不是軍人，就是土匪。

父親冷冷地說，槍拿在有良心的人手裡就是軍人，拿在沒良心的人手裡才是土匪。你願意做軍人還是做土匪？

大伯父也冷笑，我懶得跟你爭，我是總司令，我說了算，今晚就讓幾個弟兄下山把那娘們弄上山來，明天弟兄們放假一天，喝喜酒。

你敢！父親說，到時別怪我不講兄弟情分，按軍紀處罰。

山寨不是你三雞籠的，大伯父吼道，別以為你在外面當了幾天兵就把你哥不放在眼裡。打日本人打日本人，整天掛在嘴上，以為我不曉得，不就是討那個外地小娘們的歡心，她家跟日本人有仇，那是她在拿咱家當槍使！

父親氣得滿臉青筋。

大伯父神氣地邁開鴨子步走出聚義堂，父親抬手一槍把他頭上的瓜皮帽打飛了。巨大的槍聲中大伯父只怔了一下，招呼弟兄們：下山去！

父親吹了吹槍口上的藍煙，對著草坪大聲吼道：今晚誰敢跟他下山，明天腦殼上戴的不是帽子，是一撮箕土。

大伯父的氣還沒全消，山寨裡又出事了！老管家彭伯的兒子和另兩個弟兄輪姦了山下普若寨一戶人家新婚回門的小媳婦，還開槍打傷了她的男人。老管家是趙家有功之臣，忠心耿耿地跟著我爺爺出生入死幾十年，又是父親的識字先生，一直掌管著山寨的財務大權，負責買槍購炮。他有三個兒子，都在山寨裡。犯事的二兒子，叫彭小武。前一天，大伯父剛剛任命他為快槍隊大隊長。彭小武一高興，邀了兩個弟兄去鎮上喝酒，喝了個爛醉，回來的路上，碰上那對新婚夫婦，彭小武借著酒興上前撕扯小媳婦，男人跟他理論，兩人動起手來，那個男人一掌把彭小武推出老遠，摔在地上，彭小武急了，掏槍打在他的大腿上。之後，他們把那個男人綁在一棵樹上，當著他的面輪姦了他媳婦。

那個男人哭哭啼啼告到山寨裡，父親才知道，立馬讓人把彭小武和那兩個弟兄捆綁起來，每人一個大嘴巴，罵道：簡直連畜牲都不如。

彭小武同大伯父、父親一同在山寨裡長大，親如兄弟，仗著這層關係，他想最多也就處罰幾十軍棍罷了，挨了耳光臉上還笑呵呵的，問父親：三哥，你想怎麼處置我，我認個錯行不行？

父親面無表情地說：等你爹回來給他認錯吧。

老管家帶人去常德城買槍枝，三天後才能回來。

彭小武冷汗出來了，三哥，你什麼意思？是不是要殺我祭旗？

老管家回來後，父親也不去找他，等他來找。當夜彭伯就來了，一進屋就說我到山下就聽說這小畜牲犯的事，跟了你爹幾十年，人殺過不少，錢財也搶過不少，像這樣傷天理作天孽的事弟兄們還真沒幹過，也是這些年我把他寵壞了。

父親直截了當地說，我有借老二的腦殼用一用的想法，彭伯你說句話，借還是不借我都聽你的。

老管家愣了一下，接著長歎一聲，罷了，罷了，不殺這個小畜牲沒法給人家交待，就是弟兄們也都看著呢。這次從常德回來，聽說日本人已經在打長沙，我估摸要不了多久，就會打到我們這裡來。軍紀不嚴，往後真要打日本人，隊伍怕是一打就散。

父親說，是該讓弟兄們收心了。

槍斃彭小武三人就選在他們強姦那個小媳婦的地方。在青石寨峽谷的一條溪河坎上。槍斃前，父親派人在貓莊附近村寨裡張帖佈告，所以這一天吸引了幾百名群眾觀看。父親親自押送彭老二三人到溪河邊。行刑時，父親面無表情地對彭老二說，小武，死得英雄一點，到時別熊了，給山寨丟臉！

彭老二說：三哥，你也給我痛快一點。

父親想了想，決定親自動手。三聲槍響，三人接連像木頭似地栽倒下地，幾乎沒有抽搐一下。每一槍都正好從他們的心尖上鑽進去。

從此，山寨的軍紀無人敢犯，大伯父也絕口不提娶壓寨夫人的事。父親在貓莊一帶聲名大振，半年不到，貓莊及周邊村寨的青年人紛紛上山，附近小股土匪也連人拖槍投奔過來。父親開始在貓莊一帶安民剿匪，設關立卡，收租抽稅，還強迫附近村寨大肆種植罌粟，提煉鴉片，用以維持幾百號人的軍費開支。每到春天，貓莊的坡坡嶺嶺到處怒放著燦爛豔麗的罌粟花。

父親先把部隊分成兩個大隊。一支快槍隊，挑那些槍法好的編成一隊，強化訓練，要求人人都得練成神槍手；一支刺殺隊，挑那些身強力壯，有武術根基的年輕人，主要操練梯隊式刺殺。後來，父親帶人在酉水河上截獲兩船從辰溪兵工廠運給酉水上游三縣保安團的軍火，得了四百多枝快槍，幾十挺輕機槍，上千枚手榴彈和十多萬發子彈。他又成立了一支機槍連，給快槍隊刺殺隊配備手榴彈，練習投彈。這些編制都是針對日本人作戰的，父親親自擔任總教官，訓練士兵，講解日本人作戰方式。

一時間，整個雞公山殺聲震天。

搶劫那批軍火就是父親提倡要搶就搶大單的成果。情報來自沅州城的我舅公。舅公是在沅州南碼頭卸柚油時無意中發現那兩艘槍兵押運的木船裝的全是槍枝彈藥，當他從一個士兵口裡得知是往酉水上游運送，立即飛鴿傳書給父親。

如此巨大的一筆買賣大伯父和老管家居然都竭力反對，他們怕招至保安團報復，當年父親打死兩名警察招至滅寨之災大家都記憶猶新。大伯父情緒激動地罵父親，你那是割國軍卵子上的精肉吃。

老管家也說，三思而後行。搶軍火是非同小可的事！

父親卻胸有成竹，有了這批軍火，還怕保安團不成？這兩年我們也不是白練了。他們押運是一個排，我只要挑二十個弟兄就能乾淨利索地幹完這一票。正好也讓弟兄們歷練歷練。

大伯父和老管家問，鐵心要幹？

父親說，那批軍火給保安團裝備純粹是浪費，搞不好一兩個月內他們就會轉手賣出去。咱們拿來可是要幹大事的。

父親不顧大伯父反對，帶人到三十里外的龍鼻嘴設伏。得手後，把打死打傷的押運兵全部綁石頭沉入黑龍潭，一個活口不留。連兩個跪地求饒一再聲明是搭順水船的商人也一同沉了。

儘管做得乾淨利索，湘西行署特別調查組還是很快查出了是雞公山匪徒幹的。

這一單確實幹得大，大得朝野震驚，據說遠在重慶的老蔣震怒不已，破口大罵「娘希匹趙長生」擾亂抗戰，電令湘西行署「儘快勘亂」，懸賞三十萬大洋捉拿父親。父親的名字一度佔據一九四一年五月至七月重慶各大報刊的頭版頭條，剛把總部遷至湘西的《抗戰日報》，用了整整兩版篇幅報導雞公山匪徒搶劫抗戰物資全過程，把父親幾代為匪的背景都挖了出來。

三縣保安團奉命聯合清剿，開來貓莊，父親在青石寨峽谷設伏，打死打傷無數。此後，他們曾多次奉命清剿，走到半路就打回轉，連貓莊地盤也沒敢踏進半步。他們已經領教這股土匪非同一般的戰鬥力，自知以卵擊石，飛蛾撲火，去剿無異於給趙老三送槍送炮。

6

傍晚時分，母親和大伯母把父親抬回了趙家老宅。抬進堂屋後。母親放了一掛長長的鞭炮，表示父親已經回屋。然後在大門外掛起白幡，在院子裡紮好靈棚，給兩個姐姐頭上纏上白孝帕。母親給姐姐們說，你們的爹死了，哭呀，使勁地哭呀！兩個姐姐果然又嚶嚶地哭泣起來，一邊哭卻一邊嘟噥著喊餓，兩對大眼睛根本不看父親的遺體，往灶屋方向咕咕碌碌轉動。

母親也感到饑腸漉漉，這一天她還水米未進。但她還是固執地站在大門口，任憑嗚嗚吼叫的冷風刮得頭頂上白幡嘩嘩啦啦地響，往她脖子和袖口裡灌。

母親就那樣定定地站著。

她是在等大伯母，大伯母出門找人來幫忙去了。她們需要確定明天抬喪的人數，順帶還要請人從王二木匠家把棺材抬回來，天黑後給父親入殮。

本來母親是想自己去求人的，大伯母不讓她去。要她給父親守長明燈，因為長明燈只能是最親的人守，不能熄滅。兩個姐姐太小，靠不住。

天都快黑下來了，大伯母還沒回來。母親的心裡忐忑不安起來，感覺出不對勁，她來我們貓莊已有十多年，貓莊的習俗自然早就清楚，要是往年，誰家死了人，根本不需要一家家去求人，鞭炮一響，幫忙的人就自動上門來了。

天都快黑了，仍沒一個人來。看熱鬧的小孩也沒來一個。

天黑前，母親終於看到有人朝這邊走來。是王二木匠和他弟兄王三抬著一口白木棺材輕飄飄地飄過來。母親有些納悶，她聽大伯母說訂的是一口上好柏木棺材，怎麼王氏兄弟抬起來好像一點也不費力，要知道一口上好柏木棺材就是四個青壯年這種大冷天也得抬出一身熱汗。

母親把王氏兄弟擋在院門外，冷冷地說：王二，你這是柏木棺材嗎，要是長生還活著，你敢用幾根朽桐木拼的破棺材來糊弄老趙家！

王二一點也不尷尬：長生不是個化生子嗎，別說他是被槍斃的，就是病死的，他也沒資格享受好棺材。

在貓莊罵「化生子」，是最惡毒的咒人的話，送不上黑漆的白木棺材更是對死者最大的污辱，母親臉上立刻就紫起來，一口濃痰吐在王二木匠臉上：就你這種孬種也配議論他。當初長生真該一槍斃了你！

王二被濃痰擊中，像挨了一槍，高跳起來：我給你講，貓莊現在解放了，我們窮人當家作主，再不是你們趙家為非作歹的地方，三雞籠的下場就是你的下場，他手上有十多條無辜的人命，我不想信你這個土匪婆就清白，就不是同謀，你等著，過不了幾天，人民政府把你也要拉出去槍斃。

母親道：長生是土匪，是該槍斃，他殺了不該殺的人。可他打過日本人，你呢，見了日本人嚇出尿來的沒用的東西！

王二木匠是貓莊一個潑皮無賴，當年父親在貓莊一帶招兵買馬，他因被人追討賭債，逃上山寨，被大伯父收留。他墨線彈得好，打槍有準頭，父親把他編在快槍隊裡，對他寄予了很大期望。一九四三年深秋父親帶弟兄們出去抗日，第一場戰鬥時，槍炮聲一響，嚇得他抱緊腦殼趴在地上哭嚎起來，屎尿拉了一褲襠，父親一氣之下要槍斃了他，被大伯父勸住，讓他回了貓莊。而貓莊另外一百三十七個人，包括大伯父在內，都沒撤出陣地，全部陣亡。

這就是母親罵他孬種的原因。

母親又一口濃痰啐在王二木匠的臉上，語氣強硬地吼道：王二，你聽著，把你家的棺材抬回去，留著給你自己用。

王二木匠邊擦臉邊往後退：土匪婆，你等著瞧，現在是勞動人民的天下，不是你們趙家稱王作霸欺壓老百姓的時代了。走了幾步，捨不得那口薄木棺材，對他兄弟王三說，抬回去，抬回去。等以後再收拾這個土匪婆，都解放了，老子不信還怕她不成。

王二木匠兄弟走出老遠，母親才哇地一聲吐出一口濃血，她感到小腹傳來一陣陣絞痛，雙手托著隆起的肚子，慢慢地坐在冰涼的石門檻上，雙眼空洞地望著貓莊愈來愈陰沉愈來愈漆黑的天空。

大伯母幫母親掛好白幡紮好靈棚後抱著求人的心態出門的。白天她已經給許多人打過招呼，鞭炮響後依然沒有一個人來。

大伯母知道有麻煩了。

大伯母明白母親心裡怎麼想的，也知道母親跟父親的感情，不像她跟大伯父那樣冷淡。給母親張羅父親的喪事可以說不是出於她對趙家的感情，更多的是出於她作為大嫂子的責任和義務。她嫁給了趙家，趙家的事，不管好事壞事，當然逃不脫她一份子。就像後來她堅拒改嫁，把我們姐弟當成親生兒女撫養成人，也是出於作為伯母的責任和義務。

大伯母出門時正是家家戶戶吃晚飯當兒，可是人家老遠看見她來，紛紛地趕緊關門閉窗。顯然不是因為天氣太冷的緣故，而是人家有意回避她。趙老三今天被槍斃，三天前就貼了告示，貓莊人皆盡知，許多人還跑去縣城看了熱鬧。

大伯母只好一家家敲門去求人。

每敲一家，按貓莊的禮數，她都要在門口代我兩個姐姐先跪下來。連續敲了好幾家，一家也沒敲開。大伯母只從門窗裡得到撂出來的一句冷冰冰雷同的話：明天沒空，工作隊讓去鎮上開萬人大會。

或者乾脆直說，趙老三是土匪，挖個坑隨便埋算了，別弄那麼講究。

萬人大會通知大伯母也接到了，是上午九點趕到。大伯母知道這不過是貓莊人的託辭。貓莊死人出殯一般都在凌晨，天不亮就要起棺，抬完喪完全有充裕的時間趕去鎮上開會。他們是不願意給趙家抬喪。大伯母知道很多貓莊人恨父親，七年前父親把部隊拉出去打日本人，讓許多貓莊青壯年死在二三百里外的外鄉，至今屍骨無存。屍體讓日本人澆汽油燒了。據後來統計，人口不足千人的貓莊一共死了一三十七個人，幾乎每戶合得上死掉一個人。有好幾年時間，外面一直叫貓莊寡婦寨。

日本人畢竟沒來貓莊，這一仗，貓莊幾乎沒一個人認為打得應該。只是都不敢明說而已。但仇恨種子是在這時埋下的。貓莊人恨一個人有兩種表達方式，第一，殺掉這個人；第二，這個人死後不去抬喪。用貓莊人惡毒的詛咒的話說，就是讓他爛在堂屋裡。那些恨父親的人沒能力選擇第一種方式，但他們有能力用第二種方式表達他們的忿恨。

大伯母也知道，整個貓莊不可能人人都恨父親。也有些人心裡想幫忙，但害怕擔當通匪的罪名，畢竟剛剛解放，形勢不明。貓莊上年紀的人都記得，民國二十三年，賀鬍子的紅軍從貓莊過，跟周海明的混成旅在烏古湖峽谷打了一仗，其中一個紅軍連長是趙武明的表哥，趙武明偷偷地給他收了屍，用草席裹起埋了，不知怎麼讓周旅長曉得了，落個「私通共匪」的罪名被抓緊起來一槍崩了。

貓莊大多數人家都曾有人做過土匪，現在到處清匪、剿匪，鎮壓反革命，人人自危，家家難保，哪敢再去多事？

只是也不便明說罷了。

大伯母仍然不死心，一直鍥而不捨地敲門，敲了幾十家，直到膝關節跪得僵硬麻木，彎曲不下來，兩手食指和中指指關節腫起來老高，成了四隻紅蘿蔔，還是沒有一家人爽快地答應明早幫忙抬喪。

大伯母絕望了。

回來的路上，大伯母想到母親一個外鄉人，剛死了男人，連葬都葬不了，比戲文裡那些賣身葬父的女子還要慘。想到母親的倔脾氣，還有她異常鎮定、冷漠的表情，心裡酸酸的。說實話，自己的男人死時她也沒感覺到有這麼難受。她感覺有些沒臉回去，怕見母親失望傷心的樣子。更況且她還有七個月的身孕，動不得胎氣。

大伯母突然想到了娘家兄弟。她娘家人有兩個哥哥，這些年來沒少得趙家的照顧。如果幾個叔叔伯伯堂兄堂弟也肯幫忙，湊一副喪還是夠人的。只是不可能把長生送上山去，只能勸母親就近在貓莊後坡找一塊地埋。

青石寨距貓莊十多里路，天黑，山路崎嶇不平，大伯母一來一回花了大半宿。她沒有找來人，兩個哥哥都不在家。嫂子說他們開會去了，還沒回來。還說就是回來也不能去，貓莊都沒人去，他們就更不敢去了。你曉得嗎，就是跟他們趙家沾了點親，大半年來我們一家就沒消停著，嫂子說，這個找哪個叫，不是交待這個就是交待那個，一家人腰都沒直過。

趙老三的事，我勸你別操心。嫂子說。

我怎能不操心，大伯母說，我是趙家人，屍體停在堂屋裡，能看著他爛在堂屋裡。一家人也要住呀。

嫂子說，長春也死多年了，我聽說工作隊過幾天要在你們貓莊搞改嫁運動，你們貓莊不是寡婦多嗎，有幾十個吧，你乾脆也改嫁算了，還為他們趙家守寡不成？

知道再呆下去也是白費口舌，大伯母只好悻悻地回貓莊。

大伯母從娘家出門時，天已經下起大雪，風卷雪花嗚嗚地嘶鳴，大伯母打著火把縮著脖子深一腳淺一腳往回趕。

等大伯母披著一身雪花回到家裡，堂屋裡的長明燈還亮著，在冷風中「撲刹撲刹」的晃動，但停在床板上的父親的屍體卻不見了。也沒有看見棺材。大伯母記得出門後看見有人從王二木匠家抬棺材過來了。

大伯母喊了幾聲母親的名字，沒人應答。忙跑去母親房裡找，房裡也點著油燈，鋪上只有我兩個姐姐。

大伯母搖醒我大姐：你娘呢！

大姐說，我不曉得。

大伯母問：你見沒見人送棺材過來。

大姐說：送來了，被娘罵了，又抬回去了。

大伯母知道一定是母親把父親往山上背去了，忙往外走。未走出堂屋，身後傳來兩個姐姐驚懼的哭嚎聲：大娘，我們怕，好怕呀，大娘你別出去……

大伯母只好轉身去哄我兩個姐姐入睡。

7

一九四三年十一月中旬的一天，父親帶著母親到我們縣城選購結婚用品。當他們把幾大捲各色布料送到城裡最有名的「徐一剪」，交了訂金，說好三天後來取，走出店鋪，往南門碼頭走去。剛上船，他們同時聽到城北方向傳來巨大的機器的轟鳴。父親和母親都聽出是飛機的聲音，而且是低空飛行的飛機。只一眨眼工夫，三架貼有醒目膏藥旗的轟炸機從城北掠來。

幾枚炸彈傾落下來，城裡響起天塌地陷般的爆炸聲。

日機沒作任何停留，抬頭往南飛去。

父親和母親看到，他們剛剛出來的「徐一剪」冒出滾滾濃煙。一枚炸彈正好落在那棟二層木樓的屋頂上，把整棟樓炸塌了。

母親心有餘悸地說，好險呀，我們要是跟徐師傅討價還價，扯在半陣，也被炸飛了。

父親說，日本人看來要攻打我們縣城了，他們習慣先用炸彈遞信。

母親說，就當給咱倆結婚放禮炮吧。

父親興奮地高叫起來，不結了，老子等小日本過來等了好多年，是該好好打幾仗的時候了。

母親撫摸著微微隆起的肚子，向父親的肩頭靠去，嬌嗔地說，不結了就不結了，不就是個儀式，長生，我給你生個兒子，等他長大還打日本人，給外公外婆大姨小舅們報仇。

父親呵呵地笑，哪還要等到兒子手裡，到時我多給你殺幾個鬼子不就得了。

回到貓莊的第二天，父親接到我舅公飛鴿傳書，信上說日軍開始進攻石門、慈利一線，沅州城已進入一級戰備狀態。但守軍只有一個加強團兵力，日軍一旦攻城，立馬就破，並說他已與守軍聯繫，可來沅州幫忙守城。

看完信，父親讓人叫來老管家，說你今晚派人去把貓莊附近所有手藝好的石匠全部找上山來。

彭伯一頭霧水，找石匠做什麼？

父親說，刻碑。

大伯父也問，給誰刻碑？

父親說，給我自己。

大伯父和老管家驚叫起來，長生，你不是瘋了吧，活得好好的，刻什麼碑。

父親說，我要帶部隊出去，不但要給自己刻，給弟兄們也要刻，每塊碑都要刻上民族英雄的字樣，到時哪個戰死了就往上面鏨名字。

大伯父問，去哪裡？

父親揚了揚手裡的信，去沅州。絕不能讓狗日的小日本得手，沅州一旦失守，整個湘西乃至大西南就門戶大開，不要幾天大家都要成亡國奴！

老管家說，我明白，這就去辦。

父親說，明天把人找來，能找多少找多少。

大伯父對彭伯說，你等等，記得給我也刻一塊。墳地就選在後山爹娘的旁邊。

父親阻止他，哥，你就別去了吧，留在山寨裡守屋。

大伯父豪邁地說，扯談，我是總司令，我能不去！

父親說，你還是留在屋裡好！

大伯父說，司令不衝在最前面，士氣能上得去？你不常跟我說，血戰嘉善時你們一二八師師長就是敢死隊大隊長。又說，兄弟，咱趙家幾代人當土匪，留下多少罵名，咱兄弟也修一次正果，說實話，要是沒有日本人禍害咱中國，政府早出兵踏平雞公山了。早晚有一天，咱還得被剿，橫豎都是一死，趙家的人哪一個不是站著死的，不死得像個男人……

父親和大伯父把部隊在山寨前的土坪上集合起來，把槍枝彈藥和手榴彈分發給每個士兵。父親站在一個土臺上，大聲地問：弟兄們，你們天天操練，手癢不癢，想不想打仗？

士兵們哈哈地笑起來。

父親大吼一聲：嚴肅些，回答到底想不想？

士兵們齊聲回答：想。做夢都想。

父親又說：想打仗就不能怕死。咱們這次是去打日本人，日本人不是縣保安團，全是重槍重炮，打起仗來不要命。父親指了指站在他身後的幾個老石匠，那是我和總司令找來刻碑的，部隊拉出去就沒想活著回來了，弟兄們中要是有人怕死現在就站出來，沒有是吧？老子醜話說在前頭，戰場上哪個熊了，老子就槍斃哪個，別怪鄉里鄉親不講情面。

下麵的人齊聲答：龜孫子才熊呢！

父親抬手，連放三槍，說：出發！

從山上下來後，父親看見母親等在大路上。母親身著五年前從戰場上帶回來的那套舊軍裝，像一棵樹一樣筆直地站著，英姿颯颯。父親立即意思到了母親也要上戰場，連忙跑過去。

父親說：小玲，你就不要去了。

母親說：我為什麼不去？你別忘了我也曾是一名士兵。

父親輕聲哄她：你得給我們老趙家留條根吧。

弟兄們也嘻嘻哈哈地說：我們爺們還沒死光，哪要你個姑娘家上戰場。

母親說：打日本人我怎能不去？我可以幹老本行。

父親皺著眉頭說：你這不是瞎鬧嗎，你去是給我添亂，這仗能打得安心嗎？父親對著後面的士兵喊，趙小三，楊志明，把你嫂了架回去，讓她大嫂子鎖進廂房裡，然後跑步歸隊。

兩個士兵跑過去架起母親往回拖。突然，母親掙脫，衝著父親和所有士兵跪下來，高喊了一聲：恩人啊，我的恩人——！

士兵們站住，全呆了，不明白母親為何跪下喊這句話。

父親衝母親喊，回去吧，別忘了給我做套好看的壽衣，說不定要穿的。

母親又喊，趙老三，我給你生個兒子，你要是死了，讓他接著打日本人。

這次，弟兄們全笑翻了。父親還沒跟她成親，等於是她自動宣佈懷了父親的種。

部隊三天後和日軍遭遇在一個叫楊家舖的小鎮外。

當時父親的隊伍已經走出沅州地界，正往慈利縣城趕去。父親原本打算帶弟兄們幫沅州駐軍守城，一路上聽逃亡的鄉親們說慈利城正打得不可開交。他決定帶弟兄們直奔慈利，幫那裡的七三軍守城，跟日本人痛痛快快地幹幾仗。

父親把他的想法給大伯父和弟兄們一說，個個都摩拳擦掌。

由於急行軍兩天兩夜，弟兄們腳上全部起了血泡，實在走不動了，走出楊家舖，父親命令原地休息。弟兄們橫七豎八癱在地上，敞開衣服曬肚皮。這天楊家舖上空的太陽異常溫暖、明媚。父親躺下地，習慣性地摳出一截草根含在嘴裡咀嚼。

才嚼了兩口，清涼的根汁沒來得急下嚥，突然，負責警戒的哨兵來報，發現兩輛打著膏藥旗的黃色軍車正朝這邊開來。

父親一個鯉魚打挺起身：到底有幾輛車？

哨兵答：就兩輛。

父親大聲叫喊：準備戰鬥！吩咐弟兄們散開，找掩體隱藏。楊家鋪這帶一馬平川，全是稻田，無遮無擋的，半裡遠的地方才有一條河水乾枯的河床。弟兄們只好紛紛起身，趴在田埂下、水渠裡和小土丘邊。

父親又吩咐，等近了再打。他從一個弟兄手裡要過一枝嶄新的漢陽造，對身邊的王二木匠說，我先打前面那輛車的司機，你打車頂上那個機槍手，記住我倆同時開槍。

從沒打過仗的王二木匠聲音顫抖著說，我怕打不準！

父親說，你別緊張就行了，平日怎麼訓練的就怎麼打。

車再近了一些，父親一槍打中那個司機，汽車在公路上顛起屁股，一頭栽進田裡。王二木匠那一槍沒打准，車頂上的重機槍瘋狂地叫囂起來，子彈打過來濺起一排排泥花。

日軍紛紛跳下車來，以車身作掩體進行反擊。

父親罵王二木匠，日你娘，怎麼打瞎了？這才發現王二木匠埋著頭，身子縮成一團，篩糠似地抖。父親對著他屁股狠狠踢了一腳，罵道：等打完這仗再跟你狗日的算帳。

兩輛汽車也就三四十日本兵，不夠快槍隊兩百多號人練靶子，不到十分鐘就徹底解決戰鬥。弟兄們傷了六個，無一人死亡。初戰告捷，士氣大振。唯一令父親心裡不快的是王二木匠，當兩個弟兄提著他來見父親時，兩人一邊掩鼻一邊大笑：報告總司令，王二木匠嚇出一身屎尿來了。幾百弟兄都笑翻了。

父親冷著臉說，這種貨槍斃算了，帶著是個累贅。

王二木匠嚇得雙膝著地，司令饒命呀。我上有老下有小的，千萬別槍斃我。

兄弟們又笑，你父母雙亡，人一個卵一條，處鄰隔近人哪個不曉得。

父親打開槍機，對準王二木匠時，大伯父跑來一把拉開了他，說饒了他吧，鄉里鄉親的，他是你嫂子親老表，要真是戰死還好，這樣槍斃回去她問起來不好交待。

父親說，那也要問問弟兄們同不同意。

大伯父大聲地問：弟兄們，給我個面子，讓王二木匠回去要得不？咱們要是戰死了，罰他給我們每人打口棺材，讓我們死後也有個睡覺的地方。

弟兄們哈哈大笑，要得，要得，讓他爬回去吧。

王二木匠在眾人的哄笑聲中連滾帶爬飛跑起來。他還沒跑進兩里外的鎮上，聽到身後傳來隆隆的炮聲和密集的槍聲。

剛剛打掃完戰場，大股日軍就到了。父親不知道，早在前一天，石門、慈利一線已經失守，守城的七三軍全軍覆滅，軍長汪之斌下落不明，幾個師長及大多數國軍兄弟壯烈殉國。父親也不知道，日軍以兩個精銳師團的兵力不到五天迅速拿下石門、慈利一線，並非要進攻沅州，而是不惜一切代價趕去桃源會合，參加幾天後的常德會戰。楊家舖是慈利去桃源的必經之路。父親當然更不知道，他們在楊家舖遭遇的是日軍第一三師團整整一個建制完整的旅團。

他們解決的那兩車日本兵不過是先頭出發探路的。

日軍的幾十上百輛軍車出現得太突然了，像是從地裡冒出來似的，根本來不及轉移。撤也沒地方撤，到處一馬不川，無遮無攔，父親命令弟兄們按梯隊迅速地趴在田埂下、水渠裡和後面小河溝裡，準備戰鬥。

日軍一上來就用小鋼炮一陣亂轟。

許多弟兄被炸飛上了天。還有些弟兄一下子嚇懵了，忘了平時訓練時父親叮囑過，炮轟時臥在地上不能動，亂跑起來，以為這樣能夠躲過炮彈，不是被彈片擊中就是被日軍狙擊手射殺。

日軍一開始沒把這支衣衫不整的隊伍放在眼裡，這一帶沒有防禦工事，認定不過是一支地方武裝或者遊擊隊之類的。一陣炮轟後，幾百日軍端著三八大蓋步伐整齊地向田野裡衝來。

父親知道日本人喜歡玩貓捉老鼠的遊戲，這正中他下懷，他的快槍隊，機槍連和刺殺隊都有了用武之地。

父親幾年心血沒有白費，炮轟之後，弟兄們雖然死傷無數，但很快就冷靜下來，沉著應戰，快槍隊和機槍連打得得心應手，刺殺隊時機掌握得很好，日軍衝上來突然躍出去，拼殺中保持隊形不亂，殺得日軍抱頭鼠竄。

一個回合下來，弟兄們傷亡近百人，但日軍死傷更多，只好退回公路邊。田野上遍地都是橫七豎八的死屍。日軍這才知道這支隊伍的厲害：不但裝備精良，訓練有素，而且人人身手不凡，更不怕死，顯然不是一般的地方武裝或者遊擊隊，而是化裝了的正規軍。

日軍決定大規模攻擊，他們有更重要的作戰使命，不想在這裡拖延時間。

大伯父和父親趴在河溝裡呼呼喘氣，大伯父右臂掛彩，被一塊彈片擊中，呲牙看著幾百米外源源不斷馳來的軍車和一列列隊形整齊的跑動著的日本兵，嘟囔著說，老三，完了完了，碰上硌牙的硬骨頭了，他們沒有三千人也有兩千人。撤吧。

父親說，不能撤！

大伯父急了，為什麼不能撤？

父親指著公路上一排排持槍保持射擊姿態的日本兵說，現在撤至少要被他們打死一半人。你去告訴弟兄們，咬牙也得堅守到天黑。再有一個時辰，天就黑了。

大伯父指著還有一桿子高的黃黃的太陽，叫道：現在沿著河溝撤還來得及，等日本人一上來就全完蛋，等不到天黑的！

父親說：哥，你想沒想過，這條河溝是通向鎮子的，那是一個幾千人口的大鎮，我們不在這裡擋一陣子，那幾千人都得死完。他們就是聽到槍炮聲在撤也還沒跑遠，日本人可是車隊啊，不要兩桿煙工夫就能追上。我以前給你講過，日本人打到哪裡都是三光，燒光搶光殺光，老人小孩都不放過。

大伯父罵：日他娘，日本人真有這麼狠，老人小孩也下得了手！

父親說，他們根本就不是人，是一群魔鬼。小玲一家七口就是讓日本人用刺刀挑死的，連她八十歲的奶奶和四歲的弟弟也沒放過！現在就撤，我們要背千古罵名。既然出來打仗，就不能放兩槍又跑回去。

大伯父說：我曉得你是怕回去讓小玲瞧不起你。

父親說：哥，實話給你講，我來了就沒打算回去。你曉得我這個人天生喜歡打仗，要是不死在戰場上還真對不住自個兒。

大伯父用槍管摩挲了一下頭皮，你以為我怕死。我是不想把趙家的這點老本玩打落。算了算了，哥聽你的，不撤，好好幹一場仗，打過癮起來。呵呵，反正碑都刻了。又說，這平原上真不是打仗的地方。要是在山裡，老子想哪時撤就哪時撤。

大伯父話音未落，四周就響起爆炸聲，濺起了一團團泥花。日軍的小鋼炮再一次轟炸了。這一次炮彈傾洩得更密集，劃破天空的長長的嘯音和爆炸聲不絕於耳。在火炮的掩護下，成群的日軍成一個大扇面狀包抄過來。

父親抱起一挺輕機槍，大叫一聲：機槍連和快槍隊的弟兄們，給我狠狠打！刺殺隊的弟兄們先投彈，投完所有的手榴彈衝上去拼刺刀！

大伯父也大喊：雞公山的弟兄們，我趙長春從沒做過蝕本生意，哪個臨死前沒抓上一兩個墊背的老子饒不了他！

8

母親第一次給父親收屍就是聽信了王二木匠的誤傳。

母親清楚地記得那天早上貓莊下了厚厚的一層白霜，到中午時外面就有很好的陽光，她和大伯母坐在趙家老宅門坎外做針線活，大伯母在納一隻鞋底，母親在給父親縫壽衣。幾天來，母親一直感到胸口像抽筋似的一陣陣痙攣，她給大伯母說這種感覺在她全家被日本人殺害前那幾天就是這樣，估計父親這一去凶多吉少。

兩妯娌正說著話，母親看到一顆熟悉的頭顱在院門口晃蕩了一下，鬼鬼祟祟的，母親大叫一聲：王二木匠，你過來！

大伯母說，王二木匠不是跟長春他們去打仗了，他怎麼還在貓莊？

我看到的就是他，母親邊說邊去攆王二木匠，喊，王二木匠，你怎麼回來了？

看到母親追上來，王二木匠知道躲不過，眉頭一皺，哇的一聲大哭：部隊打散了，死了好多弟兄，日本人用大炮轟的，轟隆隆比打炸雷還響，一炮就要炸飛十幾個弟兄。

母親心裡一涼，差點站立不穩：是不是就逃出你一個人，其他弟兄們都沒跑出來？

王二木匠說：我不曉得跑出來多少人，大家都跑散了。

母親急著追問：長生和長春呢？你看沒看到他們衝出來？

王二麻子狠心說：總司令帶了幾個人往南邊鎮上撤了，日軍人在後面追，是死是活不曉得，副總司令好像……好像……

母親全身發軟：好像什麼，你快說呀，是不是戰死了？

母親哇地一聲嚎啕大哭，身子一軟，癱下地。

追上來的大伯母一把扶住母親，厲聲問王二木匠：你是不是在日鬼弄神，是不是半路上當逃兵跑的？

王二木匠委屈地說，我是你親老表啊，騙你不得好死，真跟日本人幹上了。起先我們打死了幾十個日本人，後來大隊日本人就上來了，一上來就用炮轟。咱表妹夫是死是活我也不曉得。

王二木匠走後，母親流了一陣眼淚，決定去楊家舖給父親收屍。大伯母倒是一點也不擔心，她說王二木匠說謊從來就是眼皮不眨一下，不可信。這人要是個本分人，有一門好手藝，會窮得破屋爛瓦，連老婆也討不上，上山去做土匪。

母親太瞭解父親的個性，大伯父也許真的撤了，但父親不會。

母親日夜兼程走了整整兩天兩宿，第三天中午才趕到楊家舖。楊家舖早已硝煙散盡，但到處斷垣殘壁，幾乎被炸成一片廢墟，母親的心徹底涼了。來的路上她還心存僥倖，祈禱王二木匠真如大伯母估猜的那樣當了逃兵。

母親向人打聽，果然幾天前這裡有部隊跟日本人打過一仗。打了一個下午和小半個晚上，幾百人全部戰死了。

母親問，知道是哪支部隊嗎？

人們都說不曉得，連鎮公所的人都鬧不清。聽他們說附近沒有駐軍，估計是土匪部隊。

那些死了的人呢？母親問。

人們說，被日本人燒了，他們把死了的中國人和日本人都拖到一口乾枯的池塘裡，灌了汽油，大火燃了整整一夜。日本人走後，鎮公所讓人把坑給填了。一千多具屍體，哪裡燒得完，不填過幾天屍體發臭，鎮子沒法住人。

母親發瘋似的往那口水塘的位置跑去，一邊跑一邊高聲呼叫父親的名字，引來了眾多的圍觀者。呈現在母親面前的其實只是一片剛剛翻起來的新土，坑已經被填得很嚴實了。幾乎聞不到死人的腐臭味，也沒有一絲汽油味，反而是一陣陣新鮮泥土的芬芳氣息。母親跪在泥土上哭喊著父親的名字。

過了一陣，她開始發狂地抓創泥土。

有人勸她：別扒了，那裡面有上千具屍體，中國人和日本人都分不清了。

母親說，我男人在裡面，我得把他找出來。

母親又說，我男人在裡面，我得把他背回去。

許多人都勸母親：都燒爛了。扒出來也認不得誰是誰。

母親已經失去理智，一個勁地扒拉泥土，很快她的雙手就鮮血淋漓。有幾人上前拉開母親，一鬆手，母親哭嚎著又撲上去。

圍觀人眼淚流出來了。其中一位鬍鬚花白的老者突然給母親跪下：大妹子，別扒了，你這哪裡是扒你男人，你是在扒楊家舖幾千人的心啦，他們是替咱們老老少少擋了子彈。要沒他們，進這坑的就是咱楊家舖人了。他們都是英雄，是好漢！

老者一跪，圍觀的上百人紛紛跪下，哽咽有聲：別扒了，別扒了。楊家舖就是不建房子也得先在這裡給你男人和他的弟兄們立一塊碑！

母親停住手，怔怔地望著他們。

母親傷心欲絕，一路恍恍惚惚回到貓莊。

剛進院門，一眼看到頭纏繃帶渾身血跡斑斑的父親呆呆地坐在大門檻外石基上，眼神憂傷地望著頭頂發白的天空。還聽到屋裡傳來大伯母嚶嚶的哭泣聲。

母親以為出現幻覺，揉了揉眼，輕輕地叫了一聲：長生！

父親聽到母親的叫聲，虎地站起身來，膝蓋還未伸直，就撲倒下地。母親知道他腿上負了傷。

父親趴在地上，嗷嗷哭嚎起來，淚水從他堅硬的臉上洶湧而下，每一滴都出奇地大而圓。父親像一頭豹子那樣哭得有力，又像一個小孩那樣哭得委屈。母親跟了父親五年，從沒見他流過一滴淚，哪怕是從他身上挖彈頭時也沒有。

父親哭著說：弟兄們都死了，大哥也死了，幾百弟兄我才帶回來幾十個人。父親告訴母親，那天天黑前，他和弟兄們打退了日軍兩次大規模衝鋒。第一次時整個排在梯隊最前的刺殺隊三百多號弟兄全部戰死，連傷患都一個不剩。日軍第二次上來時，所有弟兄都端起刺刀衝上去。大伯父是在天剛黑時掩護他們撤退時死的，他被十多個日軍圍住，拉響了綁在腰上的一捆手榴彈，與日軍同歸於盡。撤退前，父親在拼殺中腿上、身上已多處負傷，是大伯父命令趙小三背著他撤的。日軍跟在屁股後面追，那時天還沒黑盡，十多個弟兄沒跑進鎮子就被炮炸了和被槍打死了。日本人跟上來炸平了整個楊家鋪鎮，他只好帶著剩下的弟兄連夜撤出鎮子……

父親泣不成聲：整整五年心血，沒兩個時辰就全完了。

母親抱著父親的頭顱，喃喃道：你回來了就好，我以為你也死了呢。隊伍以後還可以再拉起來。

父親說，弟兄們都死了！第二天下午，我讓趙小三帶人去看過，想把死去的弟兄們帶回來，屍體都被狗日的日本人燒了。

母親安慰父親說：他們沒白死，不也打死了好幾百鬼子嗎？中國人都這樣打鬼子，就不怕把小日本趕不出咱們中國。只要你人還在，就不怕拉不起隊伍。

後來，父親的隊伍一直沒有再拉起來，原因是由於附近村寨裡已沒有多少青壯年男丁，貓莊一帶本來就山大林深，地廣人稀，經過楊家舖一役，方圓近二十里的壯年男丁已經死得差不多了。更最要的原因是由於父親再沒有那股精神氣了。抗戰勝利，山寨的那桿抗日大旗一倒，父親就被還原成我爺爺、我爺爺的爺爺那種純粹的土匪了，放任自流的弟兄們殺人越貨，強搶惡要，貓莊一帶天天雞飛狗跳。

父親確實沒有心思重振旗鼓，他把心思用到給弟兄們刻墓碑上了。幾年時間裡，他在山寨後面山坡上建造了一座碑林，給每個在楊家舖戰死的弟兄立了一塊權杖碑，每塊碑文都刻上民族英雄的字樣。母親每次上山去，都能看到父親坐在碑林最前沿自己的墓碑前，一坐就是大半個時辰，一言不發，沉默得自己就是一塊墓碑一樣。母親猜不透他是在緬懷死去的弟兄，還是回憶往昔崢嶸歲月，抑或感慨舊日風光不再，雄風難振。

一天黃昏，父親對剛上山來找他的母親說，你講我到底配不配這塊碑？

母親楞了一下，衝動地說，你配，你配，你當然配。弟兄們也都配。

父親說，他們是配。他們都是死在戰場上的，他們要是不配咱中國就沒民族英雄了是不？

母親給父親解釋，凡是抵禦過外來侵略的都是民族英雄，不管他是否死在戰場上。

父親說，你這一講我就放心了。我死後進這墓裡就沒人戳脊樑骨了！

母親哥們似的拍了拍父親的肩膀，放心吧長生，不管你死在哪裡，我保證把你背進墓裡來。

父親想也沒想，說，要得，要得。

母親第二次給父親收屍是一九五〇年春天，貓莊到處怒放著豔麗的罌粟花時。

其實，先年十二月我們縣城已經宣佈解放。就在解放軍入城那天，一生與民國政府對著幹的，多次拒不招安的父親瞞著母親突然接受了逃到臺灣的白崇禧電令他為「湘西救國青年軍」司令的委任狀。

幾天之後，解放軍一個團政委來貓莊找到母親，給她宣傳新政府政策，希望她能上山勸說父親交出武器，解散山寨，向人民政府投誠，爭取寬大處理。政委也是北方人，平易近人，和藹可親，和母親只聊了幾句，兩個就扯上老鄉關係。

一聊就聊了整整一個下午。

當天傍晚母親迫不及待地去了山上。上到飛鴉角，一眼看見土坪上那桿原來懸掛「湘西抗日救國義勇軍」的旗幟改成了「湘西救國青年軍」，聚義堂燈火通明，喧聲鬧語，母親問一個哨兵，才知道父親已于三天前就任青年軍總司令，今天接受到老蔣空投過來的一批美式裝備，準備與解放軍決戰到底。此刻正在聚義堂大宴友軍，共商復國大計。

母親把醉醺醺的父親拖出來，指著那面在風中獵獵飄蕩的旗幟，質問他：大好河山都丟完了，你相信他們還能復國？

父親搖晃著頭顱，滿嘴酒氣地說：蠢豬才信。自打日本人以來我就沒信過他們半分。

母親笑了笑，你還沒醉。長生，投誠吧，解放軍一個團政委找過我，他們說先禮後兵，投誠可以寬大處理。

父親還是搖頭，我手裡有人命，按他們政策夠槍斃十次。扯這桿旗不過是權宜之計，弄些槍炮，打好最後一仗。小玲，你曉得我天生喜歡打仗，還是讓我像所有趙家人一樣死在槍下吧。我死後，你帶孩子們回北方去。清明節快到了，這麼多年，你也該回家掃掃墓。

母親看到父親臉上掛著一串晶亮的淚水，知道父親已決意放棄生，選擇了死。每個人都有他的宿命，母親能想像沒有刀槍的日子父親怎麼過得下去，就什麼也不說了。

三個月後的一天夜裡，母親在睡夢中被槍炮聲驚醒，仔細一聽，是從雞公山方向傳來的。母親一把摟緊我大姐二姐，哇地一聲大哭起來。天亮後，槍聲稀疏下來，母親也擦乾淚水上山去給父親收屍。

走到半山腰，看見父親被解放軍戰士押下來。他當了俘虜。解放軍一個連輕鬆地攻下了山寨，父親的最後一仗打得窩囊透頂，弟兄們逃的逃降的降，完全沒有父親預料的像當年的弟兄們殺日本人的那股狠勁。

父親是天亮時被解放軍從自己的墓碑前帶走的，面對幾支指著他的衝鋒槍，父親自知難逃死罪，低聲求一個解放軍軍官：就在這裡槍斃我吧，省得以後還要麻煩人把我抬上來。

軍官看了看父親，又看了看那塊墓碑，一槍托砸在父親背上：你狗日的一個大土匪頭子也敢稱民族英雄，給老子捆起來帶走！

9

母親半夜裡做了一個夢，夢見七年前那一幕：父親神情憂傷地坐大門外的石基上哭泣。母親走上去，抱住他的頭顱。父親哭著說，別，別把我往山上送。天要下雪了，路滑，別摔壞了孩子。母親也哭，大叫著說，不，不。我不會聽你的，我曉得你心裡惦記著那塊碑！

醒來後感到下腹一陣陣絞痛，知道又是我在肚子裡拳打腳踢。母親摸了一把臉上的淚水，起身去堂屋裡看父親。其實母親根本就沒睡，她是坐在火塘邊打瞌睡的。火塘裡的火早已熄滅，腳手已冷得木木的。

一陣陣冷風從門口吹來，二門沒閂，被風吹開了，一定是大伯母還沒有回來。母親知道大伯母多半在貓莊沒找到幫忙的人，回青石寨娘家叫人了。母親已經下定決心背父親上山，找不找得到人對她來說已經無所謂。風吹得父親屍身旁的長明燈「撲剎撲剎」亂跳，嗚嗚哽咽。母親給長明燈加桐油，發現大半桶油差不多快吸幹了，燈芯上開出一大朵紅亮的燈花。母親這才曉得自己足足睡了幾個時辰，她很奇怪這種時候竟然也會睡得那麼香甜，還做了夢，夢到活生生的父親，如果沒有我在肚子裡鬧騰，興許這一覺就大天亮了。那就誤事了。

加完油，母親就聽到了嘹亮的雞啼聲由遠而近地傳來，霎時，響成一片。從燈油消耗判斷，母親知道這是雞鳴三回，很快就要大天亮了。

是到給父親出殯的時辰了！

貓莊的說法是死人天亮後出殯對後代不利，母親不信這些，但她知道父親迷信，趙家人都迷信這一套。他們幾代為匪，殺人無數，但從來都對山鬼河神頂禮膜拜。也難怪，天天過著刀口舔血的日子，禁忌比平常人要多一些。

母親是趙家人，當然得遵守趙家規矩，決定不等大伯母，她要是叫得來人也該回來了，估計這會兒還在和娘家人磨嘴皮子。

母親去房裡拿來一床舊毯子，撕成長條，結起來，綰成一個貓莊人背小孩子的布背兜，套在父親屍身上，她準備像背小孩一樣把父親綁在身上背上山去。現在天太黑，她一隻手得打火把，沒法托住父親。這樣綁起來父親就不會滑落，而且還能省些力氣。母親對自己充滿了信心，父親個矮、乾瘦，體重不足一百二十斤，雖有孕在身，不說還能像十多年前一口氣背著他跑二三十里，畢竟上到山寨才有六七里路，多歇幾肩也就到了。

母親就這樣出發了。

顯然，母親過分自信了，也過高估計了自己的體力。才走出一兩里地，還沒開始爬山，她就大汗淋漓，舉步維艱起來。她感到背上像壓了一座大山似的，喘不過氣來，腳步只是機械地向前邁動。除了一雙眼睛還能看路，母親感到她身體上其他的器官都成了擺設，臉被寒風吹得生疼後趨於麻木，耳朵已經失聰，既聽不到貓莊寨子裡的雞鳴狗吠，也聽不到峽谷裡嗚嗚嚎叫的風聲。

母親出門前給自己設定的是在開始爬山前歇一次肩，事實上，短短的不足兩里路她就歇了三次。差不多每走兩三百米就要歇一次。

母親開始爬山時，天空真的像夢中父親告戒她的那樣下雪了。雪花像積攢多年似的，一落下來就格外瘋狂，不僅大，而且密，紛紛揚揚，鋪天蓋地。密集的雪花一落下地就迅速融化掉，地面又濕又滑起來。上山的路是羊腸小徑，平日幹乾爽爽也不好走，路面一濕要多費幾倍力氣。而且，母親更知道，這樣的大雪要不了半個時辰，就會把細小的山路覆蓋起來，下面的這段路還可以摸索上去，飛鴉角就難過了。那是一段懸崖峭壁，極其陡峭，全是由巴掌大小的青石塊鋪成的臺階，下雨落雪空手上去也要小心翼翼。

母親心裡暗暗叫苦。

按貓莊的說法，死人出殯碰上落大雪，那是天孝，是死者的功德感動上天的結果。母親從心底裡認為這場雪下得正是時候，是上天有眼。

但這場雪對於母親來說顯然又下得極不是時候。

母親是在爬飛鴉角的時候，感到肚子越來越疼痛起來。天色已經大亮，雪也停了，只有風在下面深谷裡怒吼和嗚咽。母親爬到飛鴉角花了近兩個時辰，已經精疲力竭，上去前足足歇了半個時辰，直歇得熱汗散盡，全身冷得哆嗦。又做了充分的清理和準備工作。母親把淹沒臺階厚過一寸多的積雪用樹枝掃盡，扯來幾根粗大的葛藤連結起來，空手爬上去綁在上面一株小樹上放下來。這樣母親背父親上去時就可以抓緊葛藤，不僅安全，而且省力。上了飛鴉角，就是父親平日操練弟兄們的大土坪，再過去就是被解放軍炮火燒了的爺爺的「聚義堂」和營房舊址，父親的墓碑就在營房後不到二百米的樹林子裡。上了飛鴉角，母親差不多已算得上把父親送上了山。

飛鴉角幾十級臺階是對母親最後的考驗。

母親再次背父親上肩時，忽然聽到下腹傳來一聲石頭墜地般的「哢嚓」聲，接著一直隱隱作疼的肚子裡一陣陣絞痛，痛得她只差一頭栽倒下地。母親還感覺到兩腿間有股熱流在蠕動。以為又是我在掏蛋，在拳打腳踢，來不及多想，抓緊懸垂下來的葛藤，一咬牙，背著父親攀登臺階。

短短的幾十級臺階，母親爬得很謹慎，全神貫注，不敢稍有閃失，她知道，一旦跌落下去，我們一家三口就粉身碎骨了。

爬上飛鴉角，母親的頭上冒出了白煙，全身透濕，體力完全透支掉了，而且肚子也疼痛得難以忍受，一屁股癱軟下地。甚至來不及喘一口長氣，迫不及待地解開身上的絆條，她已無力承受來自父親的重壓，亟需休息一下。

母親沒有想到，她是坐在懸崖邊的，身後是被白雪覆蓋的蓬鬆的雜草，她解開絆條，習慣性地用後背把父親往後一頂，父親仰面倒地，頭顱壓在雜草上，積雪四濺，由於慣性，父親慢慢地滑動起來，一眨眼，無聲無息地滑落進了山谷……

母親到死都沒有發現她花費九牛二虎之力送上山來的父親已經悄無聲息地墜下山去了。這時本已精疲力竭的母親又接受了另一種絲毫沒有心理準備的需要更加耗費體力的挑戰。母親一屁股坐下後就感到肚子裡的絞痛不但沒有緩解，反而翻江倒海起來，同時發現她的下半身已經被血水染紅，紅紅的血流從褲管往下滴落。母親怔了幾秒鐘，馬上明白她要生了！雖然才有七個月，母親很清楚絕不會是小產，只會是早產。

七活八不活，七個月的孩子是能存活下來的。

這時，母親的腦子裡已經全然顧及不上父親了，已死亡的父親在母親的潛意識裡完全退位給即將出生的我。母親掙扎著想挪到幾丈遠的一株百年老樹下乾爽的地方生下我，掙扎了幾下，根本沒有力氣站起來，於是就側身爬行，爬了兩丈多遠，就不爬了。

她明白還得省下些力氣來。

母親在一陣陣用力的時候，聽到下面傳來大伯母焦急的呼喊聲，她想應答，但應答不出來，只能用一聲比一聲高漲的呻吟替代……

大伯母爬上飛鴉角，最先聽到的是我洪亮的哭聲，然後才看到我們母子躺在雪地上的血泊中。母親已經脫下身上的棉衣給我包紮好了，但我的臍帶沒剪，還連在母親身上。母親安祥地躺在雪地裡，她已經用盡所有氣力，連扯臍帶也抬不起手來，但她面色紅潤，臉上的笑容燦若蓮花。

母親疲憊地說，大嫂子，你再幫我看看，是不是個兒子？

大伯母斜抱著我，讓我吐羊水，說，是兒子，是兒子，是個胖嘟嘟的兒子！雞雞翹得老高呢！

大伯母顯然是哄母親開心。據她後來說，我一出生時不僅不胖，反而瘦得可憐，細胳膊細腿像只螳螂，估計不過兩三斤重，光腦殼除了一層厚厚的絨毛，幾乎沒有一撮像樣的頭髮，頭蓋骨軟不啦嘰，額頭上的命脈突突跳動，隨時都有停下來的危險。大伯母抱起我時整顆心涼得就像淹沒在雪中的一塊石頭。

母親還沉浸在大伯母及時趕來的欣慰中，聲音微弱地說，大嫂子，這孩子今後就是你兒子了，快下山去，給他找點奶水，若沒人願意餵他，牛奶羊奶都行。

大伯母說，那怎麼行，我背你，一起下山。

母親臉上再一次綻開笑容，聲音卻更微弱：我不行了，我要死了。我馬上就能告訴長生，我給他生了個兒子，他有後了！

大伯母這才想起父親，看了看四周，雪地上除了一灘灘紫黑色的血跡，什麼也沒有，問母親，老三呢，你把老三背到墓裡了？

母親雙眼定定地望著大伯母，沒作任何反應，顯然是沒有聽到大伯母在說什麼。大伯母扭過頭來，看到母親空洞無神的雙眼慢慢地合攏下去，像無情關閉的兩扇大門一樣，永遠地與這個世界隔絕了。但她的臉上還掛著疲憊的狀若蓮花的笑容。很快，母親臉上的笑容僵硬了……

我哇哇地大聲嚎啕起來，哭聲震動山谷。

貓莊的秘密

貓莊

我在許多小說裡提到過一個村莊，它叫貓莊。作家都是從自己最熟悉的地方寫起的，我當然也不例外。貓莊是我的故鄉，嚴格意義上說，它只是我此刻的故鄉。我此刻人在廣州，但是我的戶口、房子、田地都在貓莊，父母和孩子也在。此刻，我在廣州的狀態就是一個字：混！也就是說，我有一天總得回貓莊的，不管混不混得下去，我都得回去。也許今天，也許明天，只是時間早晚的問題。事實上，這些年來，我每年最少也得回貓莊一次，無論是在長沙、北京、甚至有幾年是在離貓莊超過五千公里路程的哈爾濱和烏魯木齊也沒拉下過。若是哪一年只回一次的話，那一次必是春節，原因不言自明。

其實，在我們那裡，遠遠不止一個叫貓莊的村莊，就像是一個村莊裡遠遠不止一個人叫秋生或者臘狗。一個村莊跟一個人一樣，不僅有正式的大號，也有非正式的小名，我不知道別的地方也是不是這樣，反正我們那裡是這樣的。若是你從我們縣城裡坐車到了我們大狗鄉後，你說你要去貓莊，人家就會問你是哪一個貓莊，你說就是貓莊村。對不起，人家就會告訴你我們這裡沒有正式註冊的貓莊村，倒是有幾個小名叫貓莊的寨子，分別屬於某某村，某某村，某某村。我們這裡把村莊不叫村莊，也不叫村子，而是叫寨子，只要是有人聚集居住的地方，無論規模大小，一般都叫寨子。某某村正式場合下才叫的，譬如鄉政府的報告裡，譬如與外面的人通信，譬如我在寫小說時（只不過我直接就寫成了貓莊村），就像是我們這裡的熟人見面，不會呼你的大號，一律只叫小名，這樣顯得親熱和親切。

關於貓莊這個寨名，我還想多說兩句，算是饒舌吧。前面說過，我們這裡把村莊不叫村莊，也不叫村子，而是叫寨子，只要是有人聚集居住的地方，無論規模大小，一般都叫寨子。青石寨、白水寨、老寨、小寨等等，不叫寨子的你就更聽不懂了，譬如普若、搓查庫、黑弄古、烏古湖等等，惟獨把貓莊叫做莊，而且一下子還蹦出了好幾個，像是一個特別好聽的名字被人搶著用一樣。我一直弄不清楚這是什麼原因，而且也覺得不方便，尤其是外鄉人問路的時候，被人一指，很可能就南轅北轍了。因為要寫小說，我曾經做過調查和研究，但無果而終。我最初曾懷疑最先來這幾個寨子居住的是北方人，也就是現在住在貓莊的漢人們的先祖，他們遷徙到此地後就以北方村子的命名法叫莊了，經考證之後卻不是，最早在此紮根的漢人是石達開進川前留下來的傷兵，而貓莊很多古老的墓碑上的皇帝年號證明了此地土著民比漢人要早在這裡聚居二百年以上。那麼貓莊只能是土著語言殘留下來的一個符號。它到底是什麼意思呢？我們那一帶土著的語言早在一百年前就徹底消亡了，土著民都改說西南官話。現在只留下來幾個簡單的音節。我曾就這個寨名求教過我們州城大學的一位教授，他是研究這一帶土著語言的專家，自己也是土著民。今年才三十二歲，比我還小兩歲，但四前年就是正教授了，是我國三十歲以下評上正高職稱的少數幾個大學教授之一。他在學術上的主要貢獻是考證出了我們這裡的土著語言屬於藏族語系的一個分支，叫什麼什麼來著，一長串拗口的字，我記不清了。而且巧合的是，他也是貓莊出生的，不過不是我們這裡的貓莊，而是鄰縣的貓莊。三年前，我和教授在州城一座茶樓的雅坐間裡聊天時，得知我們同是出生在一個叫貓莊的寨子，我遂向他求教貓莊的原意，教授告訴我他自己其實也不懂得土著語言，他說這種語言由於沒有文字，已經失傳了。現在除了幾個莫名其妙的音節之外，沒留下一句完整的話來。我說那你是怎麼研究這種語言的。他告訴我他是從散落在武陵山脈裡的一些土著村莊的名字去考察的，然後儘量把它們復原成語言。譬如貓莊就很有意思，他說，我田野考察過，我們這一帶最少就有八十六個寨子叫做這個名字，也許貓莊是一把打開土著語言的鑰匙，弄懂了貓莊的原意，其他的像普若、搓查庫，黑弄古等寨名就迎刃而解了。也許窮盡我一生的精力也解不開這個迷，他搖晃了一下茶杯，盯著一撮慢慢舒卷、沉浮的茶葉，語氣傷感地說，主要是這裡的土著民沒有留下古歌之類史詩性的東西，所以語言消失得特別徹底，我們這個民族（其實還不能這樣說，他一直有志於把我們這裡的土著從現在所屬的民族裡獨立出來，讓中國成為五十七個民族五十七朵花）是一個懶惰的民族，留下了太多的秘密。

我在這裡要說的貓莊是我的出生地，也是我的戶籍所在地的那個貓莊。請原諒我不便說出她正式註冊的村名，以免對號入座。其實這樣的故事在我們那裡的任何一個貓莊都有可能發生，也有可能不發生。而一旦發生，我敢保證，它必定會是我們貓莊的故事。

我得從三年前我回貓莊過春節時說起。那年我是在北京的一家雜誌社裡打工，由於我們那個主編要我們幾個他招來的編輯天天陪他喝酒，一喝就得喝到凌晨兩三點鐘，煩不勝煩，因此到了年底我就辭職不幹了。西曆的年底也就是舊曆的冬月末臘月初，而每年我是要等到臘月二十幾放春節假才能回家的，與往年相比我就提早了整整二十來天回家。因此，我就能在家裡過了一段輕鬆、舒適和閒散的日子。沒事就到處去玩，走親訪友，天天夜裡都去鄰居一位老嫂子家裡烤火聊天。

臘月裡本來就是一年中農村人最閒適的時候，而且與往年比起來，現在更閑，什麼年貨都能買到，貓莊人糍粑不打了，豆腐也不磨了，沒了這些年年都有的木錘的吼叫石磨的歌吟，村子裡就少了往年的年味，有點靜，有點冷清，也有點讓人心裡不踏實，好像年還遠著呢。幸好每家每戶還是要殺年豬的，整天都有生豬的嚎叫聲，叫聲尖厲、高亢和歇斯底里，每一頭豬從鐐環塞進嘴裡時就開始嚎叫，然後從豬圈拖到坪場上，一直到抬上案板殺死落氣，最少也要嚎叫十多分鐘。豬叫聲讓人真真實實地感覺到是到了臘月，是快過年了。每每聽到豬嚎聲，人們的心裡才有了一些過年的喜慶，臉上笑顏逐開的。

有一天半夜裡，大概是臘月初八晚上吧，那天是個陰雨天氣，到了傍晚還下起了小青雪，夾著細密的雪米籽。天氣自然是十分地寒冷，因此我就沒有出門，看完電視後，一家人都上床睡覺，我一個人還坐了一陣，烘熱腳後就躺在外面房裡的床上看書。我看的是《世說新語》，剛打開書還沒看上兩頁，就聽到外面傳來一聲嚎叫，這聲嚎叫是如此的突兀和尖厲，像劃破夜空的一道閃電似的，讓人心悸，卻只有這一聲，再沒了下文。但就是這一聲嚎叫把睡在裡屋的妻子也驚醒了，她揉著惺松的眼皮走出來問我哪個怎麼搞了，叫起來好怕人的。我沒在意地說去睡吧，可能是哪家晚上殺年豬。妻子說不是豬叫的，是人的叫聲，她聽到的聲音是「哎呀」。

好像就是我們屋坎下那幾家哪一家，妻子又說，是不是出什麼事了？

我說那就是哪個發神經了，愛叫就去叫唄。

第二天，我才知道昨晚出了我們貓莊建國以來的第一樁謀殺案。我們貓莊的村長趙成貴被人殺死在他家的屋簷下了。確切地說應該是打死的。他被人一劈塊柴打破腦殼，血和腦漿流了滿滿一坪場。昨晚半夜裡我聽到的那一聲以為是殺豬的嚎叫就是趙成貴在他腦殼受到重重一擊時發出來的慘叫。不光是我和妻子聽到了，貓莊許多人也都聽到了，但因為天氣冷，沒一個人起來看。趙成貴的屍體是今早上他老婆李大蘭開大門時發現的。

趙成貴家在我家坎下不到五十米遠，由於起床晚了一些，等我聽到警笛聲趕到那裡時警察已經封鎖了現場，把圍觀的貓莊人攔在警戒線外面。我看到趙成貴的屍體匍伏在他家坪場上的雪水和血水裡，像一隻蜷曲著睡著了的黑狗（他穿的是黑棉襖），更像是一頭殺好了放在地上等著褪毛的黑毛豬。昨晚下了一場小雪，不大，但也把整個坪場蓋了起來，早上被趕來看「熱鬧」的村民們一踩，到處都是零亂不堪的腳印。我想這無疑會給警察破案帶來難度。

果然，三年多過去了，這個案子還沒有一點進展。

「卵討嫌」

趙成貴死得這麼難看，但圍著看「熱鬧」的貓莊人卻沒有一個感覺到震驚、傷心，或者是憤慨，人們站在警戒線外嘻嘻哈哈的，吐著白氣袖著雙手小聲地議論著，就像觀看殺年豬一樣，只差沒有估計死了的趙成貴有多少斤肉。而且這些人大多數還是趙成貴的族人，是他的兄弟姐妹，嫂子弟媳，姪兒男女。在我們貓莊，趙家是原住民，住了好幾百年，根深葉茂，人丁眾多，占貓莊人口的百分之八十以上。而且，最少也有三分之一是跟趙成貴沒出五服的一公之子。這些人沒有悲傷倒也罷了，人人臉上竟還有一些隱隱約約的幸災樂禍的表情。要說趙成貴這個人家族觀念一直是很強的，平時上面有個救濟或補助什麼的，他總是先給自家人照顧了，弄得外姓人民憤很大，經常去鄉政府裡告他的狀。他連當三屆村長，直到現在還是，十多年裡家族中人哪個沒得過他的好處？沒有一點悲傷的還包括趙成貴的老婆李大蘭，人們看到她的臉木木的，竟沒掉一滴淚水。當初，她一打開門看到趙成貴倒在坪場上時發出的那聲驚叫只能代表她的驚恐，但不能說成是她的悲痛，現在她已經平靜下來了，或者說是麻木下來了。只有趙成貴的兒子秋生趕到現場時，憋著喉嚨發出了一陣慟哭，他哭著說，爹，你怎就死了呀，我再沒爹了怎麼辦呀？別人勸了幾下，把他拉開後，秋生也就不哭了，只是在不停地擦眼睛，眼睛擦得紅紅的。

貓莊人對趙成貴之死的態度讓後來調查的警察們大惑不解，怎麼每個人對他的死反應都很平淡，平淡得就跟殺了一頭年豬沒什麼區別。警察們調查時貓莊人人都是一問三不知，沒一點點警民合作的良好態度。

其中也包括趙成貴的老婆李大蘭和兒子秋生。

你知道案發那晚趙成貴去過哪裡嗎？

不曉得。

你那晚聽到什麼響動了沒？

沒聽到。

你知道趙成貴跟誰有樑子嗎？

不曉得。

不會跟誰沒吵過架吧？他有沒人得罪過什麼人？

當村長的哪有不得罪人呢。

你認為誰是最大的嫌疑？

不敢亂猜，猜錯了是讓人掉腦殼的事。

…………

人家不提供線索，警察也沒轍。但是警察們既是有耐心的人，也不是吃乾飯的貨，他們很快就搞清楚了趙成貴在貓莊是個「卵討嫌」的傢伙。很多人都巴不得他早死呢，特別是他家族裡的人。也就是說，在沒有弄清趙成貴案發那夜到底是去了哪裡，跟誰接觸過之前，貓莊所有成年男人都是殺死趙成貴的潛在嫌疑犯。為什麼是成年男人？道理很簡單，一劈塊柴能把趙成貴的腦漿打得濺出一丈多遠，那是要有多麼雄渾的臂力的。

趙成貴是個「卵討嫌」的傢伙在貓莊人皆盡知，這不是什麼秘密。趙成貴原是貓莊的民辦老師，他上過高中，而且是我們縣一中，上到高二時不小心把一個女同學的肚子搞大了，被開除出校。本來他是有望成為我們貓莊的第一個大學生的，有望到外面更大的世界去當官的，但被他的卵討嫌掉了。貓莊至今還未出一個大學生，貓莊的孩子們一到初中就開始談戀愛，所以貓莊人對趙成貴的那一次卵討嫌一直都是耿耿於懷的，認為他沒帶好頭，搞壞了風氣。那年月貓莊也就趙成貴一個人文化高點，回來沒兩年成立村小時就請他做代課老師，後轉為民辦老師，八八年全國民辦老師大轉公辦時，他本來是穩轉的，但這一年他又出事了，把他老婆李大蘭的最小一個妹妹三蘭的肚子搞大了。那年三蘭才有十七歲。最後公辦沒轉成，民辦也下了。趙成貴索性就去縣城裡做生意，他開了一個館子，但年年都只見他從家裡拿錢出去，沒看見他從城裡帶錢回來。只要他一回來，李大蘭就跟他吵架，貓莊的人都說他的錢填肉窟窿了，因為趙成貴在城裡開的就是花酒館。趙成貴索性不回家。幾年後，他一回來就當了貓莊的村長，怎麼當上的大多數村民好像都不太明白。

趙成貴一當上村長，就開始在貓莊大量地獵豔了，貓莊的地下廣播幾乎每隔不久就有他和某某某搞上了的消息傳播出來。而且言之鑿鑿。奇怪的是，這些小道消息裡的當事人男的是趙成貴，女的也全是他們趙家人，他嫂子、兄弟媳婦，姪兒媳婦等等，最先傳播消息的也是他們趙家人。這些破事要是當事人不是趙成貴的話也沒人信，但只要是趙成貴就人人都信。所謂的小範圍消息也就是小道傳播，處於地下狀態，可信度雖然高，但沒經證實，算不得數的。

關於趙成貴「卵討嫌」的程度到了什麼地步，有兩則當事人之一自己廣播的事件可以佐證：一件是趙成貴堂姪媳婦顧花花跟趙成貴爭補助金吵架時罵出來的，大意是有一夜趙成貴乘顧花花的男人趙正午不在家，半夜裡爬進她家的木樓，當晚趙成貴的女兒趙霞在給顧花花做伴，兩個人一床睡著，發現女兒也在床上後趙成貴竟然還涎著臉皮不走，是女兒把他推出去的。事後李大蘭追問過女兒，趙霞只給她娘說了一句話：我爹沒名堂你又不是不曉得。這事基本上可以算著是事實。第二件是趙成貴的親兄弟媳婦彭三妹說的，當時彭三妹是和一群婦女坐在村部樓前聊天，趙成貴邁著鴨子步一拐一扭地走過來，婦女們就笑，小聲地說他是不是昨晚上又卵討嫌了，彭三妹就大聲地說是我昨晚上踢了他卵泡一腳。人家問她怎麼踢他那裡了，彭三妹說還不是他卵討嫌，半夜裡爬樓進來，我沒睡著，等他走到我床邊就一腳踢去，他蹲了半個小時都沒站起來得，看他二回還敢不敢來？彭三妹故意大聲地說，趙成貴想必是聽到了，沒走到村部樓坪場上就打了轉身。彭三妹是貓莊少有的幾個心直口快的女人，所以這件事也大致能夠讓人相信。

還有一件可是記錄在案的東西，更能佐證趙成貴「卵討嫌」的程度，這裡先不說，留到後面的章節裡去。

令貓莊人佩服不已的是，警察們在第二天就掌握了我上面敘述的情況。而且我在這一節還沒來得及提到，想放到後面的章節裡敘述的情況他們也掌握了。他們很快就有了第一個過硬的懷疑對象了。

這個人就是張金花的兒子臘狗。臘狗今年十七歲，生的臂粗膀圓的，全身每一塊肌肉鼓起來都像一隻大老鼠在逃竄，他當然有力氣一劈塊柴把趙成貴的腦漿打得濺出一丈多遠。

但是，讓警察失望的是臘狗這小子有作案的動機卻沒有作案的時間。他有有力的旁證能夠證明他在案發時間不在案發現場，而是在家裡正在看黃色錄相。臘狗的證人就是趙成貴的兒子秋生。秋生那晚不但在跟他一起看錄相，而且還跟他一起睡到大天亮。

警察們的線索到這裡就斷了，一直沒有再接上來，趙成貴之死一案就拖了下來。

「活寡婦」

「活寡婦」就是張金花。

張金花是趙成貴的親姪媳婦，也是趙成貴當村長後在救濟、補助等等方面的重點照顧對象。雖然他們是叔姪關係，年齡相差卻不大。這種現象在幾十年前女人生孩子要盡麻布口袋空幹，是很容易理解的，我就不多說了。還是說說張金花是怎麼成為「活寡婦」的。

十三年前的一天半夜，張金花的男人趙正平在鄰寨做木工的主人家喝了酒，睡下後那東西老是翹得難受，半夜裡爬起身來往家裡趕去。到了家裡，酒也沒醒，叫了幾聲門，叫不開，一腳就把門踹開了。踹開門後，他就聽到開後門的聲音，聽到腳步跑動的聲音，趙正平的酒一下子全醒了，隨手從板壁上摘下打獵用的火槍去追，他家後門外是一條直巷，他一出門就朝那個跑動著的黑影放了一槍。槍一響，黑影就應聲倒地。你別說了，他這一槍還放得真准，正好打在了那人頭上，一粒筷子頭大足有一寸長的鐵碼子釘進了那人的後腦勺裡，陷沒了。趙正平看到黑影倒地後在地上亂彈，自己也嚇呆了。

趙正平打死的是自家的堂叔。他死得很難看，比十多年後死去的趙成貴更難看。手裡還攥著一條細碎花布內褲，大半個屁股都露在外面，前面的那東西像一朵陽雀菌一樣躲在一叢枯草裡，他倉惶跑出來的時候不僅來不及穿內褲，就是連外褲也沒提到腰上去。

趙正平殺人後最先是想逃跑，但他又是一個沒有多大本事的人，就躲在貓莊後山的一個山洞裡。那年是趙成貴上任村長的第二年，他處理這樁殺人案第一次顯露出了他的老辣，他首先封鎖了消息，也就是不准任何人當夜去派出所報案，包括死者的家屬。他做的第二件事在天亮前找到了趙正平，然後領著他投案自首，爭取政府寬大處理。政府後來還真的寬大了趙正平，沒判他死刑，而是判了死緩。後來死緩改無期，無期又改有期，據說在今年，就是我在寫這個小說的二〇〇六年，趙正平已經刑滿釋放，回到了他的故鄉貓莊。

在趙正平服刑的那些年，張金花一直既沒離婚也沒嫁人，她自然就是一個「活寡婦」了。趙正平投案自首後，派出所自然也要提審張金花。這是沒得說的。值得一說的是張金花給派出所的交待相當有意思。現在社會上有一個人人都不得不承認的事實，說的是一些保密會議，會一散，內容全國人民馬上就知道了。那麼，提審張金花的內容貓莊人人都能倒背如流也就不足為奇。

據說，起先張金花並不想完全的、毫不保留地交待。派出所的警察動了高壓電棒，一電張金花就尿了褲子，一尿褲子她就是竹筒倒豆子，什麼都交待了。

據張金花交待，在案發之前她一同共貓莊的五個男人發生過性關係。趙正平的堂叔是第六個，他們還是第一次，就被趙正平打死了。張金花說他這個堂叔也不是個什麼好東西，她同他發生關係是他要脅她的。案發的那天上午，張金花在山上放牛，跟貓莊的一個一起放牛的少年滾到了草叢裡，正好被從另一座山來那座山找牛的堂叔撞見了。張金花想等趙正平回來了肯定要挨一頓死揍，但她不怕他揍她。張金花沒想到的是，到了晚上那個堂叔到她家裡來了，東扯西拉的，她哄孩子睡下後還賴著不走。張金花明白他的意思，只好脫衣服讓他搞。張金花說他口臭得像爛蛇一樣，也不洗澡，全身都是汗垢，不是他纏我，我讓哪個搞也不想讓這個老日的搞。張金花還說，和別人她從來是不在家裡搞的，也是被那老日的逼的，他被趙正平打死，那是他活該。

令貓莊人更難以相信的是張金花後面的交待。張金花交待她嫁到貓莊後第一次和不是她男人的人發生性關係是在她婚後的第十四天。也就是她還在做新娘子期間。有必要交待一下，在我們貓莊結婚三個月內都還算新娘子，比城裡人的蜜月多出了整整兩個月。她記得那天晚上貓莊放電影，她和趙正平去晚了一些，沒坐的地方，就手拉手地站著，電影開映時，幾村幾寨的人都來了，黑壓壓的，圍得氣都出不來。她和趙正平被擠散了。那晚放的是戰鬥片，人們看得都很入神，銀幕上戰鬥最激烈時，她感到有一雙手從背後箍住了她的腰，然後又慢慢地壓在了她的雙乳上，她以為是趙正平的，就由他了。那雙手就揉她的奶子，她是個新媳婦，哪裡受得了，但四周都是人，她不敢哼出聲來，盡力忍著，呼吸都緊了。見她沒有反抗的意思，那雙手就不滿足於上面了，把手又伸下去，那時候穿的都是鬆緊帶褲子，他在外面磨蹭了幾下，一伸就伸到裡面去了，她哪裡受得了那麼大的刺激，一下子差點蹲下地去。張金花說那人真會掌握時機，這時就拉著她的手牽著她從人群裡鑽了出來。其實早在他手塞進她肚皮時張金花就曉得了摸他的人不是趙正平，這個人的手掌心細膩多了，沒有繭皮，她當時還想可能是個毛孩子，從沒摸過女人，就想過過癮，這種事她在做姑娘時也曾遇到過，看電影人多的時候常有一些楞頭青佔女人們的便宜，更況且她現在不是姑娘了。她想那人摸過幾下也就滿足了，但沒想到他膽子那麼大，竟來真的，把手摸到她最敏感的地方上去了，而且還把她拉了出去。那個時她已經身不由己了。

那個人把他拉出來後，她一直低著頭不敢看他。他們沒走多遠就是一叢草樹。那人就把她抱起來放翻在草樹下。草樹下有一層厚厚的稻草，還算軟和，但她做得一點味道也沒有，感覺就像是被強姦了，還不如他摸她的時候舒服。主要是心裡太緊張了，他們做的地方隔看電影的人群不到兩丈遠，她躺在稻草上不但眼睛能清清楚楚看到銀幕上的人影，就連最後一排看電影的人說話聲也聽得清清楚楚。這人的膽子也太大了。

張金花說他當時沒認出來這個人是誰，只覺得面熟，肯定來過他家裡幾次。她是第二天那人又來他家裡讓趙正平幫他去抬石頭，她才知道那人是村小民辦教師，叫趙成貴。她偷偷地問趙正平他們家和趙成貴是什麼關係。趙正平說跟你說過多少次了，他是我親叔。她又問怎麼個親法？趙正平不耐煩地說，你講怎麼個親法，他跟我爹是同娘共老子的親。張金花一下子就呆了。

據傳，審訊時警察和張金花還有如下的對話：

和趙成貴一共有過多少次？

就那一次。

他沒再找過你？

找過，他一共找過我八十六次，我家裡有個竹筒，他每纏我一次我就往裡面放一粒黃豆，有小半筒了，我數過有八十六粒。

後來又和多少人發生過性關係？

除了趙成貴還有四個，他堂叔是第五個，我不願意，是他要脅我的……

那幾個人是誰？

…………

為什麼要亂搞男女關係？

為了，為了報復！

…………

張金花交待完了，人也就放出來了。警察提沒提審過趙成貴貓莊沒人知道。想來是沒有。張金花交待的全部內容都洩露出來了，要是提審過趙成貴，想來他也是瞞不住的。

張金花一出來，就順理成章地成了「活寡婦」。所謂寡婦門前是非多，況且張金花還是個人人都曉得的有前科的「活寡婦」呢！她從此就掉進了是非的漩渦裡，再沒上過岸。

老狗

老狗就是我，我就是老狗。也就是本文的敘述者。再次得請你原諒，在這裡我不想說出我的真名，原因就像我不說出貓莊正式註冊的村名一樣。老狗只是一個代號，跟阿貓阿狗沒什麼區別。當然，你也可以認為老狗是我的小名。

趙成貴之死本來是跟我沒多大的關聯。不僅說不上悲痛，甚至連驚訝也沒有，當然也說不上幸災樂禍。第一，我不是趙家人；第二，趙成貴會有這一天我早就預料到了，只是個時間早晚的問題；第三，我跟趙成貴沒什麼牽連，無怨無仇，無恩無惠。他做村小民辦教師時我已經去鄉完小讀書，他當村長時既沒因為收提留款帶人拆過我家板壁，也沒有因為搞計劃生育趕走過我家的肥豬，更沒跟我老婆有過什麼一腿，我老婆這些年來一直跟隨著我東南西北跑，我把她就像一根褲腰帶一樣捆在我身上。而且我說過，在貓莊到目前為止還沒人報料過趙成貴跟趙家之外的婦女有染。趙成貴不是一隻兔子，而是一頭豬圈裡的肥豬，專只吃窩裡的草。所以，我在前面一再說趙成貴的死就像殺了一頭年豬，是有隱喻的。

要說我跟趙成貴一點瓜葛也沒有好像也不是事實，七彎八拐的關係還是扯得上一點的。譬如，我的第一次性生活就跟他能扯上一點間接的關係。如果沒有趙成貴的作用，我的第一次性生活可能要推遲好幾年。

這個事本來我早就忘記了，畢竟過去十多快二十年了，是警察們懷疑張金花的兒子臘狗是兇手，審訊了他們母子後我才想起來的。首先是想到了張金花的一些事，那些事包括前面敘述了的和後面還要敘述的。然後就想到了我自己的一些事，當然是跟張金花有關的。

這樣一說很可能你已經明白了，我也搞過張金花。是的，你猜對了，我第一次性生活就是在她身上過的。那時候我還是一個少年，什麼都不懂，是張金花手把手教會我的。你就接著猜吧。你一定會猜被趙正平堂叔撞見的那個和張金花一起滾到草叢裡的少年就是我。告訴你猜錯了，他是另一個少年，在這裡我就不點他的名了，他與本文的敘述沒多大的關係。我是在張金花成了「活寡婦」後給她守屋做伴時失去童貞的。不過，到現在我也不後悔，一個人的成長肯定是要付出一些代價的。這個代價應該不算那麼沉重。我自己非但不覺得沉重，相反，我還認為張金花是一個相當不錯的好女人，我以後再沒遇到過這麼好的女人了。

曾經，有一段時間，我說的是趙正平殺人後的那一段時間，張金花一個人睡在家裡感到很害怕，每夜都要人給她做伴。這好理解，人是因她而死的，又是死在她家後門的不遠處，一個只有幾歲大孩子陪著的女人要是不害怕那她不是女人了。

我就是在那段時間裡給張金花守了幾夜屋做過幾夜伴。那年我十六歲，剛剛初中畢業，對男女之事還相當地懵懂，只曉得張金花是因為偷人她男人才打死了人，她不敢一個人睡，要人做伴，她跟哪些人偷了，除了她那個被打死了的堂叔，其他人我是不知道的。至於張金花為什麼找我給她做伴，那只是一種偶然。我家跟離她家特別近，只隔了一層竹籬笆。那天張金花從派出所裡放出來後回到家裡天都黑一陣了。她生火做飯填了一下肚皮，就到了貓莊人上床睡覺的時間了。

張金花大概是那晚九點多鐘的時候敲開我家大門的。她給我父母說她一個人在家裡害怕，不敢睡，問我父母能不能讓老狗給她去做個伴。我父母心裡雖然有些瞧不起張金花，但也不怎麼好意思拒絕她，畢竟人家現在孤兒寡母的，我父母的同情心占了上風，就二話沒說把我從被窩裡提了起來。說實在話，當時我是很不願意動的，我剛把被窩捂熱和。

但我還是不得不跟著張金花去了。

到了張金花家，四歲的臘狗已經睡著了。安排我睡在哪兒讓張金花犯了難，她家雖然也是一棟整屋，但有一頭沒裝板壁，不能睡人。裝了板壁的這一頭也只有兩間，一間是外面的火坑房，一間是裡面的臥室。張金花說老狗你怕不怕呀？我說我不怕。其實說的是硬氣話，不曉得是為什麼，在家裡我一個睡一間房一點也不怕，但一來到張金花家裡我的心跳就緊了，連說不怕的聲音都有點哆嗦。其實她那個堂叔死的地方直線距離離我家還要近一些。張金花沉默了一陣後說你跟我睡房裡吧，你不怕我還怕呢。我想了想就同意了，既然是來給她做伴的，當然是要睡在一間房裡，不然她等於是沒人做伴了，我就說你給我在樓板上打個地鋪就行了。張金花說，那也好，睡不著的時候我們還可以說說話。事實上那夜張金花沒打地鋪，席子都鋪好又撤了，她說地上涼，讓我跟她睡在一張床上了。各人一頭。

和張金花睡在一起感覺特別地舒服，使得我把早先的害怕全丟到爪哇國去了。被子裡熱烘烘的，只要我的腳一動，蹬到她身上的任何地方也都是軟和和的。最初的幾個夜晚我們相安無事，張金花也說她睡得很好，但我卻是睡得不怎麼好，我已經有了青春期的騷動了，夜夜那個棍棍都要往上翹。直到有一夜，張金花半夜裡醒來，她的腳碰到了我的生理反應，她驚訝地說老狗你沒睡著呀。我裝著沉睡似的哼了兩聲，張金花說你別裝了，我今晚上才曉得我們的老狗已經不是小狗了，真長成一條老狗了。我突然呼地一下坐了起來，結結巴巴地說金花姐，我想、想你搞一下。我不知道我為什麼突然一下子膽子那麼大，但我知道我的臉肯定是紅得不得了，張金花看不見罷了。張金花在黑暗裡幽幽地歎了一口氣，說你不嫌姐姐髒嗎，你要是不嫌的話你就來。看看我沒動，張金花又說，老狗你要真想的話就過來。我就從床的這頭爬到那頭去，抱住她，在她身上亂摸。其實我也不曉得應該摸她哪些地方，顯得猴急，卻又毫無目的性。我到現在還要說，張金花是一個好老師，是一個盡職盡責的好老師，我後來再沒碰上過這麼好的老師了。那夜張金花給我說，老狗你別亂摸了，你去把燈打開，女人是要先看的，看飽了再摸，摸足了再搞，這樣搞起來男人才有勁女人才有味。

於是我就聽話地下床去開燈。燈一亮，張金花就給我展示了一個我完全陌生的、奇異的世界，這個世界有雪山、森林、草叢、峽谷、河流和溪水……那年張金花二十六歲，正是一個少婦最迷人的年紀。而且值得一提的是，張金花是個特別漂亮的女人，她是銀盤臉，水蛇腰，一對奶子往前聳，屁股卻又往後撅。她的臉上常常帶著一種不是微笑像似微笑的說不出是什麼東西的表情，那種表情特別容易讓男人想入非非。我們貓莊人把那種表情說成是騷勁，說帶這種表情的女人很容易上手。也難怪她要一直麻煩不斷。到現在我還一直認為，那時的張金花是我這半生來見到過的最美麗的女人，除她再無二個。這些年來我也大江南北、塞外關內地跑過，也算得上閱人無數，特別是在北京朝陽區東土城路七號院住的那半年，我們那幢樓裡住了不下二十個年輕漂亮的女模特兒，個個都是明眸皓齒，儀態萬方的少婦（沒人相信她們還是處女），但就是沒有張金花的那種女人味。

也許那時我還是一個少年吧，保存在記憶裡的東西才是最美好的。

或者就像一位詩人的詩裡說的：二十歲以前碰到的女人都是最好的女人。

但是，張金花把我教會了怎麼做一個男人後沒幾夜我就不再去給她做伴了。母親好像發現了什麼，堅決不准我去。有一天，張金花來我們家借一個什麼東西，她走後母親對我說你看你金花姐的臉上還是那麼油光水滑的，一點也不像男人要被槍斃的人，倒像是夜夜都有人在滋潤著她似的。母親以為我聽不懂她後面的那半句話，不想這時我卻噗哧地打了一個冷笑。母親狐疑地看了我一眼，又看了我一眼，然後猛地一拍腦門，仿佛這一拍就開竅了，她惡狠狠地罵了一句那個天殺的，連瓜秧子也敢扯。從那晚起她就再不准我給張金花做伴了。

「活寡婦」（續）

接我的班給張金花做伴的是她的公公趙成林。她公公那年已經六十多歲了。好像過了六十六吧。那時死人的事情已經過去十來天了，張金花也不是那麼地害怕了。但給她做伴的人卻有了新的任務。那個任務主要是防「狼」。張金花一個「活寡婦」睡在家裡，半夜裡總是有人來敲後門。敲不開就賴著不走，膽子大的還爬樓。在我給他做伴的第三夜就有人來試水了。張金花大聲地問誰呀，卻又不做聲，直到我出聲了才走人。走後不久，又有敲門聲響起來，從敲門的節奏判斷明顯已經不是前一個人，又換一個人了。夜夜如此。貓莊的男人們樂此不疲。

我給張金花總共只做了九夜伴，來來往住的男人卻不曉得有幾多，只碰上一個人自報了家門。但也沒報名字，只報了他的職務。那是第五個晚上，不知是啥時辰了，我都睡著了，被敲門聲驚醒的。

張金花不耐煩地說，是誰呀，敲你個死，死遠些。

那個聲音很輕地說，是我，我是村長。我找你有事。

張金花說，我睡了，有事天亮後再講。

趙成貴說，今晚上就給你講，這事只有晚上才能講。他可能是怕張金花沒聽出他的聲音，聲音又大了一點，說我是村長，你開開門吧。

張金花突然提高了聲音，惡狠狠地說，村長怎麼啦，村長就雞巴大一些是不是？是村長我就該讓你日。你怎麼不說你是我親叔。我叫你叔，你應了我就來開門，你想怎麼日就怎麼日。

那晚我和張金花還是各睡一頭，我也不知道張金花和趙成貴早就有過，張金花在派出所的那段交待至少還要等一個多月後才被透露出來。我的頭就靠著後門，聽了他們的這段對話，不啻是給我打了一針興奮劑，全身躁熱得趙成貴走了後也久久不能入睡。就是在那晚後半夜，我突然衝動地給張金花說出了那句話：金花姐，我想搞你一下！

讓她親公公趙成林來給她做伴那是最好不過的。張金花讓他守屋意思有二：一是讓貓莊的男人死心，別再夜夜來她家敲門爬樓的；二是讓人別再猜測她了，也就是樹立一個好形象。這時外面早已對她議論紛紛了，說她夜夜都在換人睡覺，前晚是趙三，昨晚是李四的。其實他們誰也不曉得夜夜都是我一個人。他們來敲門時那個打響聲的男人都是我，我那時正是變聲期，聲音有時像一個年輕人的，有時又像是一個老年人的，就是不像個青少年。自己的親公公，別人總不至於亂說吧，更況且她公公是六七十歲的老人了，我們貓莊有句諺語：人過六十六，雞巴像螺絲肉。意思是再也硬不起來了。也就是心有餘而力不足想搞也搞不進去。

而且張金花還在自己臥室外的火坑房裡正正規規地給老頭子支了一架床打了一個鋪。她也知道，在我們貓莊，凡事都是有閒話講的，稍一不慎親公公還會被人傳得更加起勁。

張金花的公公趙成林曾經幹過二十幾年的大隊支書，在貓莊威信還是挺高的，震得住一方鬼神。

貓莊的男人們也就死了一陣子心，再不敢隨意去張金花家敲門爬樓了。但很快事情就出現了逆轉，令貓莊的男人們抑制不住更加地興奮和躁動起來。一個月後的一天夜裡，趙成貴帶著他的二哥三哥四哥五哥霸蠻地闖進了張金花的家裡，硬是把他大哥赤身裸體地從張金花的熱被窩裡提了出來。

至於他是怎麼掌握好這個時機的，那只有天曉得了。

這之後不久，張金花在派出所的交待也不適時宜地被洩漏了出來。只要一到夜裡，貓莊絕大多數的男人只想趕快到張金花那裡去，給她去做伴，就像看電影一樣，心怕去晚了連站的地方也沒有。那麼多男人一哄而起，就像洪水翻壩了似的，張金花想攔但不管她怎麼拚命也攔不住了。最好的辦法只有兵來將擋，水來土掩。

這種態勢一直保持了最少兩年，直到我十八歲那年離開故鄉出門去打工時，張金花家一到夜裡還門庭若市。後來去的人就漸漸地少了。少了的原因不外以下幾個：一是貓莊的男人們新鮮勁已經過了；二是張金花過了三十，農村再漂亮的女人三十歲也是一個坎，年老色衰也是攔不住的；三是臘狗漸漸長大了，知事了，再去就不方便了。貓莊大多數男人們不想讓臘狗看到他們是怎麼整他娘的。但還是有人去，其中去得最多的就是趙成貴。這是有一年我回鄉過年，聽我的一個老嫂子說的。

要說我這個老嫂子也是一個非常有趣的人。她是個小學退休教師，算得上是一個小知識分子，自己是一個相當古板、正派的老輩人。但她有一個愛好就是收集我們貓莊那些雞鳴狗盜的事情，而且把各種來源的資料加以整理和分析，然後再傳播出去，經她整理和分析後準確率幾乎高達百分之九十八以上。據她透露，最初的那幾年裡，貓莊搞過張金花的男人不下八十個，其中年紀最小的只有十四歲，最大的六十八歲。她說張金花在貓莊影響了整整三代人，她是教會了一代人，帶壞了一代人，搞垮了一代人。老嫂子說她最感到驚訝和不解地是，張金花不知用了什麼迷藥，竟然把整個趙家只要是「雞公」能叫的全部拉上了她的肚皮，包括他的親公公，竟無一人漏網。

老嫂子說，其中和張金花搞得最久的是趙成貴，他倆就像狗連襠一樣，到現在都還沒扯脫。

臘狗

現在再回到趙成貴之死這個案子上來。

我在前面說過警察不是吃乾飯的貨，他們很快就搞清楚了趙成貴在貓莊是個「卵討嫌」的傢伙，當然也就知道了趙成貴和張金花的近二十年的狗連襠「交情」。他們在村部樓裡首先審問了張金花。

警察問，趙成貴死的那夜是不是到過你家？

張金花答，是的，是來過我家。

來做什麼？

找他兒子秋生。他看到秋生和臘狗在看錄相，教訓了他們幾句就走了。他讓秋生回去，秋生不去，說是和臘狗睡。

他們是在看什麼錄相？

這我就不太曉得，他們是在那頭屋裡看的，好像，好像是黃色帶子吧。

你怎麼曉得是黃色的？

我聽聲音是那種，他們把聲音放的小，還是能聽到。

趙成貴是什麼時候走得？

罵完兩個孩子就走了。

是幾點鐘走的？

我不曉得，我沒表，你們去問秋生好了，他戴有表。

你和趙成貴真的什麼也沒做？

沒、沒有，兩個孩子都在，能做什麼？

警察突然問，臘狗是不是在十二歲那年打過秋生一槍？

張金花有些慌亂，說沒有呀，沒有。

你不要不承認，你們雖然沒報案，我們還知道臘狗是用他爹留下來的那桿火槍打的秋生，鐵沙全部打在秋生的背上，醫院裡拍的片我們都找出來看了。

曉得了你們還問。

臘狗是不是一直在恨秋生，而且特別恨趙成貴？

沒呀，她和秋生一直玩得來的。那一槍是無意打到秋生身上去的。他為什麼要恨秋生，恨趙成貴，他是他六爺爺。

你別問我們為什麼，問你自己好了。我問你，臘狗是不是說過要一劈塊柴打死趙成貴，而且是多次說過。

沒說，他還是個孩子，他說這種狠話做什麼？

我問你，你必須老實回答，你和趙成貴是不是還在通姦？

沒、沒有了。

你沒有老實回答。

還……在，但不多了。

你們最後一次通姦是在什麼時候？

十天前。

每次都是你願意的嗎？

你們很想聽這些嗎？想聽我就講給你聽，你們還可以找個喇叭來，我可以講給全貓莊人聽，反正我講的不出明天全貓莊人都會曉得。

張金花，你態度放老實些，我們這是在執行公務。

我恨趙成貴，我根本就不願意和他做那種事，他每一次都是在強姦我，他媽逼的，有幾年我讓哪個都搞我就是不讓他搞，我就是要氣死這個狗雜種。你們別問我為什麼還是要和他搞，他手裡有救濟款、補助金那些，我和臘狗孤兒寡母的要過日子呀，他每次到我家來我都要跟他打起來，到最後還是要被他強姦一次……我和親公公搞，和他們趙家的每一個都搞，就是要讓趙成貴曉得你趙成貴搞得我張金花，你們趙家的哪一個人也都搞得……趙成貴死了你們不知道我有多高興，我恨不得那一劈塊柴是我打的，我要是有力氣的話我早就下手了……我家臘狗是說過要打死他，他打小就看到趙成貴欺負我，孩子都十來歲了他想搞我就搞我，一進屋就把我撲到床上，也不避開臘狗。那時我們家還沒裝那頭屋，臘狗夜夜和我睡在一起的，你們講他是不是一個人，連條狗都不是……獵狗十五歲那年就給我發過誓，說他哪一天要打死趙成貴這個狗雜種，我不准他打，趙成貴的狗命沒我們家臘狗金貴，臘狗打死他填命划不來，我就給臘狗說你爹已經是個殺人犯了，咱家再不能出第二個殺人犯，你要是殺了趙成貴，你娘也活不成了，臘狗從小就聽我的話，我不放口他是不會動手的。再講，臘狗那天一個晚上都和秋生在一起，秋生可以給他作證，不信你們去問秋生好了……

…………

接下來才是審問臘狗。警察們看到臘狗長得五大三粗，面相卻很老成，不像是一個十七歲的孩子。他的臉陰沉、麻木，而且還長了一副鷹鉤鼻。警察們還知道，關於臘狗的身世，除了他不可能是趙正平的兒子，在貓莊還有另外的種種猜測，許多人最初都以為他是趙成貴的兒子，原因就是張金花新婚才十四天就被他搞過，算起來跟臘狗出生的日子也合得上。而且還有一個最重要的根據就是張金花生下臘狗後好幾年再沒開懷過，可以證明趙正平那條卵是沒用的。臘狗小的時候也長得像趙成貴，但後來越長越不像了，等臘狗的鷹鉤鼻定型後，差不多百分之八十下過定論的貓莊人徹底否定了他和趙成貴的父子關係，趙成貴是一對朝天鼻，他兒子秋生就很好地繼承了他這一特色分明的遺傳。於是人們又鑽天鑽地去找長鷹鉤鼻的男人。有一段時間，貓莊人只要碰面，不分男女老幼，全都互相盯著對方的鼻子看，雖然人人都心知肚明，卻又慌亂不安。但令人失望的是，在貓莊朝天鼻、塌樑鼻、蒜頭鼻、四方鼻、扁平鼻多的是，就是沒有一個人是鷹鉤鼻。貓莊最有文化的趙曉彬給大家說，鷹鉤鼻在我們南方這一帶是很少的，俄羅斯人大多長這種鼻子。俄羅斯那是多遠的地方啊，張金花就是再漂亮也不可能偷人偷到國外去。所以，臘狗的身世到現在都還是貓莊的是一個不解之謎。

據說，臘狗自己也曾經追問過他的身世。他的追問跟秋生有關。十二歲那年，有一天放學後，秋生神秘地給臘狗說，我聽好多人講，你跟我是親兄弟，他們說你是我爹生的。

臘狗說，我怎麼會是你爹生的，我是我娘生的。

秋生說，反正好多人都這麼講，他們講我不是你叔叔，是你哥哥。你回去問問你娘吧。

臘狗回家後就真的地問張金花，他說，娘，我到底是不是你生的？

張金花說，你怎麼不是我生的，你是從娘肚子裡掉下來的肉。

臘狗說，我聽人家講我是六爺爺的兒子。

張金花一下子變了臉，一巴掌打在臘狗的臉上，嚷道，你聽哪個爛舌頭的瞎說的！

這是臘狗第一次挨他娘打，打得很重，臉上火辣辣地痛，看到他娘的臉都氣紫了，眼淚啪嗒啪嗒地流，臘狗就沒哭出聲來。娘走後，他就去掏鼓他爹留下來的那桿火槍。第二天中午，秋生來他家玩，笑嘻嘻地問他問沒問他娘，臘狗不作聲，秋生一抬頭，看到臘狗手裡的火槍對著他，嚇得轉身就跑。他一跑，槍聲就響了。

幸虧槍裡填的是細鐵砂，不是鐵碼子，秋生才撿了一條命。

老警察們第一眼看臘狗就知道，凡長這種面相的人都是心狠手毒的角色。若再加上心智聰慧的話，長大後必定會成為他們的死對頭，成為獨霸一方卻又能隱在幕後的黑老大。據張金花交待，臘狗沒念過幾年書，小學都沒畢業，警察們估摸不透臘狗的智商到底有多高，決定快速地催垮他的心理防線。

你是不是說過狠話要打死趙成貴？

是說過。

那趙成貴是不是你打死的？

不是。

你不是給人說過要打死他嗎？
我娘不准我打他，要是准的話他早就活不到昨天了。
你為什麼要打死他？
我沒打死他呀，他的死跟我無關，他是別人打的，不是我打的。
真不是你打的？
真不是我打的，秋生可以給我作證，不信你去問他好了。
那你為什麼想要打死他呢？
我不想說。
你必須回答。
我不想說怎麼啦。
你必須回答，你有忠實地回答警察的問題的義務。
因為，因為他老是欺負我娘……
趙成貴被殺的那晚你在哪裡？
在家裡。
跟誰在一起。
和秋生。

在做什麼？

沒做什麼？

真沒做什麼？

真沒做什麼。

你沒老實交待。

我老實交待了。

那天晚上趙成貴是不是來過你家？

好像，好像，沒……來過。

好好回憶一下，到底來沒來過？

來過。

記清楚點，到底來沒來過？

來過。

來幹什麼。

叫秋生回家。秋生不回，他罵了他幾句就走了。

什麼時候走的。

不曉得，我沒表。

那晚十二點你在做什麼？

我一直和秋生在一起看錄相，從天黑看到雞叫。

看的什麼錄相，把內容講一遍給我們聽。

是……沒內容，是……毛片。秋生從他爹那裡搞來的。他搞來了七八個，我們一直看到雞叫二遍才睡。

…………

警察們又傳喚了秋生。秋生交待的大致上跟張金花和臘狗沒什麼出入。可以排除臘狗作案的可能。

李大蘭

接著警察們又傳喚了一些值得懷疑的對象，譬如顧花花的老公趙正午，彭三妹的老公趙成軍，還有因救濟款補助金等等對趙成貴不滿過的外姓人。恰巧的是這些人不是那晚在一起打麻將，就是在幹其他的，反正都有旁證證明案發時沒有作案時間。

李大蘭就是這時候進入到警察的視野裡的。在警察們忙碌的時候，李大蘭也在忙碌，她在忙著給趙成貴辦喪事。李大蘭也確實在忙上忙下的，諸多雜事都需要她打理，但你只看得到她在忙，卻一點也看不到她是死了男人的，她的臉上沒有悲痛倒也罷了，反而還有一種隱隱約約的喜氣。坪場上喪棚裡哀樂四起，趙霞和秋生哭得昏天黑地，她卻在屋裡指揮這個搬東西那個去洗菜，高喉大嗓，好像死的是別人的老公。

警察們這就大惑不解了，聯想到找她調查了好幾次，她也是一問三不知，警察們只好搖頭苦笑。甚至還一度也把她例入了懷疑對象，要不是李大蘭生得小巧，不可能一劈塊柴把趙成貴的腦漿打出來濺那麼遠的話，她還真的有可能是兇手。她倒是有作案動機和作案時間。

警察們自然瞭解到了李大蘭對趙成貴也是恨之入骨的，但李大蘭有這點好，她是個很要面子的女人，從不和趙成貴在有人的時候大吵大鬧。哪怕就是當著自己孩子的面也不吵。趙成貴對李大蘭的兩次傷害足以讓她恨得殺死他一百次：第一件傷害李大蘭的事是趙成貴十五年前誘姦了她的妹妹李三蘭。李大蘭是最痛愛她這個妹妹三蘭的，那年三蘭還是一個初三的學生，成績很好，考民師是穩了的，體驗時卻發現懷孕了。趙成貴就這樣毀了她一生。而且李大蘭也確實因這件事對趙成貴下過手，事發後的某一夜李大蘭企圖乘趙成貴熟睡時剪掉他的命根子，讓他的卵再也討不成嫌，但她的陰謀被趙成貴一舉粉碎了。同時也把趙成貴嚇得不敢歸屋，只好去縣城裡開花酒館。第二件事就是趙成貴從那之後再沒有跟她同床同枕過，使得她連「活寡婦」張金花都比不上。李大蘭同張金花是同一個村嫁過來的，做姑娘時倆人就好得不得了，在得知趙成貴同張金花搞上後曾跟她狠狠地打過一架，打過沒兩天，兩人又好得像姐妹。可見李大蘭同張金花打架並不是她恨張金花，而是把她對趙成貴的恨發洩到了張金花身上，一發洩完就沒事了。但也只是對張金花。對趙成貴的恨是侵入了李大蘭的骨髓裡了的。

但就李大蘭那點捉只公雞都拿不住的力氣，不可能是殺人兇手。警察也不是沒有懷疑李大蘭雇兇殺人的可能，但毫無證據。根據也不足。她和趙成貴睡在一頭屋裡，要是她想弄死他哪時都可以動手，早在十多年前也不是拿剪刀剪他的命根子，而是一斧頭剁掉他的腦殼，反而不會失手了。

警察實在是找不到過硬的懷疑對象，也找不到殺人兇器——不用說，那塊劈塊柴早就被塞進火炕裡燒成灰了。現場也被破壞殆盡，找不出一點蛛絲馬跡，警察們只得鳴鑼收金，班師回城。破不了的案子多的是，警察才不著急呢。

這個案子就這樣掛起來了。

貓莊的原義

二〇〇六年八月十五日，星期二。下午三點四十八分。也就是我剛好寫完這個小說的前面幾個章節的最後一顆字，感覺全身累透了，就想出去走走，買份報紙，看看狗日的小泉今天有沒有去靖國神社拜鬼。想了想又沒動了，報紙的消息最快也得明天出來。還是等晚上看新聞聯播吧。屁股剛一坐下來，放在桌上的手機嗚嗚地震動了起來。

我拿起電話一看，是個我不熟悉的陌生的手機號碼。我還是按下了接聽鍵，我說，餵，哪位？聽不出我聲音了呀？那人說的是我們貓莊話。

我略微沉吟了一下。我的號碼是剛換不久的，只有幾個最熟悉的朋友知道。這聲音不是他們中任何一個人的。我說，是教授吧，你是怎麼搞到我的號碼的？

教授就呵呵地笑了，有心要找你還怕找不到。

我說，是不是有有關貓莊的論文要發表了？

教授驚訝地說，你怎麼曉得了的，你成我肚子裡的蛔蟲了呀。

我也呵呵地笑，我們都幾年沒有聯繫過了吧，你給我打電話不是這事會是什麼，你找到了貓莊這把打開我們那裡土著語言的鑰匙了，是嗎？

教授說，是的，是的，我剛好有一篇論文下個月要發表在《少數語種研究》上，就是論述貓莊是什麼意思的。你曉得貓莊是什麼意思嗎？

我說，我怎麼會曉得，曉得我不也能當教授嗎，呵呵，說說看是什麼意思。

教授說，你還是看我的論文吧，一兩句話說不清楚，那裡面有祥細的考據和推理。

我說，你的論文不是要下個月才發表嗎？先簡單地說一說嘛，貓莊到底是什麼意思。

教授沉吟了一會兒，說講出來你怕是要失望的。

我說，我不失望，我又不是貓莊的原住民。

教授說，其實呀，貓莊這個土著單詞的原義就是偷情、通姦的意思。也包含有亂倫的涵義。在我們這裡為什麼有那麼多寨子叫貓莊，它是一種警示，幾百年前，我們的先祖已經有了倫理意思，這從那些漢文的墓碑上就可以知道，那時我們這一帶的先民已經受到外來文化影響和衝擊，哪個寨子裡通姦、亂倫多了，大家就把那個寨子用貓莊命名，就像一個人要是做了小偷的話，大家都叫他三隻手一樣，目的是讓其知恥，以免再犯。也是一種警示。後來有一天，這種土著語言突然消亡了，大家都不明白是什麼意思了，反而覺得好聽，就一直叫下來。詳細的你看我的論文吧，我給你發電子信箱裡。

我呵呵地笑，說有意思。不謀而合。

教授說，什麼不謀而合？

我笑著說，我正在寫關於貓莊的一個小說，叫〈貓莊的秘密〉，就是寫偷情和通姦的。當然，也少不了亂倫。

教授說，這種雞鳴狗盜的事在貓莊多的是，我說的是任何一個貓莊都多，我去採風不曉得聽到過多少，解密這種土著語言真的是靠了貓莊。性真是人類的一個重要的密碼呀！教授停頓了一下，突然說，老狗，你十八歲才從貓莊出來，在山上砍柴放牛時跟沒跟人偷過情，說實話。

我爽快地說，偷過，怎麼沒偷過。我第一次性生活就是貓莊的一個少婦教我的。那是一個特別漂亮也是一個特別棒的好女人，我再沒見到過第二個女人有她當年那麼的美麗。

教授呵呵地笑，是嗎？

我說，是的。又問他，你呢？你不會沒有吧？

教授還是笑，老兄你去猜吧？猜著了我請你吃飯，沒猜著你請我。

我說，你在哪呀？

教授說，我現在就在中大開一個學術會議。大家都入場了，我排在第一個做報告，也就是唸唸那個〈從「貓莊」解讀武陵山區土著語言的密碼〉的論文，散會了和你聯繫。

我突然有些傷感地說，教授，你那論文別唸了，也別發表了，讓它成為貓莊的一個秘密吧。貓莊可能需要這個秘密。

教授說，這不可能，你曉得我的奮鬥目標是把我們貓莊的土著民搞成一個獨立的民族，我已經邁出了第一步，開弓已無回頭箭。我得進會場了，散會聯繫。

說完，他就掛了電話。

秋生

還是回到我們貓莊吧。

秋生是趙成貴的兒子。這是大家知道的。

秋生其實才是我這個小說的最關鍵的人物，這要等看完整個小說你才會知道。我不知道大家還記不記得我在前面略微提到過，在趙成貴的喪事期間，秋生是哭得最賣力的，跟他母親李大蘭對趙成貴的猝死感到輕鬆和解脫不同的是，秋生卻是很悲痛和無助。他哭得通紅的眼睛和源源不斷的滾燙的淚水就是他悲痛最有力的證明。

甚至，在警察們鳴鑼收金，班師回城的時候，秋生還很憤怒地對他們吼過，你們查不出殺死我爹的兇手那是你們沒用，你們查不出就算了但我一定是要查出來的，查出來是誰我也要用一劈塊柴打爛他的腦殼，讓他腦漿也濺一丈多遠。

那年秋生也是十七歲，跟臘狗一樣長得粗粗壯壯的，而且他還是我們大狗中學的田徑隊員，擲鐵餅的，他自然是有力氣一劈塊柴把一個人的腦殼打破腦漿打得濺出一丈多遠。

讓一個孩子小小年紀就背負著仇恨總究是不好的，警察們在臨走前還勸慰了秋生好一陣子，叮囑他要冷靜，別衝動，更別做出什麼傻事來。但是警察們卻不知道，秋生跟他爹趙成貴的關係並不好。

而且是十分地不好。

可以說他們父子倆的關係處得很敵對。

貓莊人人都知道，近半年多來，趙成貴和秋生父子倆就像兩頭脖子腫得老大的騷水牯，一碰面就要紅起眼睛擺好一副決鬥的架式，雖然每次都沒真正打起來，但吼叫幾聲是免不了的，趙成貴的聲音大，秋生比他的還大，都想在氣勢上蓋住對方。

秋生吼叫的時候指責趙成貴最多的是他對他娘太不好了，這讓趙成貴有些詞窮理屈，每次都是趙成貴先鳴鑼收兵，秋生不戰而勝。更多的時候，他們父子倆就像兩個陌生人一樣，擦肩而過，互不相識似的，冷漠得像從兩座山上滾下來的兩塊石頭，前世今生都沒有一點瓜葛。

這些警察們都不知道，貓莊人沒給警察說過，包括李大蘭、張金花、臘狗和趙成軍、趙正午等等。也許他們認為說這些像是在挑撥他們父子關係，特別是其中的一個已成死人，那就更不應該了。

秋生在貓莊和臘狗的關係最好，雖然在十二歲那年秋生挨過臘狗一槍，差一點把小命送給了臘狗，但一點也沒有影響他倆的純潔的友誼。秋生只要是一到周末，就立馬從中學裡趕回來，不進自己的屋，先去找臘狗玩，而且那兩天吃住都在臘狗家。李大蘭曾經說過，曉不曉得他家秋生回沒回來就得去臘狗家找。秋生和臘狗雖是叔姪關係，卻處得像親兄弟，這可能是從李大蘭和張金花處得像親姐妹那裡繼承過來的。

臘狗房裡的那台電視機和影碟機就是秋生從他家裡搬過來的，他倆經常一起躺在床上看一些警匪片，當然也包括毛片。警匪片是秋生從鄉場上租回來的，毛片也是秋生從他爹趙成貴抽屜裡偷來的。

至於秋生和臘狗到底好到了什麼程度，這裡有一則在貓莊流傳甚廣而且至今還有頑強的生命力的關於他倆的笑話可以佐證。這則笑話說的是十七歲的秋生帶著十七歲的臘狗到縣城坡子街嫖妓的事。我們那座縣城的坡子街是一條專開做那種營生店子的巷子，秋生帶臘狗來這裡肯定是他們在某一個晚上看完毛片後敲定下來的，他們已經不滿足於那種只能在一塊玻璃片上觀摩，想要實戰，真刀真槍地幹。可能早就商量好了，也可能是他倆的經濟條件限定，那晚他倆隻找了一個妓女。秋生和臘狗倆人都喜歡那種特別豐滿成熟的女人，認為壓在這種女人的身上要軟和些。因些他兩找的是一個波大的少婦。

秋生顯然不是第一次來坡子街，他很快就找到了一個二十五六歲看起來既豐滿又風騷的女人，而且這個女人也同意跟他倆一起做。於是，他們就把她帶到了賓館的房間裡。

起先他們仨人自然是玩得很瘋狂。幾乎完全是按毛片裡做的。臘狗做完了秋生接著來。由於兩人都是生瓜蛋子，那個久經考驗的女人沒有一點壓力，她一邊和秋生做，一邊還和看他們做的臘狗聊天。臘狗還是第一次出門，是個沒見過世面的嘴拙的男孩，女人問什麼他就答什麼，回答得相當老實。

女人問，你倆都是學生吧？

臘狗就答，他是，我不是。
女人問，哦，那你倆是一個地方的。
臘狗答，是呀，都是貓莊的。
女人問，你倆是兄弟吧？
臘狗答，不是，他是我叔。
女人問，什麼樹？
臘狗答，他是我親叔叔。
女人不相信是地說，真是你親叔？
臘狗答，是呀，他爹是我爺爺。
女人說，真的呀，沒騙我？
臘狗答，是真的，我騙你做什麼。
女人突然就「啊」了一聲，把正在她身上動作的秋生掀了下來，沒等秋生和臘狗明白是怎麼回事，他倆的臉上都挨了重重的一耳光，那個女人罵道，他媽的，兩個小畜牲，哪有親叔姪日一個女人的，那不亂倫了。
女人出門時還罵了一句，小畜牲，有爹養沒娘教的東西！
我說它是一則笑話，但貓莊人人卻都不這麼認為，他們是當事實來看的。它的傳播者叫三癲子，是一個豬老倌，常年在縣城裡做生豬生意，就住在坡子街。他是一個老嫖客，據他自己交待（可能有吹牛的成分），坡子街裡所有的妓女，下到十六上至四十出頭的他都睡過，她們長了幾根毛他也一一數過。三癩子賭咒發誓地說這是那個妓女親口告訴他的。他說那個妓女給他說的時候還像是她被秋生和臘狗搞流產了那樣破口大罵他倆小畜牲。

可惜這事警察們不知道，若是知道了他們會不會轉換一下破案的思路呢？

趙成貴死後不到一個月，也就是第二年的正月初六，秋生就輟學打工去了。他好像忘記了他不到一個月前曾給警察們作過莊嚴承諾——掘地三尺也要找出殺他爹的兇手。他是和臘狗一起出門的。據說，他倆都在寧波的一個廠子打工。又據說，現在只有臘狗在廠裡，秋生去哪了臘狗也不曉得。臘狗給李大蘭說，秋生只和他在廠裡幹了一個月，出廠後他再也沒見過他。

我去年春節回家過年，臘狗也回來了。後來又走了。秋生一直沒回過家。他家裡只有李大蘭一個人（趙霞在趙成貴沒死前已出嫁了），年夜飯後我去寨子裡轉了轉，每家每戶都熱熱鬧鬧歡歡喜喜的，只有李大蘭一個人坐在屋簷下呆呆地望著發白的天空。

貓莊的秘密

其實，在我們貓莊是沒有秘密可言的。

貓莊人喜歡打探別人的隱私和秘密，喜歡收集那些小道消息地下廣播，然後再加以整理，同樣又以小道消息和地下廣播的形式傳播出去。在貓莊，傳播速度最快的就是別人的隱私和秘密。你想，有那多人熱衷於收集此類消息，它要是傳播得不快那才怪呢。在貓莊，能夠出賣別人的隱私和秘密和能夠得到別人的隱私和秘密也被看成是一種能耐，出賣和得到的越多能耐自然也就越大。

你想想吧，張金花偷了多少個男人，趙成貴又跟多少女人扯上了男女關係，不僅人頭準確無誤，就連細節也所差無多，甚至是秋生和臘狗到縣城嫖妓這種隱之又蔽的事，也被貓莊人曉得得一清二楚了。我原以為我十六歲那夜的衝動在貓莊應該是沒人知道的，除了母親沒憑據的懷疑外。想不到的是，有一年冬夜裡，我說的這一年是好些年前了，我坐在那位老嫂子家裡烤火時，幾個人不知怎麼就說到張金花身上去了，老嫂子就給張金花算了一筆帳，結論就是在貓莊最少有八十個成年的和未成年的男人爬上過她的肚皮。老嫂子一直呵呵地對著我笑，搞得我很不好意思，臉都紅了。但在烤火，每個人臉都紅紅的，應該讓人看不出什麼來。人都走完了後，老嫂子終於破題了，她說，老狗兄弟，你也是一個。我趕忙矢口否認，說我那時「雞公」都沒開叫，怎麼會呢。我十六歲那年也確確實實是個體瘦得兩排肋骨鼓出來老高的少年。我知道我的否認是蒼白無力的，沒一個貓莊人會信。我只是很奇怪，我給張金花做伴除了我父母沒人知道呀，我父母是不會說出去的，我想張金花更不會出賣我。我跟她的關係一直到現在都還很好，像親姐弟一樣。

想想吧，這是多麼可怕的事啊！

當年，也就是三年前，警察們撤出我們貓莊時我就有一個預感，只要是殺死趙成貴的兇手他是個貓莊人，不管他隱藏得有多深，總有一天會浮出水面的。就是警察無能為力，破不了這個案子，但貓莊人一定會有辦法讓他浮出水面。

在貓莊，你就別想隱藏什麼！貓莊是沒有秘密的，隱藏得再深也會有人給你挖出來，而且是越大越深的秘密越能激起更多的挖掘者。你想想呀，有那麼多人鑽天鑽地要挖你的秘密，天大的秘密也是藏不住的。

我的預感得果然不差，打死趙成貴的兇手是誰早在去年年底就成了貓莊公開的秘密了。

到現在可能就只有李大蘭一個人還不曉得。

我算是曉得的比較晚的人。原因自然是我不在家。我們貓莊至今還沒安裝程式控制電話，我一出去就很少同故鄉聯繫，反正是要回來的，貓莊這一年發生了什麼事，只要去老嫂子家烤幾夜火就什麼都知道了。她就像過去的生產隊會計一樣，每個社員在這一年裡出了多少工做了多少事，都記在她腦瓜子裡。

我就是聽我的這位老嫂子說的。

打死趙成貴的兇手不是別人，他是秋生！

我疑惑地說，怎麼會是秋生？

老嫂子說，你別不信，趙成貴還真是秋生打死的。他死的時候喊了一聲兒呀，很多人都聽到了。

她這麼一說我倒是想起來了，三年前我躺在床上看書時聽到的那一聲突兀、尖厲的像劃破夜空的一道閃電的嚎叫聲，我說是豬嚎聲，我妻子硬說是「哎呀」一聲，看來她比我聽得準確一些，但也沒趙成貴隔壁幾家人聽得更準確，那一聲準確的發音原來是「兒——呀——」，那是趙成貴的腦殼開裂後拚命在叫他的兒子秋生。他的目的是不是要告訴人們打死他的是他兒子，這就不得而知，死口無對了。

老嫂子說，秋生打死趙成貴時還不算太晚，也就十二點多鐘，貓莊的很多人家都還沒睡，趙正午、趙成軍他們就在隔壁打麻將，趙成貴發出那聲尖叫後，許多人都開門出來看了。看到是秋生打的後又馬上縮回了腦殼。

我想這就對了，趙成貴的死對於貓莊人來說是死有餘辜，死不足惜，是輕如鴻毛的死，也就不怪貓莊人人都曉得是誰打死了他，但卻都對警察保守秘密。貓莊人善於傳播秘密，其實更是知道如何保守秘密的，當說的絕不保留，不當說的絕不洩密，當對你說的不用你問，不當對你說的哪怕是上老虎凳也不會開口。

沒有這個不成文的規矩，貓莊不早就沒有秘密傳播了。沒有秘密傳播的貓莊還能叫貓莊嗎，還能讓人快快樂樂地活下去嗎？

老嫂子說，趙成貴是誰打死的其實早就不是貓莊的秘密了，打死趙成貴是秋生和臘狗兩個人合謀的，他們的策劃不止是要打死趙成貴一個人，連張花金也要打死的。他們的策劃方案是秋生負責解決他爹，臘狗負責解決他娘。但臘狗對張金花下不了手，如果他們那晚換個對像執行策劃的話，張金花也得死，這兩個孩子，為什麼呀？貓莊的人都搞不清楚。兩個半大的孩子，怎就那麼狠？由於兩個當事人秋生和臘狗暫時的「逃逸」，也許這個「為什麼」在一段時間內將是貓莊唯一的秘密。

當然，這只能算是一個小秘密，與貓莊人對警察隱瞞的大秘密相比，真是小巫見大巫。

結尾：用想像復原

這個小說已經寫完了，但我知道讀者讀起來還沒過癮。就像一道做完已經端上桌的菜肴卻忘了放鹽一樣，似乎有點淡味。那麼，就讓我在結尾的時候用想像來復原一下趙成貴之死那夜的情形吧。我說了這段文字是想像的喲，因為我不可能找到當事人中的任何一個去採訪，趙成貴死了，臘狗在浙江寧波的一家廠子裡打工，秋生去哪裡了誰也不曉得，張金花也可能是個知情人，我就是專程找到或者是設法聯繫上他們，他們也未必肯說，但我力圖接近於那夜的真實情景。

其實我一直在想，秋生和臘狗最後下定決心解決趙成貴和張金花，肯定是與那夜他倆在縣城裡嫖妓時挨了那個妓女一耳光有很大的關係。連一個妓女都尚且不為的事情，趙成貴和張金花卻做了那麼多年，他們在秋生和臘狗的眼裡無疑連豬狗都不如了。很可能是在第二天他倆怏怏地從縣城回到貓莊後就著手準備處決這對狗男女了，只是一直沒有找到下手的機會，或者說是還沒有促成他們下手的誘因也許更準確一些。

這個誘因終於在這天夜裡來了。臘月初八的夜裡很冷，秋生和臘狗早早地就躺下了睡覺，而且還睡著了。是趙成貴敲張金花睡的那頭屋的後門把他倆弄醒了。其實那晚他倆並沒有看毛片，自打從縣城回來後倆他就再不看了，不約而同地對毛片都感覺到無比的噁心。給警察說那晚是在看毛片那是他倆，還有張金花一起竄供的結果，電視機下的抽屜裡放有他們看過的毛片，毛片沒有情節，警察讓他們複敘內容時不至於露餡。

趙成貴是十一點多鐘去的張金花家。在這之前，他才是真正地在看毛片。趙成貴喜歡看毛片貓莊所有的人都知道，不過，他不是在家裡看的，是一個人躲在村部樓裡看的，家裡那台電視機和影碟機沒被秋生搬到臘狗家去之前李大蘭就不准他在家裡放毛片。她嫌惡心。趙成貴這會兒是在醞釀情緒。今天下午，他才給張金花送去五百元的春節貧困家庭慰問金，村裡最窮的一家才有二百，他是扣了好幾家人的才給張金花湊足了五百，張金花只有在他去送錢之後才不會拒絕他的要求，才會對他說得上有一點點慷慨的意思。

過了十一點半，趙成貴估計秋生和臘狗已經睡下了，他知道秋生天天晚上都跟臘狗睡，不願意回家，這讓他很惱火。他曾給秋生說過多次他可以和臘狗來他們家睡，家裡睡處多的是，秋生就是不聽他的，故意和他作對，越不讓他去越是天天去，像是要幫臘狗守著不讓他去動張金花。趙成貴發現這幾個月來秋生看他的目光充滿了仇恨和殺氣，他也不敢亂惹秋生。兒大不由爺，現在的年輕人說翻臉就翻臉了，哪怕你就是他爹，他也不會給你面子。天空中還在飛舞著細密的雪花，陰冷陰冷的，想到他跟秋生充滿火藥味的父子關係，趙成貴感到更冷了，不由地縮了一下脖子。

趙成貴那晚確實敲開了張金花家的後門，但他什麼也沒做成。他遭到了張金花強烈地拒絕和反抗。不知道為什麼，張金花那麼地絕決。張金花開始說她來那個，不能做，趙成貴不信，要看，她又不讓看。同以往一樣，他們在張金花的房間裡推搡起來，一個無聲地進攻一個悶聲地抵抗，被子掉下了床，張金花的內衣被撕破了，最後，關鍵的時刻，把一塊床板壓斷了，哢嚓一聲，發出很大的聲響。接著，趙成貴就聽到秋生和臘狗房裡的開門聲，他才很不甘心地溜出了張金花家的後門。

其實，秋生和臘狗早就聽到那頭房裡的動靜了。他們不知道張金花和趙成貴是在打架，還以為這對狗男女正在做好事呢。他倆決定馬上實施那個蓄謀已久的策劃，於是立即下床從床腳下拖出兩塊劈塊柴。那是他們早就精心選好的成三角形條狀的茶樹劈塊柴，不大，但有份量，拿在手裡沉甸甸的，很合手。本來他倆準備立即動手的，衝進房裡去，把這對狗男女亂棒打死在床上，但秋生突然改變了主意，他決定等他們完事了再動手。秋生是動了惻隱之念，趙成貴畢竟是他爹，他爹一輩子就好這一口，最後也要死在這一口上面，他想等他爹舒服完了再動手也不遲。當然他沒給臘狗明說，他說再等等吧，等他走後在路上動手，兩個人死在一起太難看了。臘狗向來都聽秋生的，他想秋生的話也有一定的道理。直到趙成貴開後門溜出去後，秋生和臘狗才開始行動。秋生拖著劈塊柴尾隨著趙成貴，臘狗也拖著劈塊柴進了她娘的房裡……

正是張金花的強烈反抗使得她在那夜逃過一劫。臘狗斜拖著一塊劈塊柴走進張金花房間的時候，他看到他娘正在嚶嚶地哭泣。臘狗看到他娘披頭散髮地伏在床頭上抽動著雙肩，她的內衣已經被趙成貴撕破了，整個肩膀都裸露在外面。哭得很無助。臘狗知道了他娘是逼迫的，他想起了多年來只要是這個人一來他娘就要跟他打架，這個人一走他娘就要嚶嚶地哭泣。臘狗的心一下子就軟了。他手裡的那塊劈塊柴哐咣一下掉落下地。張金花聽到響聲後轉過頭來看，看到他兒子站在身後，一下子哭得更傷心了。臘狗輕輕地走過去，把已經被趙成貴扯落下地的被子抱起來蓋在了娘的身上，他的眼淚也出來了。臘狗說，娘，惡人有惡報的，你等著，要不了多久了！

趙成貴走在回去的路上，他低著頭，心裡很沮喪，早知是這種結果，還不如把那五百元慰問金給顧花花、彭三妹、李二鳳幾家一家加一百。他在心裡一邊咒罵著張金花，一邊在思考著去哪裡睡。最後他也不知道怎麼沒去村部樓，走上了回家的巷子。雪似乎下得更大了，踩上去滑滑的，雖然打著手電筒，一不小心就會摔倒。他只好更加認真地看路。

趙成貴一直沒有發覺秋生尾隨在他的後面，直到他走上了自家的坪場，才聽到後面的腳步聲，他用手電筒一照，認出了是他的兒子秋生。

趙成貴如果不往後照那一下，秋生還可能不會打得那麼準，讓他一劈塊柴斃命。當時秋生是在他的左側後面一點點，他卻是往右邊轉身的，手電筒光光暈正好讓秋生認準了他的後腦勺。早在他轉身之前，秋生就已經卯足了勁，手電筒光一晃動，秋生的劈塊柴就下去了。

但趙正貴在腦殼已經開裂腦漿已經濺到了秋生的臉上後，還是把手電筒光照到了秋生的臉上，於是他不由自主地發出了一聲劃破貓莊夜空的嚎叫：兒——呀——！

秋生在他爹倒地後愣了一陣，畢竟是打死了人，而且打死的還是他爹，秋生不僅僅只是愣了一陣，他簡直還在不相信自己已經下手了，直到聽到鄰居家的開門聲，秋生才醒過神來慌慌張張地逃離殺人現場，但他沒有忘記帶走那根劈塊柴，這也是他跟臘狗精心策劃的一部分……

屋裡有個洞

堂屋的大門咣當一響，周小群側起身來問大丫是不是你爹回來了？大丫剛洗刷完碗筷，回隔壁偏房裡去睡，周小群天剛擦黑就上床哄招弟和滿滿睡下，不知不覺也睡著了，因為五歲的招弟老是蠕動，醒過來就聽到一聲門響。大丫對周小群說，娘，是風吹的。那大門不知什麼時候會倒下來，莫塌到人了。周小群就發恨聲說你爹死到哪去了？大丫說可能到寨子裡打牌去了。周小群說他哪來的錢，他哪來錢呀？他欠帳了誰也不要找我來取，他李有東打牌借帳關我什麼事。周小群抱怨著，自言自語地嘀咕。和大丫一個鋪睡的二丫迷糊中問姐，娘在說什麼？周小群說二丫你嚷囉，把招弟和滿滿吵醒了我就要打你的屁股。周小群的話還沒說完，懷裡的滿滿就哇的一聲哭了，她抱起滿滿，黑暗中把肥大的奶子往滿滿嘴裡塞，還沒忘記吼二丫，快點打瞌睡，明早晨早點起來摘辣子去。

這一夜李有東沒有回家來睡，周小群幾次醒來用手去摸，都沒有摸到李有東。天還未完全亮明，周小群就喊醒了大丫二丫，大丫迅速地爬起來穿衣，跟著娘往外走，走了幾步，周小群發現二丫沒有跟來，她又返回房裡，見二丫並未起來，又酣睡過去了。周小群掐住二丫的鼻子讓她出不過氣來，二丫在床上亂滾，迷糊中嚷著哪個，莫搞噢——！周小群說起來起來，跟娘去摘辣子。二丫鼻孔裡哼著嗡喔，我懶得去。大丫說娘你就別叫她去了，二丫才十來歲，她起不來就算了。周小群說那可不行，今早要摘出來，早飯後你去場上賣，趕個好價錢，李有東不曉得死到哪去了，咱娘兒仨個還不知要摘到啥時候去。她到底把二丫弄起來了，三人朝後山上走去。一路上二丫走得癲癲狂狂偏三倒四，嘴裡不停地哼著迷糊話，小背簍叭嗒叭嗒撞擊著她的屁股和腳彎處，也沒把她弄清醒過來。周小群跟在二丫後頭，一再提醒她二丫你莫栽倒了，你穩當些。周小群的眼眶裡不知不覺中已盈滿了淚水。

乳白色的濃霧再次從山澗裡瀰漫開來，一團一團地移動著的時候，天色已經大亮了。周小群拿來的化肥口袋也裝得滿滿的了，她讓大丫和二丫繼續摘，自己裝上辣子去往家裡送，招弟和滿滿還在床上躺著，現在應該早就醒來了，說不定會從大床上掉下來的。周小群遠遠就聽到屋裡滿滿在哭，哭聲時斷時續，像已用盡了力氣，招弟哄滿滿的聲音也清晰可辨：滿滿乖，滿滿莫哭。周小群看見出門時虛掩的大門已經敞開，她想李有東可能回來了，但瓦背上沒有嫋嫋的炊煙，李有東昨晚肯定打牌了，他現在正睡覺呢。周小群在心裡說李有東啊李有東，我跟你沒法過下去了，我給你拉扯這麼多的孩子，苦死累活的，清早巴晨你卻在床上挺屍。周小群跨進堂屋，果然就聽到了李有東酣暢淋漓的呼嚕聲。李有東衣褲未脫，穿著鞋子倒在大床上死睡，招弟和滿滿就在床上又哭又喊，他卻是一副雷打不醒的樣子，鼾聲咕咕嚕嚕，一串比一串響亮，一串比一串高亢。周小群抱起滿滿，一手托著給她餵奶，一手照著李有東的膀子就是啪的一下。李有東條件反射身子抽搐了一下，他的鼾聲立即斷了，他挺起頭顱說你打我幹什麼？！周小群說李有東你好福氣呀，孩子又哭又喊你也睡得著覺，你就不興哄哄他們。李有東氣氣地說我把它當音樂呢。周小群說李有東你還是個人嗎？你明明曉得沒人帶孩子你死到半夜也不回來，你說你是不是打牌賭博了？李有東也不示弱，說本來是有人帶孩子的，可你把我老娘活活給氣死了。周小群明白李有東是說她一連生了幾個女子。李有東家三代單傳，婆婆從懷有大丫時就一直雙眼鼓輪輪地盼望著周小群能給她家生一個帶把兒的，但大丫生下來後，她還是包攬了周小群坐月子的洗衣做飯一應事務。生下二丫時，老婆婆不但背著人哭了一場，而且生了氣，照應周小群的月子就不那麼主動了。之後老婆婆就一病不起，失魂失魄的，李有東和周小群把希望寄託在第三胎上，只想能生下來個兒子，老婆婆一高興，不就病好了，哪知生下來的又是招弟，老婆婆知曉後說了句撲香爐罐了，撲香爐罐了，不幾天就落了氣。周小群對婆婆雖然沒有什麼惡感，但也絕沒有什麼好感，她說李有東話是你這樣說的，你老娘本來就有病，怎麼能說是我給氣死的。李有東擺了擺手，似乎很大度地說算了，算了。歪過腦殼又要睡去。

看著滿滿在懷裡吮奶，周小群幽幽地站了半晌，她終於吼了起來，說李有東你有完沒完，你趕快起來和我摘辣子去！李有東說我不去，我來瞌睡了。周小群說你真的不去？李有東說真的不去，我做起來沒勁。周小群明白他做起來沒勁的意思，她說你就忍心看你的兩個女兒在地裡累著。李有東在床上打了個翻身，說這是沒辦法的事情。周小群說李有東你怎麼變成這樣子了，她已經咬起了牙，說你以前不是這樣子的，你以前那麼勤快，現在卻變成這樣子了，你個豬腦殼真不想事，打牌賭博好吃懶做是你這樣拖兒引崽的人幹的嗎？李有東已經假裝睡過去了，他又轉過臉來分辯說我沒有打牌賭博，但我做起來沒勁。周小群說李有東你不要放棄，我都沒有放棄，我們應該努力，你這樣下去的話，天天打牌賭博，天天好吃懶做，我們就是生了個兒子我們也沒有辦法來養活他。李有東嘀咕著說你還能生一個兒子？你一連生了四個女子，我對你已經沒有信心了。你對我沒信心了，好，好，周小群氣鼓鼓的，幾乎喊了起來，李有東，我給你講，你聽著呀，我這就摘辣子去了，你不願意就莫去，我們摘辣子回來要是沒早飯吃的話，我們就去鄉政府離婚，你對我沒信心，哼！我對你才是沒信心！李有東心虛地說愛去你就去，反正我不去，我怕被鄉政府的人劁了。

周小群把滿滿抱到床上放下，又摸了摸招弟的頭，說招弟乖，招呼著滿滿呀。也不看一眼李有東，逕直出了房往外去。李有東心裡到底有些怯著周小群，不得不起床，他要去煮飯了。到灶房一眼看到今早上他拿回來的豬苦膽，想到我把正經事忘了跟周小群說，他跑出灶房衝著周小群的背影喊，哎——回來，我把正事忘了給你說。周小群沒有答理他，急衝衝地到後山上摘辣子去了。

周小群和大丫二丫母女仨人把辣子全部摘回來時，李有東已經把早飯煮熟了。二丫一進屋就喊肚子餓痛了，有不有飯吃？李有東雙手在胸前的汗衣上蹭抹，討好地對周小群說早飯熟了，吃得飯囉。周小群白了他一眼，對他的討好聲好像並未聽到一樣。二丫許是餓急了，取碗捏筷準備吃飯，李有東訓斥她說等等你娘，就你猴急的。二丫強嘴說我餓呀！周小群在房裡發話說你們先吃得了，不要等我。李有東問周小群你在房裡做什麼？見周小群不答理他，又說你不要給滿滿餵奶了。

二丫指著桌上薄膜袋兒裡黃黃綠綠的東西問大丫姐那是什麼？放在那兒肉麻死了。大丫認得那是豬苦膽，但她不知道誰拿來的，做什麼用的，隨口說那是豬身上的。二丫提起袋兒看看，招弟聽大姐說是豬身上的東西，從後面跑過來一把從二丫手裡抓過去，她以為那是好吃的東西，用舌頭去舔，苦得她哇的大叫一聲娘哇，怎麼這麼苦？李有東一把從招弟手裡奪過豬苦膽，打她的屁股說就你好吃，這也能吃麼？招弟嘴裡苦，屁股又被不知輕重的李有東打痛了，哇哇地哭嚎起來。

周小群在裡面聽到招弟吃到了苦東西，又挨了李有東的打，以為她誤食了耗子藥什麼的，急忙從房裡竄出來，見李有東手裡提的是豬苦膽，這才放下心來，問李有東你拿豬苦膽幹什麼？李有東說昨夜三根家出豬，我守了大半夜才拿到的。周小群說我問你拿它來幹什麼？李有東說隔奶呀，怎麼你忘了。周小群說你瘋了，滿滿還沒有兩歲，就隔奶。李有東說隔，滿滿能吃飯了。周小群說我不同意，你想把滿滿餓死呀！李有東說你不同意你怎麼懷孩子，你這麼瘦，生個細胳膊細腿的兒子。周小群說我們可以不急嘛，況且隔奶了也不一定懷得上。你不急我可急呀，早一天生個兒子我們就可以早一天不要過這種躲來藏去的生活，李有東生氣地嚷道，他又把手向空中一輪，做出很決絕的樣子，說不管你懷不懷得上，你都應該隔奶，這是為後一個著想。

周小群還是堅持說我不願意，我懷孩子稀，隔奶滿滿太造孽了。她故意氣李有東似的哄著懷裡的滿滿，一邊逗著滿滿，一邊說滿滿快快吃，吃飽囉娘就要去吃飯。李有東看著周小群無比做作的樣子，他很生氣，他說你不隔我有辦法讓你隔。周小群知道李有東的辦法就是夜裡乘她睡著時偷偷地把豬苦膽塗在她的乳頭上，她走過去把桌上的豬苦膽提起來用力往外扔了出去。李有東哎喲了一聲，火氣很足地說周小群你怎麼了，我好不容易等了半夜才得的，我把打牌的機會都讓給了別人才等來這麼個豬苦膽，你若不撿回來的話我就要冒險去鄉場上再買回來一個。周小群說你愛去就去，你不怕鄉政府的人捉去劁了你幾多都去得。李有東頓時蔫了頭，說為了一個豬苦膽我不能去冒這麼大的險，我要為我未出世的後代著想。周小群開導他說這就對了，李有東，我都沒有放棄，你更不應該放棄。

一片黃黃的陽光從破裂開了的板壁穿射過來，照在周小群面前的門框上，哎喲，周小群驚叫起來，說該死的李有東，你光找我慪氣，都什麼時候了，再等下就沒拖拉機去鄉場上了，大丫一個人怎麼背得動那麼多的辣子，我要趕緊吃飯，吃完飯就去送大丫。李有東家單門獨戶，離車路有好幾里路，大丫一個人不可能把那麼多的辣子背得上車路去。

周小群大口大口地吃飯，她現在感到很餓，李有東吃完飯放了碗，一個轉身，又不見了。周小群一邊咽著飯一邊喊，李有東，李有東，你又死哪裡去？李有東在階沿上說我沒有到哪裡去，我現在在幫大丫裝辣子。周小群說你送大丫去車路上吧。李有東爽快地說好，好。李有東從來沒有這樣爽快過，周小群想。她警惕地說大丫，你過來下。大丫說娘你有什麼事？周小群說大丫你記住你賣辣子回來把錢交給我，千萬不要交給你爹。大丫說這個我曉得。李有東在階沿上把裝滿辣子的口袋往地上一蹾，說你們怎麼這麼不信任我呀。周小群說你是什麼人我們還不曉得，連你的女兒都對你失望了。李有東訕訕地說養女幫娘，我李有東有個兒子的話他也一定會幫我，周小群你信不信？又說周小群現在你自己去送大丫吧，我懶得去了。周小群說你幹什麼去，打牌？李有東說打牌我哪來錢，我去睡，我來瞌睡了。周小群說你不要睡，你去把大門修整一下，免得倒下來塌著人，還有我們睡的地方那扇板壁歪歪裂裂的，要垮了，現在天氣熱了，說不定會鑽條大蛇的。李有東說我懶得去修，修了還會被打垮的。周小群說李有東你得修，修好了讓鄉政府的人再搞垮，搞垮了你就再修。李有東說我找累呀。周小群說你一直修到他們不好意思再搞了，它們不就會好好的嗎？李有東說就你想的這麼簡單，他指了指自己和周小群，除非我們兩個哪一個被他們捉去劁了，他們才不會再來搞了。再說那些木板早就朽了，用錘一敲就掉木渣。周小群知道李有東說的是實情，他們家的房屋是李有東爺輩傳下來的，在貓莊已是最古舊的一幢了，沒有百年也有好幾十年的歷史，若是板壁和大門都是好木料，鄉政府搞計劃生育的那撥人早就拆下來賣了，只因是廢木料，他們把它搞垮了卻沒有搬走的價值，李有東和周小群才又把它們糊亂地安裝上去，所以現在他們的這幢屋就成了歪歪裂裂千瘡百孔的樣子，太陽一出來，滿屋到處是大片大片白白花花的陽光，如果吹風下雨，瓦背漏水，四壁也飄雨。

周小群說做一日和尚撞一天鐘吧，你把它們修整修整，只要糊得下去就行。等我們有了一個兒子，就再造一幢新屋。李有東跳起來說周小群你好大的口氣，你在屋樑洞裡藏有三五八千子兒？周小群說比三五八千還多。李有東說你騙誰，就是把這棟屋賣了，他又指了指屋樑，連你藏著的一起還不夠人家的帳。你造什麼屋，造個屁！李有東自然知道周小群不會藏有錢，這些年來他們全家東藏西躲，屁股後面拖著一大堆債倒才是不假。周小群說李有東你想想，她指著大丫和二丫說我們的女兒都長這麼大了，能夠幫得上我們了，再等幾年她們就出得大力了，我們還要起多久的虧，我們能夠熬出頭的。李有東只要你莫懶，我們起不了多久的虧了。真的，你要相信，我們熬得出頭的。周小群加重語氣意味深長地重複了一遍。她跟李有東生活了這麼多年，深知像李有東這樣的男人你時時要給他打氣，不然他就會破罐子破摔，而令周小群擔憂的是他的男人李有東已經出現了破罐破摔的跡象，他已經學會了打牌賭博，學會了好吃懶做，周小群知道他以前不是這樣子的。周小群想我不給他打打氣，再這樣下去我們就是生了個兒子又有什麼意義呢？

周小群和大丫走在山樑上。周小群背上背著滿滿一化肥口袋辣子，大丫背上也背著滿滿一化肥口袋辣子。大丫今年十四歲，個兒瘦高瘦高的，窮人的孩子早當家，大丫的臉上好像有了一種滄桑感，看上去比她的實際年齡要大兩三歲。大丫在前面走，周小群跟在大丫的身後，看著大丫背著滿滿一化肥口袋的辣子邁著輕快的腳步，毫不費力的樣子，周小群想我家大丫有十四歲了，我周小群真是快要得女兒的力了。她們母女倆在山樑上走著，很快就把她們家的小屋拋得遠遠的。母女倆誰都沒有說話，周小群不說話，大丫也不說話。周小群知道大丫從來就不愛說話，大丫只在寨子裡上了五年學，周小群懷上滿滿後躲在酉水河的時候，帶招弟、招呼二丫的任務就落到了大丫的身上，大丫也就輟了學。她們家住得單，離寨子遠，大丫上學的時候就不愛與夥伴們玩耍，每天放學後都急匆匆往家裡趕，她要煮飯、洗衣、做家務。大丫比一般人家的孩子懂事早，卻養成了孤僻的性格。周小群緊跟在大丫的身後，她歉疚地想要是二丫就是個兒子的話，我就不必要生那麼多的孩子，大丫這麼些年來也就不會跟著那樣苦。可是我沒有兒子，我就還要生。周小群對大丫說大丫你不要走那麼急，娘都快趕不上你了，你怎麼一句話也不說呢？大丫說我不說話是因為我不想說話。周小群說大丫你要多說說話，你不說話別人會以為你是啞巴。大丫說我才不是啞巴呢。周小群覺得她現在的心情好得跟眼前這一片明媚的陽光一樣無可挑剔，她想我應該多跟大丫說說話的。

大丫在前面依然邁著輕快的步子向前走，她和她母親周小群很快就轉過了一個大彎，她們能看到那個一邊是通往貓莊一邊是通往那條鄉級公路的岔口了。她們現在的位置是距她們家兩里路，距貓莊卻已極近，站在梁上，能夠數得清大多數人家瓦背上的溝槽。而距那條載大丫去場上賣辣子的鄉級公路卻還有很長一截路。這時，走在前面的大丫停下腳步，她回過頭來看著她的母親周小群。周小群也停下腳步，不解地看著大丫，說大丫你怎麼不走了呢？大丫說，娘。只這一聲，她又沒了言語，低著頭搓她的手指頭。周小群說嗯，隔了半晌不見大丫說話，她說大丫你怎麼了？大丫說娘你還要生？周小群一時沒弄清大丫的意思，說生什麼？大丫說娘你還不明白嗎？周小群就明白過來了，說娘當然還要生，娘要給你生一個弟弟，這有什麼不好嗎？大丫低頭不做聲。周小群說大丫你不想要個弟弟，你不喜歡弟弟嗎？大丫說我喜歡弟弟，可我已經有了那麼多的妹妹，娘，我是說你們養得過來那麼多嗎？周小群說我們當然養得過來，你們不是都這麼大了嗎？大丫心裡想說可是我們過的是什麼日子，但她沒有說出來，把話咽了回去。她抬起頭來望天，天上太陽已有一竹竿高了。大丫的額頭上沁出了細細密密的汗珠子，她抬起手腕用袖子使勁地擦她的額頭。周小群的額頭也沁出了細細密密的汗珠子，她就用手去抹那些汗珠子。

前面不遠的岔道口倏忽鑽出個人頭來，周小群和大丫在那個人頭還未冒出來時就聽到了那人呼呼的喘氣聲。周小群認出那人是村支書的老婆蘭英，蘭英五十多歲了，也是周小群娘家巴茅寨人，比周小群長一輩，周小群應該叫她二姑。周小群剛要問她二姑趕場去怎的走得這麼急，蘭英也看到了她們母女，蘭英喊那不是周小群和大丫嗎？周小群你不要趕場去了。周小群說我沒到場上去，我是送大丫去賣辣子。蘭英說你不要送她去，你趕緊回去，蘭英大口大口地喘氣，說我去把她送到車路上去。周小群說二姑你有什麼事兒嗎？蘭英說你趕緊和李有東躲起來，鄉政府搞計劃生育的那撥人來了，馬上就會去你家了。啊？周小群大聲驚叫起來，她伸長脖子四處張望，她把脖子伸得很長很長，以致她的腰板都往後仰了，背上一口袋辣子只差一點兒就要翻落下來，直到她確信所有的道道上沒有一個人時才問蘭英，他們是什麼時辰來的？蘭英說清早天不亮就來了，他們先到二狗子家，二狗子兩口子從後門跑掉了，鄉政府那撥人搬了他們的新傢俱，還有電視機。二狗子家兩胎都是女，貓莊兩胎是女的，主動去結紮的還只有高中生陳海東一家，其餘的都跑，來得及的把傢俱電器、糧食等值錢的東西寄存到鄰居家，來不及的只要人脫身。周小群問二狗子兩口子跑脫身了？蘭英說人是脫身了，東西全都沒收了。他們抬了二狗子的傢俱，天都才亮一陣子，貓莊許多人家都不曉得信。他們又去劉大炮家，撲了空，本來跟著就要來你家的，你來旺叔硬要給他們辦早飯，我也是辦了飯菜才得脫身。現在他們已經吃完飯了，很快就要來了。你們家單門獨戶沒人曉得信，你來旺叔叫我給你們送個信兒，我才飛快地趕來。蘭英說著說著，她的喘氣聲愈來愈大愈來愈粗，她索性一屁股坐在地上，說周小群你快回去呀！我歇一歇就背你的辣子去送大丫，我乾脆把大丫送到場上去，我現在反正是不能回去，在路上碰到那撥人他們會懷疑我給你們家通風報信，你來旺叔就當不成支書了。

周小群麻利地解下身上的背簍，她轉過身就往家裡飛跑。她一邊跑一邊往回望，她看見從貓莊有一撥人往她家方向而來，她弄不清那些人到底是鄉政府計生幹部還是趕場去的貓莊村民。她想我不必要弄清楚他們到底是什麼人，我就把他們當成鄉政府計生幹部好了。她飛快地跑著，仍不時地回頭望望，她看見那些人也在跑，在追她，她跑得更快了。我今天比哪天都要跑得快，周小群想，我要搶在他們之前把消息告訴李有東。周小群感到她的身體像一架開足了馬力的機器，全身灌滿了力量，她抄小路往家裡飛跑，半人高的土坎她一躍就上去了。

周小群跑上她家的天坪，招弟在天坪的李子樹下的樹陰裡搖著滿滿，周小群急急地問招弟你爹呢？招弟說我不曉得。周小群心想那死鬼又死到哪去了，他莫又到寨上去了，他碰上鄉政府的幹部那可就完了。周小群仿佛已看到鄉政府的幹部正在拖著李有東去衛生院，李有東掙扎著不願意去。周小群衝進屋裡，她想李有東如果不挺在床上的話那可真的就完了。李有東是躺在床上，也沒有睡著。李有東睡在床上，一束束的陽光柱子從板壁上穿射而來，無論他的臉朝向哪一個方向，陽光都會照著他的眼睛，花花的，他當然睡不著了。他聽見周小群急急地衝進屋來，以為他沒有修整大門和板壁，周小群找他麻煩來了。李有東歪過腦殼假裝睡著了。

周小群照著李有東身上狠狠一傢伙，說李有東，鄉政府的計生幹部來了，你趕快起來呀！李有東顧不上抹被周小群打痛了的地方，說真的，他們來了！周小群說我還騙你？！周小群你是怎麼放哨的，李有東說，他們到哪兒了？周小群說，他們快要上天坪了。

李有東一骨碌從床上爬起來，飛快地揭開床腳下的木樓板，他像一隻老鼠那樣敏捷地鑽了進去。李有東在地洞裡說周小群你還不快點，你莫把我害了。周小群也像一隻老鼠那樣敏捷地鑽了進去。

半小時之後，鄉政府的幹部到了李有東家。他們一撥人走到李有東家天坪坎下站住了，計生幹事老趙問村支書陳來旺李有東兩口子都在家裡？陳來旺說在呢。老趙說我們聽說李有東今年在家做陽春。王副鄉長對村支書來旺說你曉得李有東兩口子回來了，你怎麼不往鄉里報。來旺苦著臉說這事兒你撤了我支書也罷了，我不敢報，我家裡還有個三歲的孫兒呢。老趙說現在計劃生育難搞囉，主要是農民的思想意識太陳舊了，他們轉不過彎來。王副鄉長沒接老趙的茬，他對來旺說你喊李有東出來吧，你是熟人，他又對老趙和身邊的幾個身強力壯的鄉幹部說李有東兩口子哪一個一露臉，你們務必給我逮住。這個李有東是條漏網多年的魚吧。來旺作難地說王站長，你這不是叫我跟李有東家結仇嗎？王副鄉長板著臉說我不管。來旺知道他今天不叫是不行的，這個王副鄉長原來是另一個鄉里的一個小小的計生幹事，他抓計劃生育抓得狠，出了成績升調到他們這個鄉當了副鄉長。來旺想李有東反正我已叫蘭英給你遞信了，你要是沒跑你就不要怪我。來旺就往天坪上走去，他喊李有東，李有東，你出來一下。但李有東屋裡卻沒有絲毫的動靜。

來旺回過頭來衝王副鄉長他們喊李有東不在家。可能是看到我們來跑了，他又補充了一句。鄉政府的一撥人都走到天坪上來了。天坪裡一下子擁了那麼多的人，招弟盯著一雙好奇的大眼睛望著他們。鄉政府的人並不注意招弟和她的妹妹滿滿，他們直接就往李有東屋裡擁。他們一進屋就四處亂翻，另一些人也在屋前屋後搜尋，但他們還是沒看見李有東和周小群的影子。

屋裡沒有李有東兩口子的影子，進屋亂翻的人說。

屋前屋後也沒有他們兩口子的影子，另一些人說。

王副鄉長在灶屋裡，他扒灶孔，灶孔裡有許多紅紅的火炭，灶上的飯碗也零亂的放著，沒有洗刷。王副鄉長就數那些碗筷，他一共數出四隻吃過飯的大碗，五雙用過的筷子，筷子頭還是濕膩膩的。王副鄉長走出來，對手下人說你們再仔細找，範圍放寬些，特別是那後面，他指著李有東屋後的山上，那裡有一些菜園和莊稼地，他說李有東兩口子會不會上工去了？

老趙早就看到了樹蔭下的李有東家的兩個孩子，他先是要捉李有東兩口子顧不她們，現在不見李有東兩口子，他對王副鄉長說李有東的兩個孩子在這裡。王副鄉長說我問問她。他向招弟走過去，說小妹妹，你叫什麼名字？招弟從未見過生人，但她並不害怕，只是拿一雙大眼睛看著王副鄉長。來旺對王副鄉長說她叫招弟。王副鄉長問招弟幾歲了？招弟說我有五歲。王副鄉長問你家裡有幾個人？招弟說我爹，我娘，我大姐，二姐，四個人。她還不曉得把自己和滿滿也要算上。王副鄉長又問他們人呢？招弟說我大姐趕場去了，我二姐上學。這時在屋裡翻找的人都出來了，圍在天坪上，王副鄉長問招弟你爹和你娘呢？招弟看見一下子圍了這麼些人，心裡有些怕了，她抿著嘴不說話。王副鄉長的手在褲兜裡掏，掏了許久，掏出一個硬煙殼，說招弟你給我講你爹你娘在哪裡，我給你這個玩。招弟對那個花花綠綠的煙殼很感興趣，但她說我不曉得，我看見我娘跑回來喊我爹，他們在屋裡哩。來旺心裡擔心不知事的招弟會說出李有東的去向，但他聽了招弟的話放下心了。

老趙說屋裡翻遍了沒人啊！王副鄉長說李有東他們應該跑不遠的。一個年輕的幹部說李有東莫非鑽樓板腳了。老趙說莫扯卵談，那樓板隔地不足半尺高，莫說大人，就是小孩子也鑽不進去。

大約過去了二十多分鐘，去後山的那幾個人陸續回來了，他們說後山上鬼都沒一個影子。老趙對王副鄉長說人看來是逮不著了，你看怎麼個搞法？王副鄉長說抬東西。老趙說抬什麼，李有東家能抬走的八年前就抬走了。王副鄉長這才仔細地打量李有東家的木屋，木屋很小，人字形結構的，像這種人字形結構的木屋如今在全鄉也找不出幾幢了，可見這屋是有些歷史了，至少會是李有東爺爺輩傳下來的。李有東多年來又一直是計劃生育對象戶，屋上的板壁是撞垮後安裝的，破破爛爛，不見一塊好木料。他說你們進去翻翻，能拿走什麼就拿走什麼。一些人進屋去翻，翻來翻去沒什麼拿得上手的，破被爛棉絮誰也不願抱，灰塵撲撲的，糧倉裡空空如也，只有一堆老鼠咬碎的空殼。老趙從灶房裡出來，手裡提著兩口耳鍋，對王副鄉長說就拿這個吧，其他什麼也沒有。李有東家我來了少說有十七八趟，這次可不能空著兩手回去。來旺走過來對老趙說趙幹事你莫拿這耳鍋，李有東兩口子跑了，也不曉得回不回來，他那幾個孩子全丟在家裡，你們把鍋子拿走了可就苦了大丫這孩子，他向老趙求情，又罵開了李有東，說李有東那砍千刀的，你死得不回來了，養這一大群，把孩子就害苦了……

老趙看著王副鄉長，意思是問他耳鍋拿不拿走，王副鄉長說你拿那耳鍋也不值錢，你和他們幾個把板壁再搞垮，這樣就表明我們來過了。

送走王副鄉長一行人，來旺又返回李有東家。他知道李有東兩口子就藏在他們家附近，半年前有一天清晨，還未調走的吳副鄉長帶隊來捉李有東兩口子，那次他們已經進了堂屋，李有東兩口子倉惶逃走開後門的聲音都聽得清楚，但就是找不到人。來旺喊李有東李有東，你出來得了，鄉政府人走了。喊了幾聲，沒聽到李有東的應聲，來旺想李有東會藏在哪兒呢？他坐在李有東家大門檻上抽煙，他對自己說我記得李有東家堂屋裡有個苕洞的。李有東的爺爺是從川東（現屬重慶）雅江那地方搬過來的，那地方別的什麼都不起種，就產紅苕，那地方的人家家都在堂屋角挖一個開口小但空心極大的儲藏紅苕的洞子。來旺記得他小時候在李有東家玩見過堂屋角也有一個苕洞。那苕洞少說能放得下十來擔紅苕的，洞口用一塊木板蓋住，以免小孩子掉下去。後來他就不大到李有東家走動，走動也沒在意。現在來旺想起來了，來旺就去找那個苕洞口。他想李有東兩口子肯定藏在那個苕洞裡，他在堂屋四角找了半晌，也沒有找到那個苕洞口。後來他又坐在門檻上抽煙。他抽了幾口煙就感到李有東屋的位置有些不對頭，於是他又記起李有東去年曾請人用機械把他的屋往西邊趕了一截。他觀察了一會兒，想到了那個苕洞如今剛好就在李有東臥房的樓板腳下了。他又喊李有東，李有東你出來得了。他剛要說我曉得你藏在哪兒，但他轉念一想就不喊了，他想李有東若知道了我曉得他那個苕洞，他以後要是被鄉政府人從那裡面捉出來了，說不定就要懷疑是我透的水。於是來旺就走了。這時樹蔭下的滿滿大聲地哭喊起來，滿滿一定是餓了，招弟怎麼哄也哄不住。

來旺已經走了很長一段路，他聽到滿滿一直在哭，來旺停了下來。他聽到滿滿已哭得聲嘶力竭了，他想周小群不定會躲到什麼時候去，我得把他們喊出來，孩子太造孽了。他就又返回到李有東家的堂屋，趴下對著樓板裡喊周小群，你出來得了，鄉政府的人走了，你滿滿會哭死過去的。不等裡面李有東和周小群答應，他就飛也似地往回跑。

李有東從苕洞裡爬出來，陡然感到一陣燠熱。他對周小群說我真不想出來，裡面多涼快。我爺爺造了幢人字屋，又矮又小，但這個苕洞大，起了大作用。李有東很得意自己的創造。幾年來，李有東和周小群四處躲藏，田地都包給別人做，一年沒多少糧食，而他們在外面又找不到錢，一年比一年窮下去，屁股上的債越堆越高了。三年前，周小群懷滿滿時，他們又躲藏在酉水河裡，那裡聚集了許多像他們一樣的超生遊擊隊隊員。那些人大都會水，在河裡撒網捕魚糊得了嘴。他與周小群是旱鴨子，莫說打魚，在水上呆了半年，他們還沒學會划船，船隻會在水上打轉轉。周小群說李有東我們這樣下去不是辦法，我們還是回去做陽春吧。李有東就別出心裁地想到了利用他爺爺留下來的這個苕洞。他和周小群如果不是被逼得無法，他們就儘量往別處跑，不鑽這個苕洞，他們盡可能地避免暴露。

所以來旺第一次來喊他們，他們都聽到了來旺的聲音，如果來旺不往樓板腳裡喊話，他們就不會出來。現在來旺這老鬼曉得了我們的密室，李有東不放心地給周小群說，我們這個密室還能不能繼續使用？周小群說不怕的，來旺叔不會報的。今天我們能得信都是來旺叔讓蘭英二姑捎來的。李有東有些後怕地說大意失荊州呀，我怎麼沒想到鄉政府的人今天會來。他們不是每個季度末才搞一次嗎？周小群，我們要提高警惕，時時防範啊！

日頭快要落山的時候，周小群在天坪裡望見大丫背著背簍從山路上回來。大丫怏怏的，在山樑上踽踽獨行，一大片夕陽的餘輝塗染在她瘦瘦的身上，呈現在周小群眼裡的大丫好像只是一個逆光的背影。周小群把背簍從大丫的身上取下來，她問大丫今天辣子不好賣？大丫說好賣著呢。周小群說那怎的這個時辰才回來？大丫不作聲，心事重重的樣子，她把一卷握得汗漬漬的紙幣往娘手裡塞。

李有東一摔碗就去房裡亂翻，他問周小群電筒呢，電筒到哪兒去了？周小群說你又要到下面寨子裡去玩，你又想去打牌？李有東說我沒去玩，我只是在找電筒。電筒怎的在不鋪上了？周小群說我不曉得，興許日裡鄉政府的人拿走了。李有東說周小群你騙鬼去，我剛才還看見電筒在鋪上，一定是你藏起來了。李有東把鋪上的爛被子抖得嘭嘭價響，塵土飛揚，以示對周小群藏了手電筒的憤慨。

大丫也放了碗，她抹了抹嘴對屋裡的李有東說爹你不要下去，等一會兒我有個事兒跟你和我娘說說。李有東說你這個丫頭有什麼事，你跟你娘說不就行了，你不是你娘的女呀？在李有東的印象中，大丫很少有什麼正兒八經的事要跟他商量。周小群也用驚奇的眼光打量著大丫，她早已感覺出大丫今日與平時不大一樣。她同樣想不出大丫今日有什麼正兒八經的事要跟她和李有東說。

大丫往鍋裡倒水洗碗，看見周小群用奇怪的眼光盯著她。李有東也在看著她。她一邊抹碗，一邊膽怯地說娘，我想跟劉四妹下去打工。周小群知道劉四妹是寨子裡長明老漢的四女子，兩年前已去廣州打工，她說你什麼時候見到劉四妹了，劉四妹她幾時回來了？大丫說我今天在場上看見的，她邀我一同下去，還有蘭英姑婆家的小英子也去。周小群說大丫我不准你去。我們家這一攤子我哪裡忙得過來，我剛得你的力你就想走了。李有東也跳起來說大丫你瘋啦，你才多少歲，你就十四歲，你做得起別人的工，打工苦得很呢。大丫說劉四妹說了，她是在制衣廠裡縫衣服，不是使大力的活兒。劉四妹說那活兒很輕鬆，誰都能做的。大丫加了這麼一句。周小群說大丫我還是不同意你去打工，你應該在家裡幫我。周小群看見昏暗的油燈光裡大丫的眼眶裡的淚水一條線似地往下掉落入耳鍋裡的洗碗水中，她還是狠下心把話說完，大丫你不能走，我還要給你生一個弟弟，你走了二丫、招弟和滿滿誰帶呢？看著洗碗的大丫無聲地抽泣，周小群自己也有了一種要哭的感覺。

大丫說娘你不生了行嗎，這個家已不成個家了。周小群說我們沒個兒子，這個家本來就不像個家。李有東一直沒說話，這時他用幸災樂禍的口氣說大丫你走不成的，莫說我和你娘不同意，就是同意你也沒車費，再則你辦身分證了嗎？我聽人說在外面打工沒身分證是進不了廠的。大丫說你們不同意我也要去。李有東生氣地說你敢走我就打斷你的腳桿。他做了一個虛擬的打斷大丫腳桿的動作，大丫就哭著往她的偏房裡跑去了。

第二天早飯熟了，大丫睡在床上還是不起床。周小群喊了幾次，大丫一直裝睡，不理會她娘。李有東說真是窮人養嬌女，大丫你到底起不起來。大丫說我病了，我起不了床。李有東和周小群當然知道大丫是在發氣。

李有東再要說什麼，回過頭來看見天坪上走來一個穿著體面的女子，他一時沒認出來是誰，周小群在李有東的示意下也看見了那女子。這時那個穿著一身淺綠連衣裙的女子已經走到了灶房的門口，周小群說這不是寨上的四妹子嗎，出落得嫂子都認不出來了，真是女大十八變呀。劉四妹笑著說大哥和嫂子在吃飯啊。李有東一看果真是劉四妹。劉四妹家前幾年也窮，穿得邋塌，哪有今日這般光鮮，就說劉四妹打工賺錢了，穿得這麼好，你大哥都不敢認了。劉四妹不好意思地說哪裡是賺錢，只賺了幾身皮子。周小群也說賺不賺錢，世面得看了，你嫂子要是再年輕幾歲，也想到外面見識見識呢。劉四妹說嫂子才三十五六吧，但嫂子看上去老了。周小群就說當然老了，我女兒都好大了。噢，劉四妹，添雙筷子吧。多謝了，劉四妹說，我吃了早飯才來的。劉四妹的目光四處打量，問你家大丫呢，怎麼不見你家大丫？周小群說大丫有些不舒服，她喊大丫，大丫，你起來，看誰和你玩來了。大丫慢慢騰騰地從偏房裡出來，她人蔫蔫的，看上去真像哪兒不舒服似的。

我爹和我娘不准我跟你一起去打工，大丫給劉四妹說。她苦著臉，雙手搓揉著搭在前胸上的粗辮子的頭梢，她的兩個手掌心裡發出細細的摩擦的聲音。我娘和我爹都不准我去，大丫又重複一遍。劉四妹不相信自己的耳朵似的問周小群和李有東，你們真的不同意大丫跟我去，你們是不相信我吧？李有東忙說哪裡，哪裡，我們不是這個意思。周小群給劉四妹解釋說我們這一攤子你是曉得的。劉四妹用居高臨下的口氣打斷了周小群的解釋，她說我曉得你們家困難，許多人都找我把他們的女兒帶出去掙錢，我還不答應呢，你們曉得帶個人下去多麻煩嗎？我邀大丫跟我去正是因為你們家困難，大丫掙得錢不就減輕你們的負擔了嗎？李有東試探著問劉四妹你們那個廠一個月能搞多少錢？劉四妹說我是熟手，一個月最低拿一千二元薪水，像大丫這樣剛進廠的員工每月也能掙個三五百，當然等做熟了會掙得更多。李有東的雙眼就直了，說我的天啊，一個月有三百，就是五百斤大米，一家人撐死也吃不完呀。周小群也說難怪長明叔說冬天裡蓋磚樓，原來四妹子這麼的掙錢。劉四妹說要是掙不到錢的話鬼也不會往南方跑，現在可是連火車都擠得快要爆炸了。李有東的心被劉四妹說動了，他想既然這麼能掙錢，大丫打一年工，只要稍微攢一點就勝過我跟周小群做一屈陽春，我為什麼不讓大丫去打工呢。

劉四妹給李有東兩口子做了一番思想工作後，她對周小群說嫂子，到底你們同不同意？周小群說讓我再想想。劉四妹不耐煩地說有什麼好想的，你們把大丫耽擱在屋裡太可惜了。我明早上就走了，我走了你們想讓大丫去也去不成了。李有東不等周小群想好，他就接過劉四妹的話說我同意大丫跟你去，他頓了頓，面露難色地說只是……只是大丫的車費我們一時難以湊齊。劉四妹爽快地說這個大丫跟我講了，我幫人幫到底，大丫的車費我先墊上，等她掙了錢再還我。那身分證呢，周小群說，可大丫沒有身分證，她沒身分證怎麼去。周小群從心底裡就不願意大丫去打工，大丫的年紀太小了，她捨不得，也不放心。一直默不作聲的大丫這時才開口說娘，身分證我借了寨上陳小春的。陳小春今年十七歲，在上高中二年級，大丫用她的身分證正合適。周小群愣了半晌，她說大丫你真的要去，大丫你苦了累了的時候你哭了鼻子才曉得家裡總比外面好。你真的要去我也就不再攔你了。

次日清早，也就是天剛麻麻亮的時候，劉四妹和小英子在天坪裡喊醒了李有東一家人。大丫提著包出了門，她既沒有喊爹，也沒有喊娘，只對他們房裡說了聲我走了。周小群說讓我送送你。劉四妹說嫂子你不要送，我爹送我們去，他在岔路口等著呢。周小群說我把你們送到岔路口吧。

她們走下天坪，走了不遠，李有東披著衣服從屋裡跑出來，他站在天坪上喊，大丫，你記著往家裡帶錢呀。我不是一碗米兩碗米養你這麼大的，你不要忘了我們，不要忘了帶錢啊！早晨的山樑上靜悄悄的，李有東的喊聲被山風傳送得很遠，餘音久久不散。大丫跟著劉四妹子和小英子只顧往前走，她沒有回答他爹李有東的喊聲，也沒有和她娘周小群說話。

到了岔道口，長明老漢等在那裡。長明老漢對周小群說，她嫂子回去吧。劉四妹也說莫再送了，越送你心裡越舍不下大丫。周小群就站在樑上看著她們愈走愈遠，天越來越亮，她們愈走愈遠，背影愈來愈小。漸漸地周小群只能看見有幾個黑點在慢慢蠕動，最終什麼也看不到了。周小群又往前面跑了一截，除了遠處的山頭和樹木，躍入她眼簾的已不再有那一行人的影子了。她對自己說我家大丫就這樣走了，她說過這句話後才想到大丫走的時候一直沒喊她一聲娘，也沒有回過頭來望她一眼，周小群傷心地想我怎麼養了這麼個女兒？我那麼舍不下她，她走的時候連喊也不喊我一聲看也不看我一眼。

第二年春天，當山上的樹木發芽青草綠成一片的時候，周小群的臉上起了喜斑，她又懷上第五胎了。因為早在半年之前李有東就讓周小群把滿滿隔了奶，所以周小群臉上的氣色看上去很好。周小群臉上氣色好起來的另一個原因那就是李有東的那些劣跡收斂了許多，自從她妊娠反應強烈後，李有東說他做起來又有勁了，他已經不常去寨子裡打牌賭博，也很少睡到日頭曬屁股才起來，除了田地裡的農活，挑水、背柴、煮飯有時候也幫著周小群幹幹。李有東讓二丫不再上學，二丫頂了大丫的空缺，在家裡成了一個幫手。周小群和李有東現在最大的憤慨就是大丫這個丫頭去了大半年，她除了來過一封信報告她已進了劉四妹的那個制衣廠外，至今沒給家裡寄過一分錢。有幾次李有東給周小群說養女就是靠不住，大丫這個丫頭沒一點良心，早知道這樣當初就不該放她出去，在家裡還能幫腳幫手呢。但李有東現在是拿大丫一點辦法也沒有了。周小群自己也對大丫很失望。

隨著肚子一天一天地隆起來，周小群的心裡就一天比一天沒底，她想我已經一連生了四個女兒，我要是再生一個女兒那可怎麼辦，一定得生個兒子啊！從懷第一胎時起，周小群就盼望著能生一個兒子，但一連生了四胎都天不遂人願。周小群想起幾年前跟寨上大嘴巴姚彩鳳吵架的情景，那次姚彩鳳家的一地包穀苗被牛糟蹋了，她硬是栽贓說是周小群守牛吃的，周小群申辯，雙方吵了起來。姚彩鳳滿寨上下謾罵不是周小群的牛吃的是鬼吃的，我冤枉你死我家獨兒，你周小群拿個兒來跟我賭咒就不是你家牛吃的。你良心不正你永遠都生不出個兒！氣得周小群簌簌落淚。周小群撫著隆起的肚子，這次她心裡要生一個兒子的願望比哪一次都要強烈，和姚彩鳳那次吵架後她就發誓要生個兒子，作為一個女人，沒個兒子在寨子裡永遠都休想抬起頭來，沒有兒子就等於沒有尊嚴，沒有人格，別人也不會給你打得上價錢。同時，周小群清楚李有東心裡的願望比她還要強烈一千倍，李有東家三代單傳，金絲吊葫蘆似的，他怎麼能接受得了李家要絕在他身上這樣殘酷的事實。況且他們李家又還是從遠處搬來的外來戶。若再生下的又是一個女兒，周小群知道李有東的那些劣跡肯定會舊病復發，他又要做起來沒勁了。極度的希望變成了失望，乃至絕望的話，李有東肯定就要完了，這個家肯定也要完了。周小群記得李有東原本就是勤勞肯做的人，就是在生了招弟後東躲西藏時起家裡變得越來越窮，李有東也變得越來越懶，變得好打牌賭博起來。周小群有時候就禁不住想，莫說大丫，就是二丫要是個兒子的話，我和李有東的日子就要好過得多，我們這個家就不會敗得這樣快，李有東也肯定不會懶，我們更不會有這麼大的負擔。

周小群常常挺著大肚子坐在天坪上的樹蔭下，一方面她要經管孩子，另一方面還要提防鄉政府搞計劃生育的那撥人。算起來離足日子已沒有多久了，現在她腹部凸起行動遲緩，根本不能再去鑽屋裡的那個苕洞，稍不留神被逮去引產了，那豈不是功虧一簣，悔之不及。李有東這些日子也神經高度緊張，擔負起保護周小群的工作。這幾月來，鄉政府那撥人只來了一次，她和李有東早早得信，躲到後山那片樹林子裡，鄉政府那撥人也沒有找著他們。

臨產的日子終於到了。這天傍晚，周小群感到腹部一陣陣的巨痛襲來，她從椅子上翻滾下來，喊李有東，李有東！李有東正好在家，他從堂屋裡衝出來，看見周小群即將生了，趕忙把她抱進房裡去。周小群躺在床上，一陣比一陣厲害的巨痛咬噬著她，下身滲出的血水染紅了床上的棉絮，孩子就是生不下來，她起初還呼天搶地的嘶喊，後來她聲音就嘶啞了，微弱了。李有東起初還說周小群你怎麼了，你以前生孩子不是像母雞屙蛋，一使勁就下來了嗎？後來他看到周小群越來越不行了，就慌了手腳，一路飛跑去寨上請撿生娘六斤婆。

六斤婆趕到李有東家已是掌燈時分。她檢查了周小群，對她說周小群你年紀大了，胎位不正，橫著的呢。六月天裡本來就熱，周小群痛得滿頭滿身大汗淋漓，她說我快要死了，痛死我了。六斤婆從她破舊的藥箱裡取出一應東西，說周小群你忍著些，我要用手把孩子取出來，您忍著些，不要怕，我幹這行少說也有四十年了，取出來的孩子少說也有上百個。她說著就伸出她有骨無肉跟雞爪一摸二樣的手爪，周小群緊接著發出一聲比一聲高漲的慘叫聲，終於痛昏死過去了。

周小群醒過來，聽到身邊有孩子響亮的哭聲，她看到剛生下來的孩子躺在距她伸手可及的一尺遠的地方，她想掙扎著起來，她極想知道她是不是生了個兒子！周小群覺得四肢乏力，心裡忐忑不安，根本就掙扎不起來。她的舉動李有東看在眼裡，她的思想李有東也明瞭，他說周小群，他幾乎是在喊著對周小群說，你千辛萬苦還是生了個女！你又生了個女，你已經一連生了五個女，你把我李有東害了，我現在都想不出來我該把這個女叫做什麼名字，我的三女叫招弟，四女叫滿滿，現在我不曉得該把這個女叫什麼名字。周小群感到她的心猛然被什麼東西擊中，全身一度癱軟了，她無力地喃喃地分辯著說這怎麼能怪我，這怎麼就是我一個的責任，是你李有東自己沒種，你怎麼這樣怪人。周小群知道自己心裡在流血，她奇怪我怎麼沒哭呢，周小群想我幹嘛不哭呢，她又想我幹嘛要哭呢？

可以想見，周小群坐這個月子遭了罪，她家本來就徒有四壁，空無一物，多年不能養豬餵雞，莫說肉，蛋也沒有一顆，又不能張揚出去，看月子的親戚寨鄰也少，好在娘家的主要親戚還是來了幾家，送來幾隻雞和一些蛋。周小群的娘也來了，服侍周小群。老婆婆已是快奔七十歲的人了，眼睛不好使，手腳也不活泛，忙這忙那時少不了支使李有東。李有東心情不好，臉色老是陰沉沉的，有時候少不了對老岳母惡聲敗氣。老婆婆是個精靈的人，這一切自然都看在眼裡，只怨自己的女兒命苦，偷偷抹一把老淚，忍氣吞聲，服侍了女兒十多天，就回去了。

周小群的娘前腳出門，李有東跟著後腳也出了門。周小群聽到李有東出去，喊了幾聲李有東，李有東就是不答應她。一整天，李有東都沒有回家，周小群躺在床上絕望地想李有東舊病又復發了，他這樣下去的話，這個家真的就完了。傍晚的時候，二丫熱水，周小群給孩子洗了澡，晚飯也沒胃口，草草扒了幾口，讓二丫給滿滿和招弟也洗了，都早早地去睡。

並未像周小群料想的那樣，李有東一去幾天都不著家。夜裡，李有東無聲無息地回屋了。李有東蔫蔫地坐在周小群床前的椅子上，捲煙，然後就著油燈點火，李有東的嘴巴和雙手都簌簌地抖，煙筒幾次沒夠著燈火苗，煙末直往下掉落。周小群沒睡著，雙眼定定地看著自己的男人。她驚奇地發現李有東這些天猛然蒼老了許多，臉色灰漿一般，背也駝了些。但李有東整天不歸家依然讓她心裡有氣，她說李有東你打牌去了？李有東說你莫冤枉我好不好，你再沒雞沒肉吃了，我還有錢打牌我李有東真的就不是人了。

李有東重重地一聲歎息，說周小群我們命苦哇！李有東狗嘴裡吐出這麼幾顆象牙來，周小群心裡一熱，感動起來。

李有東繼續說周小群我們命苦哇，我們命裡怕是沒個兒子，周小群你說我們還生不生？周小群想都沒想說當然還要生，我們沒個兒子，當然就還要生！李有東灰漿般的臉色就活泛開了，說我還想再生一胎，不管是兒是女，只再生一胎，再沒個兒子是我李有東命裡該絕。周小群說我不信命，我就不相信我周小群生不了個兒子，除非我們哪一個被鄉政府人捉去動了手術，或者是我不能生了，我就認命。李有東你要有信心啊。李有東感動得大叫著說周小群你真是個好婆娘，可是，可是……李有東激動的神色又黯然下來，臉上露出痛苦和為難的表情，他說可是我們不可能養得活那麼多的孩子，周小群，我們能生下來那麼多孩子，但是我們不可能養得活。周小群卻很有信心地說有什麼養不活的，大的大了，小的也會長大。大的是大了，李有東輕蔑地對周小群說，大了怎麼樣，大了她就出去了，還顧你家裡死活。李有東說的是大丫，大丫出去一年多了，至今仍沒往家裡寄一分錢來，而與她一同出去的小英子已往家裡寄來了兩回，共六百多塊。周小群對大丫也徹底失望了，她說這都是命，我們沒待好她，她在報仇呢。是命，李有東說，我命上怎麼有這麼多的女兒，我現在看見她們就心煩。周小群，我們把這個孩子送人吧。

啊？李有東你說什麼？周小群驚叫著說，她差一點兒從床上滾落下來，她努力地穩住重心已經偏移了的身子，用不認識李有東似的眼神看著他，又問了句李有東你在說什麼？李有東就把他的話又重複了一遍，把這個孩子送人吧。他指著在周小群身邊躺著的剛生下來的孩子，語氣很冷漠，就像那孩子根本不是他的。周小群說她是我的孩子，我為什麼要送人，我們能夠養活她。我們養不活她，李有東說，周小群你聽我講，我們就是能夠養活她，我們也必須把她送人。你想想，我們能不能養她，鄉政府搞計劃生育的那撥人三天兩頭地來，你帶著這麼小的孩子能躲到哪裡去，躲到哪裡去她都是要哭的，一哭就得暴露。周小群你不要死死盯著我，要吃我似的，我說的是實話，我們還要生我們就得把她送人。況且，我們也實在沒有能力養活她，與其讓她跟著我們受苦，還不如送她去一戶好些的人家享福。

李有東你盡想鬼主意，周小群還是搖頭，說我不同意。不過周小群說這句話的時候顯得有些氣短，有些勉強。李有東說的並非沒有道理，周小群知道如果還要生的話，最好的出路就是把這個孩子送人，養活那麼多的孩子對他們來說確實有些力不從心，另外把這個孩子帶在身邊更不方便，鬼知道鄉政府那撥人什麼時候來呢，若把孩子帶進茗洞誰又能保證她不哭呢。李有東看出了周小群的氣短，把椅子挪到周小群的床邊，抱過熟睡的孩子，他用沉痛的語氣說要說送人，我也捨不得呢，你看這孩子多乖，眉眼兒比前幾個都生得好，像有福氣的樣子。周小群，我們把她送給一戶好些的人家，她就能夠吃飽飯，能夠穿新衣裳，她就不需要跟著大人跑來跑去累得死去活來，她也能夠上學，還能夠升學，說不定將來會有大出息呢，她肯定是個聰明的孩子，我也捨不得把她送人呀！李有東後面的話無疑擊中了周小群的要害。周小群跟李有東初結婚的那幾年，她就常常跟李有東說她小時候在學校裡成績特好，本來是可以升學的，可以當幹部的，但她家裡兄弟姊妹多，窮得供不起她上學，只是做農民的命。因為窮，才嫁了家境富有又是獨子的李有東。現在周小群常常抱怨的是她不能生一個兒子，把富有的家境又弄得特窮了，供不起大丫二丫她們讀書。周小群終於被李有東說動心了，不過她依然難以相信李有東描繪的這個孩子的那些前景，關鍵當然在於把這個孩子送給什麼樣的人家。她說李有東你讓我好好想一個晚上。李有東說這麼說你同意了。周小群試探著說你說我們把她送給誰家？李有東說這我還沒想好，不過周小群你放心，孩子是你的也是我的，是我的孩子我當然要送她去一戶好些的人家，一戶比寨上來旺家還要富裕的人家，我怎麼會讓我的孩子到別人家去吃苦呢。周小群說要送就要送到近處人家，不要送到遠處，我要常常能夠看到她。李有東生氣地對周小群說你這是給我出難題呀，近處的人家誰會要我們的孩子，人家等於是替我們把孩子養大，誰會這麼傻卵！周小群也生氣了，她固執地說我就是要把她送在近處，送遠了我捨不得，她病了，痛了我哭兩聲，長高了，長大了我看得見，孩子終究是我身上掉下來的肉，我舍不下呀！周小群說話的聲調已經帶了哭腔，李有東的心卻不為周小群所動，他又卷了一支煙，叭吱叭吱地吸，煙霧瀰漫開來，繚繞在李有東的頭頂上，使李有東整個人像一個虛幻的物體。李有東顯然也是心事重重的。

好了，好了，李有東摁滅煙頭，雙手扇動著他自己製造出來的煙霧，有些興奮地對周小群說，你看東水村遠不遠？周小群不解地說不是太遠，可東水村誰家會要孩子？李有東並不回答周小群的話，又問你看劉志平家好不好？周小群知道東水村的劉志平在全鄉境內算得上富戶，他家有一輛中巴車，每天天不亮開往鄉場上拉客跑縣城。周小群說劉志平家當然好，他家已有兩個兒子，他還會要我們家的孩子嗎？肯定要，李有東說，我聽人說劉志平兩口子愛女愛得發瘋，你想有錢人家圖的是兒女滿堂，劉志平本人挨劁了，不可能再生，他兩口子曾經在縣醫院抱回來一個女，那女兒是個私生子，他們抱回來養了兩個月，又被人家領回去了。周小群有些不相信，說這是多久的事，我怎麼不曉得。李有東說沒多久，那女被領回去才十多天，你在家裡沒出去當然不曉得。周小群問李有東，你是說把我們的孩子送給他們家。李有東說不送給他家送給誰，他家那麼的好。他頓了頓，又很有謀略地說不過我們不能明裡送，要暗裡送。周小群說那是為什麼？這你還不明白，李有東說，明裡送他會要嗎？養大了你又領回來，他不空養一場。我們暗裡送他，他不曉得孩子是誰的，但我們曉得我們的孩子在哪裡。明天大清早我們把孩子放在車路上，劉志平兩口子出車去鄉場上時，看到了肯定會把孩子抱回去的。

第二天天不亮，李有東從周小群手裡接過還在熟睡的孩子，他要把她放到車路上去讓劉志平兩口子抱走。周小群把孩子交給李有東後，說她還沒吃奶呢，我給她餵餵奶。李有東說不要給她餵奶了，她醒了哭起來讓一寨子人曉得呀。李有東抱住孩子轉身正要走開，周小群突然一把奪過孩子說李有東，我們多狠心，我們能不能等她滿月後再送出去，她這麼小，我放心不下。李有東說周小群你瘋啦，你不能反悔呀，搞得不好鄉政府的人明天就來，他搬來古書上的話對周小群說小不忍則亂大謀，周小群，我們不能顧此失彼啊！

周小群看著李有東抱著孩子開門出去，未滿月的孩子的那張熟睡的小臉仍在她的眼前晃動。她跑到視窗向外張望，外面是濃濃淡淡的白霧，李有東的白衫衣在霧中一蕩一蕩的，周小群陡然想起送走大丫的那個清早，也是這樣麻麻亮的天色，她的心情一下子沮喪到了極點，她絕望地想我的兩個女兒都這樣去了，大女兒走的時候不想喊我一聲娘，小女兒想喊我一聲娘但她喊不出來。

李有東已經走下了天坪，突然聽到周小群喊，李有東，李有東，你等等我，我跟你一起去。他看見周小群風風火火地從屋裡向他跑來，你瘋啦，李有東對跑來的周小群說，你曉不曉得你在坐月子。周小群喘著氣說你什麼也別說，反正我要跟你一起去，我不放心你。李有東說你不放心我什麼？要是劉志平兩口子沒把孩子抱走，周小群說，鬼曉得你會把孩子弄到哪裡去，你要是把孩子胡亂地送出去保不准會把我的孩子餓死的。李有東無可奈何地說你這樣不相信我，好吧，我們一起去。

到了車路邊，天依然還沒有亮透，依然有濃濃淡淡的白霧包裹著。李有東選了車路邊上的一塊小草地把孩子放下，孩子剛一放下地就呱呱地哭喊起來，兩隻小手無助地舉向空中抓著什麼，周小群說讓我給她餵口奶吧。她彎腰去抱孩子，李有東一把扯住了她，說劉志平的車來了。周小群果然聽到汽車嗡嗡的聲響傳來，李有東說就是要讓她哭，劉志平兩口子才注意得到。不管周小群在掙扎，李有東拖著她去車路坎上的小樹林裡隱蔽。

劉志平的車很快就到了。他聽到了車路邊草坪上呱呱的哭聲，一腳踩了剎車。車停後，劉志平讓他的女人下車去看，他的女人說志平，這裡有個孩子。劉志平打開車門跑下來問是誰的？他的女人抱著孩子說我怎麼曉得是誰的，喲，志平，是個女孩子哩。劉志平說這才奇怪呢，誰把孩子放在這裡。女人說也許是哪個姑娘家做下的事，管他呢，我們把她抱回去養。劉志平說這合適嗎？女人說有啥不合適的，鄉里的姑娘家面子薄，以後結婚生了孩子哪裡還會清這個孩子的下家。蘋蘋被人領回去後你娘不是日夜叨念讓我們再領個女孩，她閑著沒事幹，悶得慌。劉志平說行是行，只是……不等劉志平說完，女人就說，我喊三聲這是誰的孩子，要是沒人應的話，我們就把她抱走。女人就喊了起來：誰——的——孩——子——

周小群和李有東躲在坎上的樹林裡，劉志平兩口子的一舉一動，一言一語他們都看得清清楚楚，聽得明明白白。當劉志平的女人喊到第三聲的時候，周小群突然站了起來，李有東趕忙也站起來捂住周小群的嘴巴，把她又按了下去。李有東在劉志平的女人開始喊第一聲的時候就發現了周小群臉色的變化，他看到她的臉色越來越慘白，而且身子也在簌簌地發抖。他就及時地制住了周小群。等到劉志平打轉車子向他家裡馳去的時候，李有東才鬆開捂住周小群嘴巴的手，他發現周小群已經暈了過去。

周小群擔心的事終於發生了，李有東果然又做起來沒勁了，他的舊病復發了。

送走孩子的當天晚上，李有東就沒有歸家，第二天李有東仍然沒有回來。周小群心裡思謀著李有東心情不好，晚上摸了牌，早上就睡著起不來了。到了第三天，她仍不見李有東回家，心裡明白自己所擔心的事發生了，李有東肯定舊病復發了。她對二丫說家裡沒米了，你到寨子裡去叫你爹到蘭英姑婆家背穀子打米上來。二丫回來說爹在陳三根家睡著不肯起來，爹說他不願意打米，也不願意回來。周小群說二丫你招呼招弟和滿滿，我去叫他。

周小群找到李有東就罵開了，李有東你這個蠢豬，你天天在別人家吃，天天在別人家睡，你有本事你永遠莫回去，我看哪個能天天供你吃？在三根家打牌的六斤說周小群你在坐月子，你不怕犯忌。又勸李有東快回去。三根娘曉得了周小群在坐月子，就黑煞了臉，趕李有東和周小群出門，她罵李有東你個天殺的，我家裡今年要是不利順我就要找你負責。李有東呆不住了，氣氣地跟著周小群回家。

第二天，第三天，第四天，李有東天天睡到了早飯熟了太陽光鋪滿了他的整張大床也不起來。周小群天天拿要去鄉政府跟他離婚李有東也無動於衷。周小群說李有東你這樣下去你不做工我們的日子怎樣過下去。李有東說我給誰做，我做有萬貫家財又有什麼作用呢？周小群說李有東我還能生，我們不是還要生嗎？李有東說等你生下兒子後我再展勁做，那時候鄉政府的人也不會再來騷擾，我可以安安心心地做。周小群說那時候已經遲了，這個家已經完了。李有東不解地問怎麼完了？周小群說等我一出月，我就去跟你離婚，我再也跟你過不下去了。李有東不以為然地說你愛去就去。周小群認真地說我這次是跟你說真的。李有東說真的，那好哇，我同意跟你離婚，不過還有一個條件，你得把孩子全部帶走，一個也不能留下，我就跟你離婚。周小群冷笑著說你想得美，孩子我一個也不帶走，你想等我走了輕輕鬆鬆討二個。李有東跳起來說周小群你不要做得太絕，難怪你生不出兒子來，原來你的良心這麼黑。我李有東命裡該絕，我竟然討了這麼個黑心的婆娘。

李有東一邊說話一邊穿衣，他說我們反正都要離婚了，與其在屋裡受悶氣倒不如到下面找幾個人打打牌，散散心。周小群看見李有東搖搖晃晃地走過天坪，向下麵的寨子裡去。李有東走下天坪，嘴裡哼起了陽戲調子。他竟然還有心思唱陽戲，周小群想他以為我不敢跟他離婚。周小群衝著李有東的背影喊，李有東，我跟你說真的，你以為我不敢嗎，你等著吧。

周小群滿月後第三天，清早，李有東還在睡夢中，周小群起床後認真地梳了頭，就打水洗臉，她故意把水弄得嘩嘩響，洗完臉又找了身乾淨的衣服換上。李有東早就被周小群搞出的響聲吵醒了，他不耐煩地說你莫影響我睡瞌睡。周小群說你睡吧，睡吧，我可是要走了。李有東問她你去哪兒？周小群說去鄉政府離婚呀，你忘了我跟你說過。李有東說我勸你別去了，你去是自投羅網，他們會劁了你的。你挨劁了你就再也走不進這個家門了。周小群說我本來就不想跟你了，你這麼懶不把我餓死才怪呢。再說我都要離了，他們還會要我動手術嗎？說完也不看李有東一眼，就出了門。

走了好遠，周小群聽到李有東在天坪裡喊她，周小群你回來。周小群負氣地說我不回來，你這麼懶，我沒法跟你過日子，我要去鄉政府跟你離婚。除非你答應我你不再懶了。李有東說你去，他們不問三不問四會劁了你的。周小群我告訴你，你要跟我離婚可以，但你不要去鄉政府，你可以去法院呀。你挨劁了你就不是個全女人了，你永遠都生不出個兒子了，我怕的是萬一我們離不脫你就還會是我的婆娘，周小群，我這是為你好，你要聽我的話。

李有東說的並不錯，周小群一路走一路想，要是鄉政府的人真的不問三不問四把我動了手術，我就真的養不了個兒子了。雖然我有那麼多的女兒，但女兒終究是別人家的人，靠不住，我老了那可怎麼辦呀？她又想起了跟大嘴巴姚彩鳳那天吵架的情景，想起了她的發誓：一定要生個兒子！想到這些，她的心裡愈來愈猶猶豫豫，她的腳步也就愈來愈邁不開了。走到岔道口的時候，周小群覺得心裡亂得不行，索性一屁股坐在一塊大岩石上，她想我在這裡好好想一想到底跟李有東離不離婚。

周小群坐在石頭上休息，聽到下麵的道道上有牛鈴的脆響，接著她就聽到有人用鞭使勁抽打牛的聲音，打得嘭嘭山響，你這個破屁股，胎胎生的也是破屁股，你就不能生一個騷牯子給人看看，一個女人罵牛的聲音。農家人巴不得母牛胎胎生母牛，哪有盼母牛生牯子的，周小群覺得罵牛的聲音特別刺耳，好像是衝著她來的，她循聲望去，果然是大嘴巴姚彩鳳。姚彩鳳打牛的位置正好可以看見周小群，她顯然早就看到了周小群，在指冬瓜罵葫蘆哩！

周小群看見姚彩鳳的那一刻她覺得她的胸腔裡鼓滿了氣，但她卻沒有爆發出來。姚彩鳳號稱大嘴巴，一張嘴厲害得遠近聞名，周小群想我幹嘛還要惹她，我都要跟李有東離婚了，我都要離開貓莊了。周小群站起來繼續趕路。不過，她仍然走走停停，猶豫不決，到底跟李有東離不離婚，周小群依然沒把這個問題想好。我到法院去提出離婚，周小群最後決定了這個不無退路的辦法。

當周小群走到距車路一兩百米的地方，她看到劉志平的中巴車從鄉場方向飛快地馳來，她想我身上還有幾塊錢，我為什麼不坐車去區法院。於是她就喊劉志平的車：等——等——我——

中巴車在往貓莊來的小路邊噗地停住，周小群往前跑了幾步，她忽然停住了。她看見車門打開，從裡面下來幾個幹部模樣的人，而第一個走下車來的正是鄉政府的計生幹事老趙。老趙在周小群生下二丫時曾到過她家裡幾次，做她去結紮的工作，化變灰周小群也認得他，其他幾個一律是生面孔。完了，完了，周小群想。她奔跑的姿勢在黃土撲撲的小路上定格了幾秒鐘，然後她就轉身往家裡飛跑。後來周小群對她的男人李有東說她自己也不明白她怎麼會想也不想就往家裡飛跑起來。

在路坎上守牛的大嘴巴姚彩鳳遠遠看見周小群像一隻母豹那樣敏捷地朝著她這邊飛奔而來，她看見周小群的身後瀰漫起層層煙塵。周小群白色的身影一掠就從她眼前過去了，驚得她的大嘴巴好半天也合不攏去。

周小群跑回家的時候，李有東剛剛起床，他還在打水洗臉。他聽到有咚咚的腳步聲從天坪外傳來，怕是鄉政府人來捉他，趕忙去視窗張望，等他到了視窗時，周小群已進入堂屋，李有東驚訝地說你不是去鄉政府跟我離婚嗎，回來幹嘛，後悔了吧？周小群喘著粗氣說今天要不是碰上大嘴巴我就跟你離定了，現在我決定等我有了兒子我就跟你離，一定得離。我周小群就是離開貓莊也要讓人看看我能夠生下一個兒子。又對二丫說帶招弟和滿滿到外面去玩！她一邊說一邊對著窗口向外望，看鄉政府的人來了沒有。周小群對李有東說現在我們馬上躲起來，鄉政府的人立即就要到了，我是在路上碰著他們跑回來的。李有東也有些緊張，說到後山上去。周小群說來不及了，還是進苕洞吧。我估計大嘴巴會透水的，鄉政府的人恐怕快到天坪外的坎下了。李有東不等周小群說完，就飛快地鑽進房去，揭開樓板，鑽了進去。周小群也跟著鑽了進去。

李有東每天一摔碗就去三根家，三根家開雜貨店，每天都有許多的人玩，總少不了一場牌，也不會少了李有東。李有東多數時候並沒有上場打牌，而是看牌。他身上有錢的日子並不多。只要李有東一來，無論打牌的還是看牌的總是戲弄他說又報到來了，今天比昨天遲到了五分鐘。李有東說報到來了，你們玩得我有什麼玩不得的。三根說我家打牌的天天換人，唯獨不換你李有東。李有東說我怕什麼，我又不要攢家物。三根說沒兒還要好一些，快活了得，哪裡要累死累活，到死都划不來。眾人就附和著說是呀是呀，有兒著兒害。李有東說誰再要這麼說我就要罵娘了，戲上唱的是：無兒點燈燈不亮／無兒吃飯飯不香／無兒說話氣不壯／無兒站著沒有別人影子長。你們以為我李有東日子好過，我心裡難受得要死，夜夜醒轉過來都是一把鼻涕一把淚。

李有東把話說到這份上，大家也就再不好拿他開心了。三根說這人他媽的真怪，有人光養兒，有人光養女。這兩個月貓莊幾戶超生戶都生酒罈子（女）。打牌的陳海東說這叫命運作弄人。看牌的陳六斤說劉大炮家的田繼梅昨晚生了個兒，我婆撿的生。劉大炮跟李有東一樣是超生遊擊隊老隊員，前面也是四個女，這胎是第五個。眾人說那是大炮命好。三根說好個屁，是種好。說完就曖昧地笑。大家也都心照不宣地笑。這兩年，田繼梅與寨上的劉長福有染在貓莊已是公開的秘密了。劉長福六十上下的人，幾年前喪偶，過著鰥夫的生活。他在貓莊算是命好的人，生了四個兒子，個個都在外面，有的當幹部，有的靠著當幹部的哥哥或兄弟做生意。長福的兒子們多次接他進城，他死活也不肯去。關於長福為什麼不肯進城去享福的閒話很多，寨上誰誰，還有誰誰都跟他是老關係，這小子那小子與長福的兒子一個模子似的。認真看起來還真的像那麼回事。陳海東接著三根的話說三根哥的話有些道理。三根說當然有道理，劉長福給自己下的種和給別人下的種哪有一個女，你們算算有沒有。這不，劉大炮一炮就打響了。有人就說這劉大炮也不管管他的媳婦，長福可是他叔。又有人說那人，你個榆木腦瓜子不開竅，這事兒還不是劉大炮放水流舟，睜隻眼閉只眼。陳海東說這事兒神，我以前看過一本通俗小說，說的是有個人的精子裡只含Y染色體，不含X染色體，劉長福八成就是這種人呢。大家聽不明白他的話，說什麼金銀子，什麼歪染克什麼的？陳海東就給大家解釋生兒生女的道理，許多人仍不明白，末了問他照你這樣說生兒生女不怪女人，應是男人有種沒種了。陳海東說主要責任在於男人吧，所以說一般人生兒生女都是靠碰的，只有百分之五十的機率。如果劉長福那東西光是Y染色體，沒有X染色體的話，當然百分之百生兒，不會生女。有人笑著說，那他就是百發百中彈無虛發了，難怪有許多人要去找他借種。

夜裡睡在床上，李有東把在三根家聽來的話說給周小群聽。周小群說這真是命了，按說有一半機會，我們撞了五次都沒撞上，人家命好的一次兩次就撞上了。李有東憂慮地說不知下胎我們撞不撞得上？周小群說一切都是命，憑命撞吧。憑命撞，李有東說，不知撞到什麼時候去，我們整天提心吊膽，這樣的日子我過得厭煩了。還是人家劉大炮命好，從此可以安安心心搞生產了。周小群卻不屑說田繼梅的那兒子來得不光榮。什麼光榮不光榮，李有東說，誰敢當劉大炮的面說那兒子不是他的。不過，關鍵是要做得隱蔽些。周小群聽了李有東的話，臉上一熱，說李有東，你的意思是……李有東不說話，打了個翻身，周小群再次問李有東你的意思是叫我跟劉長福？李有東突然坐起來，他說周小群你聽我說，這是最有效的辦法。只一次，就一次嘛。周小群終於聽明白了李有東的意思，她突然嚎叫起來，李有東你怎麼是這樣的人，你不看看我周小群是什麼人。李有東分辯說你不想要個兒子嗎，你不是做夢都說不生個兒子死不甘休嗎？周小群氣極了，爬起來雙手用力猛然把李有東推下了床。

周小群依然常常坐在天坪裡，望著屋前山樑上的黃土小路，哪怕小路上有一個小小的黑點在移動，她的心裡也一驚一乍的。更多的時候，周小群是在想著無邊無際的心事，想遠去的沒有一點音訊的大丫，想送走的那個孩子，也想不爭氣的李有東。這已是又二年的春天了。李有東仍是老樣子，除了賴不掉的春播秋收，他很少不是摔了碗就出門，到下面的寨子裡打牌或者看牌。這天，周小群罵回了寨子裡兩個來她家裡討李有東牌債的青年人，靠在椅子上打盹，頭枕著椅撐，雙手按在肚皮上，她的肚子已經微微隆起。周小群的嘴咧著，一條絲似的涎水直往胸前流，她的睡相看起來她似乎很累以致於才睡著的，她咧著的嘴不時翕動一兩下，好像夢中吃了什麼可口的東西，在咂摸著、回味著。這時，天坪對面的山路上走來了兩個人，一男一女，穿得都很體面，他們一邊走一邊向前打望。

周小群是被叫聲驚醒的，她睜開眼睛看見一男一女兩個人，幹部模樣的。周小群發出一聲驚訝的叫喊，你們是鄉政府的計生幹部！駭得從椅子上翻落下來。她說我真是該死，我怎麼沒注意到你們來呢。來的那個女子伏下身扶起周小群，說娘，娘呀，我是大丫。周小群不相信似的說你怎麼會是我家大丫？你要是我家大丫的話，這個男人又是誰。大丫扶著周小群說娘，我真是大丫。周小群仔細地看後，說真是我家大丫，大丫你終於回來了，讓娘好好看看，你比以前長高了，長胖了，也長白了。大丫指著身邊的那個男的，一個二十來歲的青年，說他是我男朋友，叫趙明。趙明趨身上前，對周小群恭敬地叫了聲伯母。是外地口音。周小群問大丫你這男朋友是哪裡的？大丫說是下湖南的。周小群說大丫你一去就是幾年，給家裡一分錢也不寄，現在你又帶了一個男朋友回來，你爹曉得他肯定要打斷你的腳桿。你今年就是十七歲多點，你怕你將來嫁不了人。大丫說娘，你幹嘛，我們是在戀愛，要等幾年，攢有錢了就結婚。我和你爹只想得你的力了，你卻要嫁人，你爹曉得了肯定要打斷你的腳桿，周小群抱怨著大丫，又不無擔憂李有東會拿大丫出氣。

二丫從屋裡跑出來，對大丫說姐你回來了，你還下不下去？大丫撫著二丫的頭說還去，姐是請假回來的，只住三天就走。二丫說姐我跟你去，行不行？周小群罵二丫你跟你姐去不說你爹要打斷你的腳桿，我也要打斷你的腳桿。你爹那麼懶，你又要出去，我一個人還不累死去，你已經能給我幫腳幫手了，我堅決不同意你去。二丫氣嘟嘟地嚷道我就是要去嘛。大丫從周小群把她和趙明當成鄉政府人時就明白她娘周小群還要生。她說娘，你們不要生了，我跟趙明打工攢有錢就回來結婚，我們可以養你們呀。周小群說哪個要你們養，你們終究是外人。

吃了午飯，大丫說爹還那個樣子吧，我不想見他，省得跟他糾纏，我跟趙明去看看外婆。周小群說也好，我們這個家連睡處也沒有。再說你爹曉得你回來了肯定會跟你要錢的。大丫說錢我們帶了一點回來，也是準備給你們的。周小群說要給給我好了，你千萬不要給你爹，他打牌賭博，不要幾天工夫就會花光的。

第二天中午的時候，李有東才聽說他家大丫帶著一個男人回來了。李有東一聽到消息就氣衝衝地往家裡跑，他跑到他家的天坪外時順手撿了一根幹木棒，勁鼓鼓地拿在手裡，擺出一副要打斷大丫腳桿的姿態。到了階沿上，李有東把木棒在大門檻上磕得嘭嘭山響，喊大丫你這個鬼丫頭你給我出來！我不是一碗米兩碗米養你這麼大的，你一去幾年不給我寄一分錢，我不打斷你的腳桿我也要跟你算帳，你要賠償我養你十七年的撫養費。李有東磕了一通，屋裡卻絲毫沒有動靜。李有東進了屋，屋裡一個人也沒有。李有東推開房門，看見樓板上一併排放著三個旅行包，旅行包灰塵撲撲的，充滿了汽油味兒。李有東想大丫回來了無疑，他們人到哪裡去了呢？怎麼周小群、二丫和招弟滿滿她們一個人也不見了？李有東打開旅行包，包裡裝著一些衣服，全是大丫買給二丫、招弟和滿滿的，有兩套很大，也是女式裝，應該是周小群穿的。李有東翻了一陣，他在旅行包裡一分錢也沒有翻出來。

一會兒，周小群帶著招弟和滿滿摘菜回來了。李有東問周小群大丫回來了，她人哪？周小群裝出不知大丫回來的神色說啊？大丫回來了，啥時候回來的，我怎麼沒看見？李有東說周小群你莫裝苕，她人哪裡去了？大丫聽人說她爹還是那麼懶，那麼愛打牌賭博，她就不想見到你，周小群冷笑著說。李有東說她不想見我我也要找她。我養了她那麼多年，我要跟她算帳呢。聽說她帶了一個男人回來，要是大丫拿不出錢來的話，我就要他來拿，不然他休想再把我的女兒帶走。李有東揚了揚手裡的木棒，說周小群，他們到底到哪去了？周小群說我哪裡曉得。是不是你把他們藏了起來，他們給了你多少錢？李有東又進房，揭開床腳下的樓板，看周小群是不是把大丫他們藏在那裡面。苕洞裡沒有人。

李有東從房裡出來，說大丫他們是不是又走了。走了。周小群說。周小群啊周小群，你怎麼把他們放走了，李有東捶胸頓足地說，我們養她那麼些年，你讓我們上哪兒去收回我們付出的東西。李有東急躁得在屋裡團團轉，他一會兒走過來，一會兒又走過去，他想周小群也不是省油的燈，再說大丫他們既然回來了，手頭上肯定會有錢，沒帶錢他們回來幹啥。這錢多半落到周小群的手裡了。想到這一層，李有東覺得他的心裡有一團火焰，在竄騰，在升溫，他想我應該找點事幹幹，我應該教訓教訓周小群，俗話說得好，不打不招，他又撿起他丟下的那根木棒，在樓板上磕了一下，說周小群，大丫他們到底給了你錢沒有，他們給了你多少錢？周小群說大丫他們沒給我錢，就是給了我也不會給你，你好打牌賭博，輸個乾淨。李有東更加氣上喉，他把木棒又一磕，嚇得滿滿呱的一聲哭了，招弟也被李有東的舉動駭得發抖，她膽怯地看著她爹李有東，說爹你不要打我娘，姐是給了娘一大把錢。李有東得意地說你看，你看，招弟都說了，周小群今天你不把錢交出來的話我至少要把你打個半死。周小群狠狠地盯了招弟一眼，隨即她就坦然地對李有東說你打吧，錢我是不會給你的。這些錢我把它們都要用在正事上，我哪會把錢給你讓你去打牌賭博，讓你去把它們輸個精光。周小群撩起衣衫露出她那已經微微隆起的肚子，對李有東說你就朝這裡打，你就朝這兒打吧。你有種把我們的兒子打死，你把我也打死。李有東你怎麼不打，你打呀。你不打了我就要把錢放到我娘家去了，我現在覺得把錢放在這裡一點兒也不保險。

李有東丟下了木棒，他看見周小群進房在床板下摸出厚厚一沓錢，李有東沒有看清那沓錢是拾元還是百元的版子，他只是感到周小群拿錢的手挺沉的。李有東看著周小群出了房，領著兩個孩子出門去她娘家。李有東目送她們遠去，一動也沒有動。

周小群到了娘家，她娘說你是來接大丫他們回去的吧，但大丫他們已經走了。周小群說走到哪去了，我半路上沒碰上他們。她娘說她們下廣州去了。怎麼這麼快就走了，他們的包還在家裡呢，周小群說。突然她又問二丫呢，二丫是不是也跟著去了？周小群現在最怕的是二丫也跟著她姐走了。她就是怕二丫跟著她姐跑，才要大丫把包兒都留在家裡。二丫也走了，她娘說，就是她怕你不准她走，才跟她姐嚷今早上就走。娘你真糊塗，你怎麼把二丫也放走了，周小群埋怨她娘說。她長有腳，她娘說，我怎麼攔得住她。周小群說也怪我大意，昨天根本就不該把二丫留在這裡。

這天，李有東很晚才得飯吃。周小群帶孩子回娘家了，二丫也不在，他必須親自動手煮飯、炒菜，等他吃完了飯，天就完全黑了下來。李有東從屋裡拿出手電，準備到下麵的寨子裡去玩，剛走到天坪上，他就看到屋前不遠的小路上亮著幾支手電筒光，正朝著他家方向匆匆而來。接著他就聽到了踏踏的雜亂的腳步聲，顯然那撥人距他已經很近了。李有東頭腦中的第一個反應就是鄉政府搞計劃生育的那撥人來了。他的鼻尖上立即爬滿了汗珠子，一滴一滴往下滴落，李有東聽到了他的汗珠子砸在泥土上的聲音，他的心裡反而冷靜下來。他輕腳輕手地往屋裡移動，他終於進了堂屋，他又回頭望瞭望，那撥人還未上天坪，他就迅速地打開二門，往房裡跑去，然後就揭開樓板鑽進了苕洞裡。

李有東進了苕洞，他待在裡面，心裡反而覺得異常緊張起來。他覺得他的全身涼冰冰的，冷得他簌簌發抖，他想我哪回也不像今日這樣心裡慌，只怕是在劫難逃了。李有東在苕洞裡斂聲屏氣，聽不到外面一絲聲響，他的雙眼怔怔地望著洞口，洞口被樓板遮著，一團漆黑。不知過了多久，李有東覺得有一千年那麼長的時間，洞口突然顯現出一道強烈的亮光，李有東雙眼花花的，等他看清那是一束手電光時，他絕望地叫了聲完了，完了，我終於被他們逮著了。

我們終於逮住了你，李有東，你害得我往你家裡跑了百十趟，老趙把手電筒光照在被兩個人架著的李有東身上，他說我這腳桿要是木做的光跑你家我早就沒腿了，你說你把人害得苦不苦？王副鄉長說把人帶走！王副鄉長從來就是個不多說話的人，但老趙覺得他言猶未盡，繼續調侃李有東，他指著那個苕洞問李有東我們每次來你們是不是都躲在這裡面？李有東不做聲。老趙說李有東你他媽的腦瓜子還很活，我們找死了也想不到這屋裡有個洞，但是李有東你難道不曉得龍生龍鳳生鳳老鼠子養兒打地洞，你千辛萬苦地躲，照我看你就是生了個兒子也不會有多大的出息。李有東罵老趙說放你娘的屁！李有東又罵是不是來旺那條老狗給你們透的水，我屋裡有個苕洞只有他曉得，有朝一日我李有東要宰了他孫子，他害得我李有東做了絕代鬼，我也要讓他斷子斷孫。王副鄉長踢了李有東一腳，說你橫！他又說李有東你說什麼，來旺曉得，狗日的來旺幫著你日弄我們，我明天就讓鄉黨委撤了來旺的支書。不是來旺會是誰？李有東也懵了。老趙笑嘻嘻的說李有東你猜吧，你想破了腦殼你也不會猜出是誰來。我告訴你，是你的女兒報的，今天早上。是大丫那個砍千刀的，等她再回來我不一刀刀剮了她我就不是李有東，李有東恨恨地說。老趙說她是你女兒你也捨得。李有東咬著牙說十個女兒也抵不上一個兒子，我見了她我肯定會刮了她。王副鄉長拿手電筒敲李有東的腦殼說你這人頑固到這種地步，我不讓醫生狠狠給你割兩刀子你永遠都開不了竅！

第二天中午，周小群帶著招弟和滿滿從娘家回來，二丫的出走對她的打擊很大，一路上她快快的，提不起神來。她想我已經失去了三個女兒，誰能保證我身邊的這兩個女兒不會成為大丫和二丫呢？走到天坪上，周小群就看見她家的大門洞開著，她的心裡陡然升起了一種不祥的預感，按說李有東這時候是不會在家的，他肯定會出去玩。家裡一定出了事！周小群趕忙向屋裡奔去，她看見二門洞開著，房門也洞開著。接著周小群就看見她床腳下的樓板被揭了，露出的洞口冒著森森寒氣，她就曉得李有東肯定被鄉政府人捉去了。周小群一屁股坐在樓板上，她想這時候李有東恐怕早被動手術了。

很久，很久，周小群從樓板上爬起來，她一手按著她那微微隆起的肚子，一手撫摸著招弟和滿滿的頭顱，對她們說娘這一次准會生個兒子，娘給你們生個弟弟你們喜歡嗎？我一定會生個兒子的，我這一胎准會是個兒子！周小群反覆地說她這胎一準是個兒子，她的嘴飛快地翕動著，但是她的眼睛卻愈來愈空洞愈來愈茫然……

在風中掉落

上篇

大春高考完畢，從縣城回來的那天，一場百年不遇的大暴雨剛剛在前一日煞尾，但天空仍然低沉著，洪水也沒有退去，黃濁濁的一片，淹沒著貓莊大部分人家的稻田。那時正是稻子抽穗揚花時節。車子還未進村，在山路上盤旋著的時候，大春就望見了那一片渾濁的黃水，從黃水漫上來的位置判斷，大春知道他家那幾畝上好的水田已沒入其中。他的眉頭慢慢地鎖了起來。他對坐在身邊一個叫彭平的同學說你曉得嗎，那裡面有一口天眼（湘西方話，即天坑），水一大起來就消不退，就淹。他的同學卻說你們貓莊像一個窩坑，現在更像一個湖泊了。大春把眼睛朝前望瞭望，他認得坐在前排的那人是鄉政府的幹部，就說要是讓我當官的話，只要把那口天眼打通，貓莊就淹不著了。你曉不曉得貓莊年年都要損失二三十萬斤糧食，如今當官的儘是些飯桶。車廂裡沒有誰接他的茬，那個鄉政府幹部只轉過頭來瞥了他一眼，又愜意地靠著椅子瞇起細眼打盹。大春的同學認得那人是王站長，見王站長又歪過了腦殼，說你當官還要幾年？大春說我現在後悔了，我不該報理工。

我想我應該當官，大春覺得他的意思表達得不夠準確，又加了這麼一句。

當官自然好，他的同學沒大春考得那麼理想，敷衍著說。

大春覺察出同學的心不在焉，就把目光又投向貓莊那一片渾濁的黃水上。車子一直開進貓莊村裡，大春的雙眼就沒收回過，隨著車子的顛簸，他的眉頭越鎖越緊了，以至他的鼻樑上方結出一個很大的疙瘩。他知道這場洪水無疑會給他上高校造成許多麻煩，洪水淹沒了他家的稻田，也一定沖毀了他家的煙地，而這些稻子和烤煙是他學費最主要的來源。

大春是在陳曉康家門口下的車。

那個時候陳曉康家門口聚集著許多人，幾天幾夜連續不斷的暴雨把貓莊村民們對美好生活的信念粉碎得蕩然無存，他們帶來一張張愁苦無比的臉聚集在一起哀聲歎氣，日老天爺的娘。大春的爹劉強也在其中。他是來看大春回來了沒有，大春給他說過一考完就回家幫他烤煙。劉強蹲在地上吸旱煙，他自己製造出來的煙霧籠罩著他的臉，而他的那張溝壑縱橫的臉比所有的村民們更要愁苦一百倍。劉強給陳曉康說過，女兒小芸已經上了中專線，兒子大春早就給他說過填首都的那所理工大學有百分之九十以上的把握。一對兒女的學費夠他劉強喝一壺了。從暴雨降落的那個晚上劉強就再也睡不著瞌睡，暴雨淹沒了他家的稻田，沖毀了他家的煙地，他的心裡也汪洋著一湖苦水。因此，劉強蹲在那裡和誰也不搭話，一個勁地製造了許多嗆人的煙霧。

車在離陳曉康家一丈多遠的地方停住，大春從車上跳下來。

劉強一眼就看見了他家大春，跑過去幫他兒子拎被卷。劉強問考得還好吧？大春說還不錯，上線應該沒問題。劉強一邊走一邊連說了幾聲好，好，好！他又說你們都給我掙臉，我這把老骨頭累死了也值！劉強說他累死了也值，當時聚集在陳家門口的村民們大多數都聽到了他的這句話。陳曉康自然也聽得分明。那時許多人心裡都在為劉強洋溢出來的自豪而由衷地替他驕傲。大家都明白這意味著貓莊將出第一個大學生了。貓莊這麼些年來還未出一個大學生，這不是說貓莊的孩子不上進，主要是因為窮，沒有人能堅持住在貧窮的煎熬中把兒女盤上大學。

大春在陳曉康家門前憩了一會兒，他說他有點暈車，跟陳曉康要了碗水喝，大春說我從來不暈車的，今天不曉得怎麼搞了？陳曉康從大春的臉上看出了他內心的焦慮，說你憩一會兒就好了。大春很疲憊地對他笑了笑。

大春回去的時候已近黃昏。天空仍低沉著，壓抑得很，村子四周卻有了淡淡的煙嵐。

大春走了不遠，村裡的劉小飛對陳曉康說你看大春的頭都快白了。其時，正有一抹夕陽從雲縫裡漏瀉出來，照在大春的後腦勺上。大春的頭上確實有了不少的白髮，但也沒有劉小飛說的那麼誇張，黑髮還是居多，只不過被夕陽一照，白髮亮晶晶地閃光，分外耀眼，而他的黑髮卻毫無光澤，給人造成了錯覺。

陳曉康對劉小飛說，讀書是勞心費神的事，哪像你這鐵木腦殼生銹了也不想一點的事。

大春回家後就幫著他爹劉強烤煙。他家的煙地雖然被沖毀了起碼四成，但仍有滿棚烤的。由於煙葉每年八月初就開始收購，趕得上學生開學前變成現錢，劉強家地裡每年主產都是烤煙。大春每年放假回來也總是烤煙，很有技術了，他家的煙棚也總是出好煙。劉強今年栽了一萬多株煙苗，被洪水沖毀了一些，仍還有六七千株，劉強把大春和小芸的學費全寄託在他家的煙葉上。

烤煙看起來是一門輕鬆的活兒，肩不挑手不提的，其實也是非常地累人。一滿棚煙一般要烤五六個晝夜，溫度是慢慢升上去的，無日無夜得盯著，掉溫或升溫過猛都會使煙葉蒸片。也就是說烤一棚煙得熬五六天的瞌睡。一般人家都是兩個人替班，一個白天看著，一個夜裡守著，但大春是從來不讓他爹劉強插手的，因為劉強日裡要忙地裡的活兒，本來就累人，讓他夜裡熬瞌睡，大春心裡過意不去。實在熬不住了，大春就讓他妹妹小芸替他一會兒。小芸不會烤煙，只能在小火期和大火期裡替他哥，在大春定好的溫度上保持一段時間。

大春來瞌睡的時候就去陳曉康家走走。陳曉康家距他家不遠，走走，瞌睡就醒了。那些日子，他幾乎每夜都要帶著一雙紅眼珠子去陳曉康那兒，不是給他還書就是從他那裡拿書。大春說看看書免得打瞌睡，一棚煙烤砸了就得損失千兒八百塊錢。陳曉康知道大春家的烤房是8×8五台半的大棚，每棚出幹煙二百多斤。劉強家每棚都出好煙主要是大春烤煙認真，不像別人那麼大意，一掉溫七八度，一猛升又是十來度，大春他是沒法兒不認真，他根本就不敢掉以輕心。

陳曉康給大春說要書你自個兒去床腳的紙箱裡拿，喜歡哪本拿哪本。陳曉康高中畢業後回家務農，業餘寫了十多年小說，至今沒寫出什麼大名堂來，但書和雜誌卻買了訂了不少，村裡有點文化的都喜歡往他家裡跑。

陳曉康問大春你家烤幾棚煙了？

大春說已經烤了四棚，還有三棚就差不多完了。

陳曉康問烤得還好吧？

大春說好，大多數賣中部三級應該不成問題，中部二級也有一大層。今年煙葉收購價中二是六塊三，中三是五塊八。陳曉康在心裡給劉強家算了一下，看來煙葉錢湊大春一人去高校的學費該是綽綽有餘，小芸是中專，再想想辦法，跟親戚寨鄰們求求方便，劉強肩上的擔子就輕活多了。難怪這幾日他碰到劉強和大春娘，他們臉色比落暴雨的那些日子晴朗多了。

大春卻不無憂慮地說烤得再好有個卵用，到時候煙站裡會不會壓級。

陳曉康說煙站裡不是開始收煙了嗎？

大春說聽有些人講比去年級別鬆些，也有些人講比去年還緊。

陳曉康說還是沒個准？

大春說賣煙實際上是賣人，有關係的末級也能賣三級，沒關係的三級只能賣末級，年年不是一個樣？他歎了一口氣，接著罵了一句粗話，日他娘的，這社會！

賣煙確實就是賣人，賣與煙站驗級員的關係，有關係的賣得上價，沒關係的暗地裡打砣子也賣得上價。煙站裡收了關係煙，就靠壓老百姓的來調整級別。陳曉康知道大春家年年出好煙，年年卻賣不上價。

陳曉康後來一直記得大春說這話的那夜，是一個月光如水的夜晚，但他倆坐在陰暗的階沿上，心裡都不好受。大春是憂慮，陳曉康的心裡除了憂慮還多了一份沉重。

大春的擔憂並非多餘。

果然在不久的幾天後，大春在賣煙的時候與鄉煙站的驗級員發生了衝突。

大春與鄉煙站的驗級員發生衝突的那日是八月中旬的一天。那日的前夜大春到陳曉康那裡醒瞌睡，跟陳曉康說他明日進城去看考分，他說考分早就應該出來了。但第二日清早陳曉康卻看見他背了一捆黃燦燦的煙葉，搭車到鄉煙站去賣。那日貓莊許多人家都去賣煙，寨上劉二毛的手扶拖拉機裝了滿滿一車箱煙葉。

陳曉康問大春怎麼沒進城去，大春說小芸已經進城去拿錄取通知書了，我讓她代我看看，省得多花車費。陳曉康說年年都是你爹你娘賣煙的，大春說他們忙著呢，要去地裡打煙葉。他又說你呢，今天不去賣，有車子呀。陳曉康說他家的煙葉還未選出來，等兩天再去賣。

劉二毛髮動手扶拖拉機，就去了鄉里。陳曉康注意到這次去鄉里賣煙的十來個人全是寨上二三十歲的年輕人，沒有一個上年紀的老把式。

大春他們到鄉煙站時，也不算晚，但鄉煙站的鐵門外早已圍滿了黑鴉鴉的一群賣煙的煙農。他們像一群沒頭的蒼蠅似的，亂哄哄地叫嚷著，拍打著鐵門上那根粗大的鏈條鎖，發出一些尖銳的聲響，刺得耳根子一陣陣發麻。

劉二毛熄了火，抬手看了看表，粗聲粗氣地問那些先到的煙農怎麼搞的，都九點多了，煙站還不開門？人群中有人說又來了一車，今天怎麼收得完。劉二毛抓住一個煙農問煙站到底在搞什麼鬼？那人說裡面在收煙呀。大春說門鎖著呢。那人憤憤地說鎖著就不能收煙了，收黑煙呀！劉二毛說不會吧？那人說我天麻麻亮就來了，王站長的小舅子孫麻子拉來了五大車煙，煙站裡還在收他的煙呢，可能要等到收完才會開門的。

看著大春迷惑地望著他，那人又加了一句，孫麻子是個煙販子。

人群中不斷地有人高聲地抱怨著，像一鍋燒開了的水，正在沸騰。大春聽人說過鄉煙站站長正是王站長的親兄弟。那一刻，大春感到他的心裡被什麼東西堵得發慌。

這一等就等到了日上中天，陽曆的八月中旬也就是農曆的七月初，正是秋老虎肆虐時候，太強烈的陽光炙烤得街道上的三合土發出一層慘白的光芒。堆放在陽光下的煙葉被曬得焦脆脆的，一碰就碎，沒人碰也茲茲地掉屑末。人也被曬得頭昏腦脹。陽光吸走了煙葉上的水分，煙農們心裡有一種說不出來的心疼，他們除了偶爾罵幾句娘之外，唯一能做的就是幹等著。

終於，煙站裡面來人下了鐵門上的鏈條鎖，五架農用車轟轟隆隆地開出了鐵門，煙農們抱起自己的煙，一湧而入。

大春與煙站的驗級員發生衝突是在驗級的時候。天變一時，外面不但沒有了太陽，而且已經下過一場瓢潑的陣雨。

大春是貓莊村第一個驗級的。分管貓莊村煙葉收購的驗級員正是鄉煙站站長。鄉煙站裡總共只有兩名驗級員，王站長的弟弟既是站長，也是驗級員。大春打開他家的那捆煙，那是他家精選出來的一百多斤最好的，不但煙葉匹長，而且黃得純正，不帶一個白點黑點，正常驗級中二是不會下來的。大春打開煙葉的時候，煙站晦暗的天棚裡立刻顯現出一片耀眼的燦黃，所有的煙農幾乎是在同一刻發出一片驚呼。那是由衷的讚歎聲。大春的心裡也莫名地激動起來。

大春看見王站長的眼睛亮了一下，隨即他就不動聲色了。他拿起一小紮煙葉抖了抖，面無表情地對大春說上秤吧。大春就把煙葉再次卷起，捆好。劉二毛過來幫忙，兩人把煙抬上了磅秤。王站長過完稱後說往煙庫裡抬去，他轉身對望著他的那個女開票員說七十六公斤，下部三級。正與劉二毛彎腰抬煙的大春不動了，劉二毛也不動了。下部三級的價是三塊六一斤。大春一下子蹲在那兒，一雙血紅的眼珠子死死地盯著王站長。

王站長卻一臉的平靜，聲色不露。

大春說你講什麼，幾級？

王站長說下三。

大春說明明是中部煙，你眼珠子掉褲襠裡了！

劉二毛也反應過來，他說王站長你不是開玩笑吧，就這煙……也就下三？

王站長說就下三，他掉轉臉來對大春說你愛賣就賣，不賣拉倒。

大春卻固執地說我前面那人就那幾匹黑煙也賣了中三，讓大家評評理，誰的煙好誰的煙差？下面的煙農，主要是貓莊的那幾個年輕人發出來一片起哄聲。

王站長臉上掛不住了，他再次說，聲音帶著嚴厲，我講了你愛賣就賣，不賣就走。趕快拉走！他又對站在大春後面的煙農喊下一個，快點，再有半個鐘頭我就下班了。

大春氣得頭頂上的頭髮一根一根地豎立起來，他已經說不出話來，只是用手指著王站長，你，你，你……

王站長說你，你算老幾，那人是誰，那人是東水村當家的，跟我鐵得很。他看著大春的那捆還放在磅秤上的煙，罵了一聲你別礙了別人！飛起一腳去踢那捆煙。煙捆紮的是兩頭小中間大的圓桶形，從磅秤上跌落下來，在煙站的水泥地上滾動起來，只一眨眼的工夫，滾出了天棚，跌進外面的深水溝裡。

那時煙站裡的煙農們的眼睛都在追隨著那捆滾動的煙葉，他們是被大春的那聲「狗雜種你賠老子的煙！」的尖銳的叫喊聲驚駭得收回目光的。在他們掉轉目光的當兒，他們看到的是一道白光向王站長撲去。等他們醒過神來，看到大春與王站長已經扭打在一起了。

煙站的職工們抄起傢伙過來幫王站長，貓莊村的十來個年輕人也從人群裡跳出來，他們對煙站的人說狗日的都把傢伙放下，誰敢幫忙就找誰的碴！但他們誰也沒去把扭打著的大春和王站長分開。分開王站長的是鄉派出所的兩名警察。那兩名警察與王站長的哥哥王站長幾乎是同一時刻衝進煙站來的。他們三人都跑得上氣不接下氣，一副火燒褲襠的緊急樣。

那時王站長已經鼻青臉腫，大春也是臉腫鼻青。

煙農們看著兩名警察鄭重其事地給大春銬上了手銬，把他拖去了派出所。

小芸從縣城回來，下車後剛好是風雲突變的時候。她一跑進陳曉康家的屋簷下，豆大的雨點就劈劈啪啪砸落下來，公路上被雨點打起的煙塵一條黃龍似的遊動、翻騰。

陳曉康從屋後的煙棚看過溫度錶出來，看見小芸在屋簷下躲雨。她的雙手抱著一個黃色的牛皮紙信封，裡面脹鼓鼓的。那信封比一般普通的信封大不了多少，但小芸還是雙手抱著，很小心很虔誠的樣子。她的單薄的身子在風中有些蕭瑟。看著她那莊重的神色，陳曉康知道小芸手裡抱的是她的錄取通知書。

陳曉康說小芸你的錄取通知書拿回來了。

小芸高興地說拿回來了。
陳曉康問是哪個學校？
小芸說省郵電學校。
陳曉康說好哇！你哥呢，你哥上線了沒有？
小芸更加興奮地說我哥上線了，上重點線了，今年理工類重點線是六三八，我哥的考分是六五三，全省也是前幾名呢。
陳曉康也感到很高興，說大春錄取首都理工大學肯定成了，你爹你娘再苦再累也有勁頭，你們兄妹都給你家大人爭臉！
小芸說給我爹我娘爭臉的是我哥！
小芸跟陳曉康借了一把傘，冒著大雨回家去。她要把好消息儘快告訴給她爹她娘還有她哥。小芸回走後，陳曉康找出蓑衣斗笠去田間看水。他在一丘坳田裡扯了一陣稗草，劉強也來看他家的田水，劉強遠遠地看見了陳曉康，就喊來呀，來呀，一起吃桿煙來。陳曉康停下手裡的活兒，去劉強那邊吃煙，劉強掩飾不住內心的興奮和激動，大聲地說我家小芸考上了省郵電學校，我家大春也超過了重點線好多分，他肯定要去北京上大學。
陳曉康說我聽小芸講了，大春超過重點線幾十多分，他去北京上大學不成問題。
劉強和陳曉康一邊吃煙一邊說了一陣話。劉強看過他家的田水，又回去了。

劉強回去的時候陳曉康專注地看著他的背影，他看見劉強高一腳低一腳地走路，整個人都有點飄。五十多歲的人了，忽然間像年輕了一大截，走起路來跟小夥子幾乎沒有什麼差別。

但是過了不到兩三桿煙的工夫，陳曉康又看見劉強深一腳淺一腳地向他奔來。這時天已快黑了，陳曉康正洗腳上岸，看到劉強跑得踉踉蹌蹌，完全又是一個蒼老老頭的步態。劉強他這是怎麼著了？陳曉康有些不可思議。

劉強走攏來，對陳曉康說大春這孩子出事了！

陳曉康說大春不是賣煙去了，他能出什麼事？

當時陳曉康腦子裡第一個反應是劉二毛在回來的路上翻車了。

劉強說出事了，大春被派出所銬走了。二毛剛才給我講的，大春在煙站裡打了王站長。

陳曉康問大春怎麼就打了王站長？劉強的喉頭哽咽了，說千不該萬不該，是我老糊塗了，我不該讓大春去賣煙，大春那個脾氣還能不出事。他又說曉康，我聽二毛講派出所李所長是你孩子的舅，你去給大春求個人情吧，我們全家都不會忘記你的大恩大德的。

李所長其實只是陳曉康孩子的遠房舅，但他跟陳曉康卻是貨真價實的鐵桿哥們，中學裡一個鋪睡大的，陳曉康給劉強說那我去試試吧，不過把握不那麼大的，因為大春打的是王站長的兄弟。

陳曉康和劉強趕到鄉派出所裡，派出所裡卻一個人也沒有，只有東頭的審訊室裡亮著燈。他倆走到審訊室外，看到門是虛的掩著，推開門，他們就看見大春站在審訊室裡側的窗戶下。一把鋥亮的手銬一端連著窗戶上的鐵條，一端連著大春的手腕。聽到開門聲，大春抬起頭來，看見進來的是陳曉康和劉強，他喊了一聲爹，說你們來了。大春喊他爹的聲音有些異樣，陳曉康想大春的眼眶裡肯定有淚水在轉動。但大春沒有哭出聲來，把淚水吞了進去，在他青一塊紫一塊的臉上最終還扯出了一絲比哭還要難看的笑容來。

劉強走到大春的身邊，疼愛地撫摸著大春的臉，他歎了一口氣，說大春你怎麼能打王站長啊！

大春不看他爹，說那狗日的該打。

劉強說人家是官，我們是老百姓，自古民不與官鬥呀！

大春那狗日的把那一捆上好的中二煙踢下了水坑。

大春就把日裡跟王站長發生衝突的經過給他爹和陳曉康講了一遍，劉強的心裡也窩了一堆火，他是捨不得挨打的兒子，更捨不得他那一百多斤泡了水的好煙。但劉強還是說你不能打他，人家是官呀，人家要是關你一月兩月你就上不成大學了。

大春說那狗日的不賠我煙我就不放他。還有那個王站長，我一進來這個狗雜種就甩了我一耳刮子。

劉強說我的兒呀，你就告個低吧，向人家認個錯，你上線了，就要上大學去，人家要是關你一月兩月你就上不成學了。

大春仍強著說誰給誰認錯。

十一點之後，李所長和兩個警察醉醺醺地回派出所來。李所長看見陳曉康坐在審訊的沙發上，一下子愣了，他對陳曉康說這孩子是你們家的？陳曉康說是我兄弟，要請你老兄高抬貴手，讓我領回去，他過幾天就要上大學了。李所長撓了撓頭皮，他說這事硬是有點不好辦。他對手下的兩名警察揮了揮手說回去休息吧，這兒沒事了。兩名警察走後，李所長坐下來呷了口冷濃茶，半晌才開口說剛才王站長還說要辦他妨礙公務、襲擊國家公務人員的罪行。他狠狠地掏了陳曉康一拳說你狗日的怎麼不早來，早來我就不吃人家的請了。劉強一聽急了，他哀求著說李所長你千萬要高抬貴手，大春這孩子真的要上大學了。陳曉康霸蠻地說我不管你為不為難，我兄弟我今晚得領回去。李所長說那不行。陳曉康說李大林你憑良心講講，到底誰對誰錯，整個案情你也曉得了吧？李所長說你又來了，書生氣就是改不了，我不辦這案，人家還可以往上交。算了算了，還是我想辦法吧。他拍了拍陳曉康的肩膀說老哥你就放寬心吧，我保證三天內讓你領人回去，誤不了他上大學的。

第三天，陳曉康和劉強去派出所把大春領了出來。李所長說這事他也辦難了，王家那兩兄弟就是不通人性，咬著劉大春打人不放，硬要他報縣局去。他解釋說大春這只是假釋，給他辦的是拘留十五天，罰款三百元。大春出來的時候他還說十五天內必須把罰款交到派出所來。

但是大春卻拒不交罰款，直到現如今也沒交。

大春出來的時候給李所長說了句你告訴那兩個狗東西，我劉大春心裡記著他們哩！

大春從派出所出來後，有三天時間沒去陳曉康那裡。陳曉康知道大春還在烤煙，他想大春怎麼沒來醒瞌睡呢？

大春再去陳曉康家是第四天的深夜，後半夜的月亮大而且圓，大春在門外喊曉康哥你睡沒睡呀？

陳曉康說我在烤煙，正是變黃期。

陳曉康和大春在夜風吹拂的階沿上坐下來。陳曉康點了一支煙吸著，大春說給我來一支，陳曉康遞給他一支，說你也抽煙了，是不是心情不好？大春點著了火，吸了兩口，說曉康哥我給你說個事。陳曉康說麼子事，你說。大春遞過來幾張紙說給我看看這個，狀紙。

陳曉康沒接，說你寫狀紙做什麼？

大春說我要告那兩個狗東西。

陳曉康說大春，我看算了，你就要上大學了，你還是好好讀書，等你將來做官了再去收拾那些貪官污吏。

大春說那個狗雜種不賠我煙我就氣不服。

陳曉康勸大春還是算了，說告狀不是一天兩天就成的，現在都八月二十幾號了，你把告狀的事丟給你爹你娘，那是趕鴨子上架，他們就那本事你不是不曉得。

大春說我不要他們出頭露面，我明天上午烤完這棚煙就去法院。

整夜陳曉康都在思考要不要把這事告訴給劉強和大春娘，後來他還是決定告訴他們。他也是為了大春好，大春還在假釋期間，他萬一要是沒把王站長兄弟告倒，反會被繞進去，一月兩月脫不了干係，會誤了他的前程。

第二天清早，陳曉康去了大春家，給劉強和大春娘說了這碼子事。也說了他的擔心之處。劉強倆口子都是那種害怕落根稻草壓死螞蟻的老實人，大春將要採取的過激行為把他倆的臉都嚇紫了。

那天上午大春最終沒有去成，他的雙腿被他爹和他娘一人一隻死死地抱住了。

大春去縣城裡取錄取通知書是在八月末的前兩天。他到了學校後就知道他已經被首都的那所高校取上了，但錄取通知書還沒到縣教育局裡來，班主任老師給大春說你就在城裡等兩天吧，我們才接到電話說你的通知書快到了。大春就在他一個同學家裡住了三天。

等大春拿到那所高校錄取通知書，高高興興地回來時，他爹劉強卻死了！

屍體剛剛被村民們從大青山的絕壁下抬回家。

劉強是瞞著家裡人去大青山林場扛木頭失足跌下懸崖摔死的。

劉強是在大春進城的第二天開始去扛木頭的。前一天，他把家裡選出來的一千多斤烤煙全部賣給了一個與煙站有關係的煙販子。是比正常驗級低一個到一個半級別賣出去的，勻價只有四塊零點，賣得五千來塊現錢。劉強眼睜睜地看著煙販子把他的煙拉走，去賺他的血汗錢，但他別無選擇。他曉得去煙站裡還賣不來這些錢。這五千塊錢除了給小芸交學費和留一個月的生活費，剩下就不足兩千塊了，再怎麼也不夠大春上學。除了還有一棚不值錢的頂部煙外，劉強再也想不出家裡還有什麼值錢的東西能給大春湊學費。劉強就是這個時候想到去大青山林場杠木頭的。扛木頭是重活，但能掙錢，一天掙得來百把塊，劉強想他扛個十天二十天，大春的學費就有著落了。

那幾天劉強夜裡烤煙，熬著瞌睡，日裡扛木頭就明顯的精神不足。一同扛木頭的村民們都勸他不要硬撐，劉強不聽，他說我還沒老呢，難得碰上林場賣木頭，不然上哪裡去給我家大春湊學費。終於就出事了。在幹那日最後一趟活時，劉強扛著一根兩百來斤的木頭走在絕壁上，一股濃重的倦意潮水般地襲上了他的頭腦，他咬牙強撐了一段路，不知怎的被腳下的一根葛藤糾住，打了一個趔趄，沒穩住，連人帶木一同栽下了懸崖。

屍體是第二日中午貓莊的村民們從絕壁下的草叢中找到的。

大春走到他家天坪外的坎下，聽到屋裡傳來小芸撕心裂肺的哭喊聲，他的雙腿一下子就軟了下去。他曉得他家裡出事了！

那時大春娘早已哭得昏厥過去了。

直到如今陳曉康依然覺得他無法描述那種淒慘的場面。大春和小芸撫著他爹劉強的屍體號啕大哭的情景使所有來幫忙的貓莊村民們無一例外不陪著他們兄妹抹眼淚。那些日子其實是些很好的晴天，但整個村子象似浸泡在淚水中一樣，太大的陽光在大春和小芸嘶喊他爹的哭聲中顯得黯然無光，所有的人壓抑得說不出一句安慰他們兄妹的話來。

劉強的屍體在家裡只停放三日，很快就下葬了。沒作法事，也沒放幾掛鞭炮。大春娘雖哭昏過幾次，但她的腦子依然清醒，她說能省就省，她的一對兒女還得上學。三日裡所有過來幫忙的村民們也沒在她家裡吃一口飯，他們一想到死去的劉強的那句我這把老骨頭累死了也值的話，無論如何也吃不下去了，似乎只有這樣才對得住累死了的劉強。

劉強下葬時，幾乎所有幫忙的村民們都看到了棺木下井時大春像大風中的一棟朽爛的茅屋一樣轟然倒塌下去。幾位老者急忙奔過去扶起他，抖了很久，大春才慢慢蘇醒過來。

劉強下葬的當天夜裡，大春來找陳曉康。那時天已黑定，但還不是太晚，西天上有一勾新月，陳曉康正坐在家門外的公路邊上吃晚飯，看到一個人影歪歪斜斜地移來，走近了才認出是大春。進了屋裡，燈光下大春的神色雖然顯得悲戚和憔悴，但他還是一副挺得住的樣子。大春是一個堅強的人，這令陳曉康感到一絲欣慰。

大春上他家是來借錢的，他說曉康哥你能不能借我三百塊錢？

陳曉康說我前幾天賣煙有一千多塊錢，兩個孩子交了學費，還有八百多塊你一起拿去吧。你的學費多借幾家能湊足的。

大春說有三百就夠了。

陳曉康說三百怎麼就夠了？

大春說我是借去廣東的路費，我決定南下去打工。

陳曉康更不解地說難道你不去上學了？

大春說我這情形還怎麼去上學，還不如讓小芸一人去，我去打工，掙錢盤她。

陳曉康說大春你不去上學太可惜了，你那是名牌大學呀。多借幾家，你以後工作了再慢慢還。

大春說貓莊人都窮，去哪裡想辦法？與其到時候兩兄妹都讀不下去，不如我現在就去打工，好歹能讓小芸讀出頭來。我不是沒想過，就算今年能借足上學的錢，還有明年、後年，兩個人上學每年學費就要一萬二，還要生活費，幾年下來沒個七萬八萬哪能讀畢業出來。爹不在了，我娘身體又差，靠她一個人榨幹了油也供不出來啊。

大春說的是實情。他爹劉強在世，地裡有出產，東拉西湊或許勉強能糊下去，現在他們家孤兒寡母的，借錢都要路短些。陳曉康問大春你跟你娘和小芸商量過了？

大春說沒有，我想這是唯一的辦法。

大春又說他娘和小芸可能都不會同意他南下去打工，他要陳曉康到他家去幫他勸勸他娘和小芸。

陳曉康後來很後悔他怎麼想也沒想就跟著大春去了。

大春娘真的不同意大春去打工，大春的妹妹小芸也不贊成她哥去打工。

劉強的死對大春娘的打擊委實太大了，她的精神完全垮掉了。幾天時間裡她彷彿一下子蒼老了二三十歲，五十來歲的年紀看起來跟七老八十的沒什麼差別。她蹲在灶屋火坑角落裡只是一個勁地抹眼淚，對於陳曉康的到來無動於衷。大春娘以前可是個十分賢慧的人，三歲小孩去她家裡她也會親熱地遞過板凳來。

大春娘聽了大春說他要出去打工，只是呆呆地搖頭，淚如雨下，卻說不出來一句話。

小芸比她娘要清醒多了，她說哥，要去打工也是我去，你是大學生。

大春說你去打工年紀太小了。

小芸說我是中專，讀不讀不要緊，哥你是名牌大學，全縣也沒幾個人上得了的名牌大學。再講女孩子去打工容易進廠。

大春說你十五六歲哪能吃那個苦。我高中畢業了，比你有文化，我去打工說不定能混出個模樣來，再怎麼不濟做苦工也能供你讀完書。你一個女兒家將來有個工作比什麼都強。

大春娘哽咽著說你們別爭了，你們都給我去上學。

大春和小芸望著娘，都流淚了。他們說娘，這不可能呀！

大春娘用雙手抓她那本來就亂糟糟的頭髮，說都是我無能，我無能啊！說完就放聲大哭。哭得陳曉康心裡酸酸的，不知不覺中熱淚滿面了。

大春和小芸扶娘睡下後，又回到灶屋裡來。小芸給大春說哥我們中必須有一個人得去打工你講是不是？

大春說是的。

小芸說那就只能是你去了。我那中專報名時間已經過兩天了。

大春說我讓你去就你去，我早讓二毛哥給你那個學校拍了請假的電報。

小芸說哥！

大春說就這麼定了，長兄為父，小芸你必須聽哥的。

小芸說我不去！

大春和小芸都堅持著，你一言我一句，都不鬆口。陳曉康坐在那裡抽煙，心裡很感動，但更多的卻是說不出來的沉重和壓抑。陳曉康說你們兄妹反正要去一個，這麼爭下去不是個辦法，不如來個憑天斷。

大春和小芸問什麼叫「憑天斷」？

陳曉康說就是抓鬮，這也叫天意。

大春和小芸想了想，都說好。

大春說我去做鬮，他就去了屋裡，一會兒他拿出兩個小紙團，對小芸說抓勾的去上學，抓叉的去打工。

小芸說好。

大春說那就看命了。我做的鬮你先抓。他雙手合攏把兩個小紙團在手心裡搖了搖，然後遞給小芸。

小芸抓起一個，慢慢地展開，大春問她你抓著的是什麼，叉？

小芸說哥，是……是勾。

大春說那就你去上學。我這個就不用看了。他手指用力地搓揉那個小紙團，然後把它投進了紅紅的火碳裡。紙團冒出一縷青煙，慢慢地變黑，再又變成灰白色，散開。大春噎著喉頭說小芸你一定要展勁讀書！小芸哭出聲來，哥，你是名牌大學呀，哥！

大春說再講這些有什麼用，誰讓我們命這麼苦。我去打工，再苦再累也要把你盤出頭來，小芸你儘管放心。

回去的路上，陳曉康一直在想怎麼就那麼湊巧讓小芸抓著了勾，後來他還是想通了，大春的那個紙團沒有展開就燒了，他做的那兩個紙團一定都是勾。

但願小芸永遠都想不到這上面來。

第二天中午，大春就南下打工去了。他是同小芸一同去的，他要把小芸送到她的那所中專學校辦好入學手續，然後再從省城南下廣州。

上午九點，大春來向陳曉康告別。他說他走後，麻煩陳曉康幫著照看一下他娘，他娘身體差，有個三病兩痛的，給她買點藥或者什麼的。陳曉康滿口答應了下來。

陳曉康問大春你這樣莽莽撞撞下去，能找到事做嗎？

大春說我有一個中學同學，三年前去了南方，現在混得不錯，我去找他。

那天是一個陽光明媚的大晴天，早飯後太陽已經升起了老高，陽光照耀在公路的細沙上面，發出星星點點的細碎的光芒。大春走上公路，陳曉康還在凝視著他的背影。他突然感覺到大春移動著的背影很蒼涼。猛然間，陳曉康發現大春的頭顱已經雪峰似的白了！

幾天不曾注意大春的頭，他的頭髮竟全白了！

劉二毛也發現大春的頭白了，他喊大春，你的頭！

大春回過頭來說我的頭，我的頭怎麼了？

劉二毛說你的頭白了，我今天才注意到你的頭全白了，以往聽老把式講古說伍子胥過昭關一夜白了頭我還不信，以為是扯談的。

大春本能地去抓他的頭髮，不過他的手剛舉到頭頂就定格了，然後無力地垂下來，他對他們笑了笑，說白了就白了，以後有錢了再把它染黑。

他又頓了頓，說我就不信到了南方我掙不了大錢。

大春就這樣走了，而且一走就杳無音訊。倒是小芸常常給她娘來信，她娘不識字，念信回信都是由陳曉康代勞。小芸的信裡常常提到她哥大春，說大春每月都給她寄生活費，讓她娘不用擔心……

中篇

大春把小芸送到那所中專學校辦好入學手續後，當天夜裡就坐火車南下了。登上火車的霎那間他的心裡猛然升騰起一種想哭卻哭不出來的感覺，這種感覺一直陪伴著他的整個旅程，以至他在咣哐哐的晃動的火車上一直是迷迷糊糊的，迷糊中有一種錯覺，他這不是南下，而是在北上，火車一直在向北，向北！直到第二天早上下車後，他在火車站徘徊時看到鑲嵌在那幢大樓上的三個灰暗的廣州站的大字，才如夢方醒，趕急去找開往他那個同學的城市的汽車。

費了很大的氣力，大春才在那個城市的郊外一個小鎮上找到他那個初中同學打工的鞋廠。同學見到大春並不驚訝，只是稍稍愣怔了一下，說我曉得你高考絕不會落榜的，你家裡無力盤你上大學是不是？大春點了點頭。他的同學三年前考上了一所部屬中專，也是因為家裡窮不得不輟學打工。

大春說我們這些農村娃就這個命。

大春真正相信他的同學信上說的混得不錯是在他請他吃飯時，面對一大桌子大盤小碟的叫不出名字的精緻的菜餚時。幾杯酒落肚後，大春才曉得同學在這家千字號人的鞋廠裡是獨撐一面的成型主管。大春想自己進廠的事還不是他一句話。聽了大春的遭遇，也明白大春打工是要盤他妹妹上學，同學說我跟老闆講講，讓你做門衛吧。同學說大春你的能力我曉得，我不把你往車間裡放不是怕你將來奪了我的位置，車間裡是記件，你剛來是個生手掙不了錢，我進廠前幾個月每月只掙百把塊，做門衛沒發展前途，會埋沒你的才能，但門衛的工資是固定的，每個月有六百塊。

大春說看你講到哪去了。

大春曉得不是每個打工仔一進廠都有六百塊錢一月，他感到很幸運，也很滿足。每月有了六百塊的收入，盤他妹妹小芸就不成問題了。

大春在那家鞋廠老老實實本本分分做了大半年門衛。有一天，同學給大春說老闆最近買了一幢別墅，是在有名的臨江社區，那裡需要一個門衛。老闆講要一個老實可靠的人去，我想跟老闆講講讓你去，老闆對你的工作好像比較滿意。

大春說到哪裡不是一樣。

同學說不一樣，去那裡每月一千二的工資。

大春吐了吐舌頭說一千二，那麼高！

同學說是有那麼高，他娘的個麻花頭，守個房子的開價竟跟我這個車間主管差不多了。他是不是堆了一屋子的金條呀。

大春說這麼多錢我為什麼不去，你倒要給我展把勁，免得人家得了這個肥缺。

同學說沒問題，我去纏他就是了。

老闆的別墅座落在珠江岸邊一片剛剛開發起來的被堂而皇之冠名為富豪村的別墅群裡。那裡風光秀美，那些別墅建造得更加漂亮，全部統一規劃，三層樓一幢，每幢都被深紅色的圍牆分割開來，各自獨立，又相互呼應，而且每幢房子都帶有門衛室，有門衛把守，捍衛那些有錢的富豪們的尊嚴和安全。門衛室與樓房分開，在院門口，老闆一般是不讓門衛進去的，那裡面的天地只屬於他們自己。

大春在那裡做門衛每天都很無聊，不是在欣賞那些造型別致的房子，就是揣摸那些房子的價錢。他起初心想每幢房子怕要好幾十萬吧。後來聽說了它們的真實價錢竟然好幾天說不出話來。買一幢這樣的別墅的錢堆放在一起讓他扛他肯定扛不動，讓他一張一張去數他一天一夜也肯定數不過來。

大春在那裡守了半個月別墅又曉得了這個富豪村竟然還有一個別名：二奶村。二奶的意思大春有好長一段時間都沒弄懂，後來還是他的同學給他解釋清楚的，說那些有錢的老闆們買來別墅並不是居家用的，而是用來養小老婆的。

二奶就是小老婆。

大春這才明白別墅裡並沒有住著老闆一家人。他以前只見老闆的賓士車進出，並不注意車裡坐著什麼人。老闆有時來得勤，有時又幾天都不來，原來是這樣！

大春以後注意觀察了幾回，果然回回見到老闆帶來的都是面孔不同的年輕漂亮女子。

大春心裡受到強烈地一震！他想多數時候我只是守著一個空宅，不是空宅的時候就是淫窩。他有了一種受辱的感覺，狗日的把我劉大春當什麼人了，一條看家的狗也不如！大春把他的這種感覺給同學說了，同學說大春你這種感覺很危險的，這裡是南方，你管它是空宅還是淫窩，你掙你的錢就是了。

大春說我怎麼看那幢別墅都像是一座墳墓。

同學說你把自個兒當成一個守墓人得了。你關鍵是掙錢，他不少你工資就成了。

大春想了想，覺得同學說得不無道理，點了點頭稱是。

大春給老闆守了一個多月別墅，第二個月碰上一個造孽的老把式，砸了他的飯碗。

那天中午，老闆的賓士又來別墅了，大春為他打開鐵門，這天不知為什麼，老闆的心情格外好，停住車子，而且搖下玻璃窗，給大春甩了一包五五五。因此大春看清了車內坐著的那個年輕女子的面目。大春一眼掃過去，覺得那女的面熟，又多看了她一眼。大春認出她是他們廠裡的總機小姐。大春在廠裡做了大半年門衛，男男女女都有些印象。大春當時就罵了一句狗日的，兔子不吃窩邊草，這老闆他娘的不是人！不過大春對那個總機小姐也沒多少好感，有好幾次小芸給他打電話，她都懶得轉到門衛室來，小芸在信上說害得她多花了許多長途話費。大春想這個總機小姐走路挺胸撅臀的，看起來一副高傲的樣子，想不到也是這路貨。

一個小時之後，那個四川老把式來了。

首先是在別墅的鐵門外東張西望，畏畏縮縮的，後來走攏來把臉貼在鐵門上往別墅內張望。那是一個一眼看上去就曉得他是外地人的老把式。大春走出門衛室問他幹什麼，鬼鬼祟祟的？老把式說他是來找他女兒的，並且一把抓住大春的手說他女兒到這裡來了。大春以為他是精神病，就笑笑地說你女兒是誰，誰是你女兒？

老把式說我女兒叫趙小豔。

大春說這裡沒這個人。

其實他也不知道總機小姐叫什麼名字。

老把式說她到這裡來了，我聽人說了，老鄉，麻煩你幫我叫叫我女兒。

老把式從貼身襯衣裡抖抖索索地捧出一張彩色照片，遞給大春，說老鄉，幫幫忙，我女兒是來了這幢十九號的房子裡。大春說我懶得跟你講，你快點走。老把式說老鄉你先看看這張照片，她就是我女兒，你是不是看見她進去了。他說著說著就抹起眼淚來了，他給大春說他是千里迢迢來接女兒回去的，女兒打工已經五年沒回過一次家了，只寄了這麼一張照片，還是她剛打工時照的。女兒給家裡的錢倒是越匯越多，她哪能掙那麼多錢呀？老把式說著說著就哭出聲了，說他找到了女兒打工的鞋廠，聽一個同鄉的門衛說女兒是來了這兒的十九幢房。

大春曉得那個門衛是川老鼠小余，小余和他玩得來，到這兒來找他玩過幾次。小余跟那個總機小姐是一個縣的人，他曾經下工夫追過她。小余肯定見到老闆從廠裡接走了她，就把她老爹支使到這邊來，存心要讓她在她爹面前丟臉。大春接過那張照片看，照片上是一個衣著樸素長得清清爽爽的小女孩，她的頭上還紮著兩個羊角辮呢，背景就是那家鞋廠的車間樓。

可以認出這個十五六歲衣著樸素長相甜甜的小女孩正是那個現在異常豐滿窈窕的總機小姐！

大春看到那張照片的時候他的心裡疼了一下，那一刻他想到了小芸。當初他堅決不同意小芸南下打工就是怕小芸走到這一步。

大春給老把式說你女兒是來了這裡。

老把式說你能幫我叫叫她嗎？

大春說我不能進去，我的職責是守在這裡，我從來沒有進去過。

老把式說那我自己進去行嗎？

大春想也沒想就開門放行了。

大春當時只是想讓那個老把式進去好好教訓一下那個瘦猴似的老闆，但他沒想到他會傷了一個做父親的心，令那個老把式悲痛欲絕，他更沒去考慮會不會砸自己的飯碗。

老把式進去後可能正碰上那個跟他差不多年紀的瘦猴似的老闆正和他女兒親昵或做愛什麼的。不大一會兒，大春就看見那個老把式把他的女兒從別墅裡拖出來了，總機小姐衣衫不整，雲鬢散亂，她的父親卻是一副氣頂喉的悲楚的神情。大春永遠也不會忘記那個老把式那種神情，那是用悲楚、痛苦、絕望這些詞語所刻劃不出來的，一種深深的自責襲進了大春的心靈。

沒過多久，老闆出來了，大春看到他的臉上有幾道血痕，而且他的腰一直弓著，直不起來，整個兒一隻瘦蝦似的。

大春看著他的狼狽相，心裡不由地打了個悶笑。

老闆沒有奔向他的車庫，而是弓著腰朝門衛室奔來，衝著大春吼道你他媽的馬上從這裡滾蛋！

大春回過神來，說老子才不想給你他娘的幹，老子賺你幾個臭錢，你以為老子心裡好受！

大春被炒魷魚之後，有很長一段時間都處在失業的焦慮中。幸好給林老闆守別墅的那個月的工資全部帶在身上，沒給小芸匯去，他以前每個月給小芸匯四五百塊錢，他估計小芸攢點的話還可以維持兩個月。他想當務之急是趕快找到事做，因為小芸下個學期的幾千塊錢學費還得靠他去湊。

大春在那座城市的郊外租了一間低矮潮濕的出租房作為棲身之處，然後他就每天在這座城市裡奔波，去找事做。在整整一個月的時間裡他每天清早滿懷信心地出去，黃昏卻拖著疲憊的雙腳失望而歸。這座城市的外來工早就飽和了，廠家招工顯得異常地挑剔，除非你有技能或是某一工種的熟手，大春在那家鞋廠裡幹的是門衛，身無一技之長，又無熟人引薦，他每天碰得焦頭爛額卻毫無結果。

大春眼看著身上的錢如同流水一樣開支出去，一日比一日少，內心焦急得像懷裡揣了一個大火爐似的，他感到快要被焚燒了。

就在極度絕望的時候，他終於抓到了一個機會。

大春在一座天橋柱子上看到一張巴掌大小塑膠廠的招聘啟事，啟事上寫著由於趕貨，急招五名男工。落款日期是當日的。一般廠子只招女工，很少有招男工的，大春覺得這是一次機會，他決定去試一試。

那個老闆姓侖，是一個典型的南方人，臉黑、個矮，而且肥敦敦的。他的那個塑膠廠其實很小，只有二十多號人。大春走進老闆的辦公室應聘時往車間裡掃了一眼，注意到那些忙碌的工人們一個個瘦嘰巴巴的，以致一會兒後他看到肥敦敦的侖老闆時第一個想法就是那些工人們身上的肉好像是往這個老闆的身上跑來了。大春當時還想到了這個有著彌勒佛面孔的老闆怕是不那麼仁慈的，這人整個兒一個黑白電影裡的資本家的翻版。但他管不了那麼多了，他需要的是趕緊找到一份工作，有一份收入。這才是最重要的。

令大春想不到的是這個老闆卻異常和氣地讓他在他的辦公桌前坐下，他則眯著細眼問大春你是什麼地方的人？

大春說湖南的。

俞老闆問湖南什麼地方，你們那裡富不富裕？

大春說湖南湘西的。

俞老闆端正了一下坐姿，說湘西，我聽說湘西是貧困地區，是吧？

大春說是的。

俞老闆又問你家裡貧不貧困？

大春說貧困。

俞老闆說我是問在你們村裡你家算得上富裕還是貧窮？

大春一時摸不清老闆的用意，不知怎麼回答。

俞老闆這時突然問你多大了？

大春說十九歲。

俞老闆笑出聲來，說我看你有五十六十了，你的頭都白了。

大春下意識地摸了摸他的頭，頭髮還是兩個月前染的，肯定又變白了。大春給俞老闆說其實我家裡很窮，差不多連飯都吃不上，我還有一個妹妹在上學，我出來掙錢就是要供她讀書。

俞老闆說好了好了，我這人心腸軟，最聽不得別人的血淚史，你就留下來幹吧。

那一刻大春想這個俞老闆其實還是不錯的。

到了晚上，大春聽一個老員工說了，才知道其實根本就不是這麼一回事。那位老員工給大春說侖老闆專招家裡困難的外來工，是他知道這些人能為了錢下苦力，而且不花心，容易滿足現狀，不跳槽。他說這個廠子雖然人少，但活兒又髒又累，而且工作時間特別長，每天得幹到大半夜，如果他招來的人沒有勞動習慣，誰受得了。他還說這些天侖老闆又接了一批訂單，我們又得沒日沒夜地給他幹了。

大春問他這麼苦，你們一個月能拿多少錢？

那人說我這個月拿了兩千多，少的也有兩千來塊吧。

大春的喉節嚅動了幾下，把泛到口裡的津液嚥下去，心想再苦再累我也得拚命幹上一段時間。

大春那隻手被絞進機器裡是在他進廠的第七天深夜裡。

確切的時間大春是後來聽一個工友說的。為了按時交貨，老闆督促他們沒日沒夜地幹活，飯菜都是派人送來車間的，他們只要一放碗就立即開工。廠房裡二十四小時被日光燈照耀著，好多天來大春都沒見過白天和黑夜了。起初的一兩天大春還吃得下一兩碗飯，隨著熬夜時間越來越長，他的食欲越來越差了，往往只挑一兩筷子就再也咽不下去了。大春還算口硬，許多人的飯菜幾乎是原封未動地又端出去了。現在大春明白了為什麼一個個員工都瘦饑巴巴的，原來他們身上的肉就是這樣往侖老闆身上跑去的，大春感到他身上的那些在他當門衛時積攢下來的肥肉也正在嗤嗤地往侖老闆身上跑。這樣的幹法誰都無法撐得住，員工們都瞄著俞老闆和那個是他姪子的工頭，只要他們一回辦公室，就放慢手裡的活兒或者乾脆打一個小盹兒。但這樣的機會很低少，因為他們是輪流休息，替班督陣。那個俞老闆雖然生了一副彌勒佛的善面孔，卻比黑白電影裡的資本家還資本家，一發現有誰在偷懶就會暴跳如雷，毫不吝嗇地講他吃爆粟子。

那個深夜出事正是因為大春打盹。他實在熬不住了，迷迷糊糊地趴在機器上睡著了。是俞老闆在背後把他拍醒的。到現在大春的耳邊還會不時地猛然響起那聲惱怒的聲音：斷料了！正常操作是用棍子把塑膠捅進入料口，大春被老闆這麼一吼，加之他的背上受了重重地一擊，條件反射蹬地站起來，慌亂中就用他的右手去灌盛在漏斗上的塑膠，他的手連同塑膠一起絞進了機器裡。大春立時被一陣鑽心的疼痛擊昏了過去。

他同時還發出了一聲響徹車間的呻吟：哎呀！

醒來之後，大春發現他躺在一家牆壁髒兮兮的小醫院裡，隨後看到了他的那隻觸目驚心的右手，根本沒作過任何包紮，血肉模糊，食指、中指、無名指痙攣地扭曲在一起，從那裡傳來一陣陣火燒火燎的疼痛，痛得他滿頭滿身大汗淋漓，把病床上的被子全濡濕了。

大春醒過來時看了看天色，其時正有一大片醒目的陽光照耀在對面一幢玻璃大樓上，時間應該是早上七八點鐘的樣子。大春感到他腦殼裡迷迷糊糊的，有很濃重的睡意。知道他是被痛醒的，不然熬了這麼多夜的瞌睡就是睡三天三夜他也醒不來。大春朝四下望瞭望，沒有一個人影，他想肯定是俞老闆讓工友們把他送來醫院的，那些工友們又回去趕貨了。

正在大春看著他的那殘廢了的右手黯然神傷時，病房裡來了一個女護士，說你還住不住院？

大春說我的手沒好我不住院難道出院？

那個護士說不出院再去交一千塊錢。

大春說怎麼就沒錢了？

護士說昨晚送你進院的人只交了五十元，早就用完了。

大春說我是宏鑫塑膠廠的，工傷，我們俞老闆會來結帳的。

那個護士冷冰冰地說交了錢你再來住院。現在你走吧，床位我們已經安排別人了。

大春只好吊著那隻血淋淋的右手出了醫院，去找俞老闆。

當大春忍痛吊著那隻殘廢了的尚在滲血的右手來到塑膠廠，令他想不到的是那個俞老闆卻矢口否認大春是他廠裡的員工。俞老闆對走進他辦公室的大春唬著臉說你是誰？你來幹什麼？

他的口氣很嚴厲的，像根本就不認識大春。

大春的腦子嗡了一下，明白姓俞的翻臉不認人了。大春知道像他這樣殘廢了一隻手的工傷事故，拿到檯面上去說，老闆不但要負責把他的手徹底治好，而且還得給他補償一筆數目可觀的損失費。事實上在來塑膠廠的路上大春也一直在考慮這個問題，他想他的右手算是徹底廢了，再不可能打工了，如果侖老闆要跟他商量補償，他想最低不能少於兩萬這個底數。他可得靠這筆錢養家糊口，盤小芸上完中專。現在侖老闆矢口否認認得他劉大春，分明是不想付給他補償費，大春的臉也沉了，由於疼痛，而且扭曲著，他說我在你廠裡幹了七八天，出事了你就不認得我了！

侖老闆板著臉說我這裡沒你這個人，你趕快給我滾蛋。

大春說你把我的手治好，賠償我這隻手的損失費我就走人。

侖老闆跳了起來，咆哮著說我給你賠，你他媽的瘋狗咬了也找我來賠，想得臭美。

大春說你不賠我也有辦法，我去投訴，我不信沒人治得了你。

侖老闆爆發出一陣哈哈大笑，說你去呀，你要是找不到地方我可以告訴你，你說你是宏鑫的工人誰他媽的信你誰他媽的就是傻蛋，你有用工合同嗎？你去車間問問工人們誰認識你？

大春一下子呆了，他確實沒有用工合同，當初想也沒想到這上面來。

侖老闆看見一個工人從廁所出來，叫住那人，胡大柱，你過來。

他指著大春說他說他是我們廠的工人，你認不認得他，不認得吧？

大春說老胡我是劉大春呀，開絞碎機還是你教我的。

胡大柱愣在那兒，不作聲。

大春想即使老胡說他認得他也是沒用的，侖老闆還不讓他立馬滾蛋，他就不再問老胡了。

侖老闆滿意地笑了，聲音也柔和了不少，說你講你在廠裡幹了七八天，卻沒一個人認得你，你看這是不是一個天大的笑話。接著他就變了臉，說你他媽的來老子這裡訛詐，老子一個電話就讓派出所把你銬走，你信不信？

大春說我相信你什麼事都做得出來。

侖老闆說我看你還是趕快滾吧。

大春一字一頓地說姓侖的你別把人逼急了。

大春認定他不能平白無故地丟了一隻手。

但那時候他還沒動殺人的念頭。他需要的是錢，讓侖老闆的那一包下水流出來也換不了錢。那些日子他身上只有百十塊錢了，要命的是南方正是大熱天，氣溫高，他的右手已經開始發炎化膿。他每天到一家小診所裡去打消炎針，打過針後就去那個塑膠廠附近轉悠。

那個塑膠廠在背街的一幢舊樓的三樓上，樓梯口安裝了一個鐵門，大春去了幾次，發現那個鐵門隨時都上著鎖。這個獨門以前只在員工們睡下後才落鎖的，現在侖老闆是怕大春再來找他糾纏。

大春根本沒法進去。

時間過去了五天。

那天中午大春打過消炎針走進一家小吃店要了一碗米粉，付款後發現身上僅僅只剩下二塊五毛錢。他走出小吃店，然後在那條街頭的地攤上用僅有的二塊五毛錢買了一把雪亮的水果刀。他把刀往後腰一別，就邁開大步往那家叫做宏鑫的塑膠廠走去，去找侖老闆。

那日侖老闆的那批貨還沒趕出來，大春走到那幢樓前停下腳步站了一會兒，大白天三樓的車間裡依然燈火通明，機器刺耳的咔嚓聲也應該響著，但大春聽不到。他在樓前稍稍站了一下，就往三樓走去。巧的是那天那個獨門卻沒有落鎖，不知是侖老闆忘了，還是有人外出忘了鎖，大春推開鐵門後一路暢通無阻地往那個侖老闆的小辦公室走去，然後響亮地敲響了那扇小門。侖老闆正好就在裡面，他問誰呀？

大春推開虛掩的門進去了。

侖老闆抬起頭來看見進來的是劉大春，跳起來說你怎麼還沒走？

大春說你沒賠我錢我是不會走的。

侖老闆說老子又不欠你錢，你趕快給老子滾！

大春不滾，說你賠我這隻手的損失，還有醫藥費和我幹了八天的工資我就走人。不然老子也是不管卵的。

侖老闆說我要是不給你呢，我就是不給你你能把我怎麼樣？老子有的是錢就是不給你。他拉開抽屜，從裡面拿出一沓錢拍在桌上。那是一沓差不多有一指厚的百元大鈔。侖老闆說你這湘西窮鬼怕是窮瘋了，我有錢就是不給窮人。

大春看到那些錢眼睛一下子亮了，他沒注意到侖老闆已操起一隻鄉錘向他逼過來。等他發現了才本能地偏了一下頭，摸出他的那把雪亮的水果刀。

鋤錘重重地砸在大春的肩膀上。

水果刀也毫無聲息地紮進了侖老闆的胸膛。

等大春去撫摸他發麻疼痛的肩膀時，侖老闆已像一灘爛泥似的滑倒下地了。他甚至連哼都沒來得及哼一聲就死去了，代替他哼的是他手裡的那隻鋤錘，它在侖老闆的手裡隨同他一起滑倒下地，發出一聲清脆的聲響。侖老闆的血是過了一陣才流到地板上的，那時大春已經把他桌上的那沓錢揣入了懷裡。大春對躺在地上的侖老闆看了兩眼就往外走，走了幾步，他再一次轉身跨過侖老闆的屍體奔向他的辦公桌，拉開抽屜，那裡面還有一沓跟桌上那沓差不多厚的錢，大春把它也一併揣入懷中。然後出了辦公室，關好門，從從容容下了樓。此時車間裡的工人們正幹得熱火朝天，忙著自己手上的活兒，誰也不知道一樁命案已經在隔他們只有幾丈遠的小辦公室裡發生了。

一出那棟樓，大春就飛跑起來。當天夜裡，他找到了我們這個縣跑那座城市的長途汽車，離開了那座城市。

下篇

大春在陳曉康家門口下了車，一眼就看到坐在那裡扯談的陳曉康、劉二毛和另外幾個小青年，大聲地邀請他們一起上他家去喝酒。

陳曉康驚奇地說怎麼回來啦？

大春說回來啦。

劉小飛說你頭髮染黑了，我都沒認出來。

劉二毛說大春你酒都沒買，怎麼喝。

大春說，我這就去代銷店裡買。

突然，劉小飛大叫起來，大春哥，你的手，你的手怎麼啦？

大家一齊朝大春的手上看，只見大春挽著袖管的右手業已沒有一根完整的手指頭，那些曾經彎曲自如的手指頭全部痙攣地粘貼在一起了；手掌手背也沒有了一塊原始的皮膚，整只手上只有一片紅紅的暴肉，血肉模糊。

大春輕描淡寫地說，讓機器絞了。

儘管大春真誠地邀請他們去喝酒，但再沒一個人肯去了。他們不忍心看大春母子抱頭痛哭的場面。大春娘看到她兒子那隻殘廢了的手不知又要流下多少淚水。

大春看見陳曉康家堂屋裡堆放的那一堆小山似的烤煙專用肥是在回家後的第二天上午。

秋收過後農人們沒什麼事情可以去做，每天都有人在陳曉康家門口打牌。貓莊人打牌輸贏不大，玩一整天也就十來塊錢，不用防著誰，打牌從來都是露天的，因此多數時候打牌的沒有看牌的人多。吃過早飯大春也從家裡出來玩，他把一包好煙用他的一隻殘廢了的手和一隻完好的手通力合作散發給大家後，陳曉康讓他自己進屋去拿椅子，進屋後就看到了那一堆小山似的烤煙專用肥。

大春說你家買這麼多專用肥做什麼用，放到明年還不走氣？

陳曉康說誰願意買，今年烤煙只付百分之七十現金，其餘百分之三十就拿專用肥頂。

大春說拿這破玩意兒頂你們願意？

看牌的打牌的都說有什麼辦法，煙站裡說付不出來錢。

大春蹲在那堆專用肥上仔細研究起來，一陣後他說你們曉不曉得，這專用肥還有個卵用，是五年前產的，早過期了，沒氣了。你們都是些死卵，這是煙站裡賣不出去的。

一個上年紀的人說大春今年你家不栽烤煙，落得你說輕巧話。

大春問陳曉康，這一袋肥料值多少錢？

陳曉康說每百斤作價九十四塊？

大春說我的天啊，這些肥料就是不過期煙站裡每百斤起碼要賺你們幾十塊錢，全鄉有多少烤煙戶，他們要賺多少錢？他們這是把垃圾當金子賣。你們這些人都是些死卵，你們也肯要，是我我就不要。

大家都說全鄉都這樣，你講我們不要能怎麼搞？

大春說你們就不會上告，或者向上面反映，煙站這麼搞是不合法的。

那個上年紀的人說煙站站長是王站長的兄弟，自古官官相衛，誰肯成頭得罪當官的。

大家都說是呀，是呀，又不是哪一個人的事，這年頭！

一個打牌的小青年說人家要是沒後臺他也不敢這麼搞。

因為那些烤煙專用肥，大春特意進了一次城。在縣城裡呆了三天，回來後他跟陳曉康說你曉不曉得煙站裡每百斤賺了你們多少錢？每百斤從州裡進過來現價才四十六，三年前進價才二十七塊多點。不講它們還有不有效，他們給你們賣了差不多三倍的價錢。

陳曉康說就為這個你專門進了一趟城去調查？他預感到大春還會有進一步的行動，陳曉康記得大春曾說過他是不會放過王站長和他的兄弟的。

果然大春又拿出一疊質地很好的紙張，說你看看這個，是在城裡請人列印的。我準備這幾晚張貼到鄉場上和有煙農的村寨裡去。

陳曉康接過來說你這象搞地下工作似的。

大春笑著說我不得不講究些策略。

這是大春寫給全鄉煙農的題名為《告全鄉煙農書》的公開信。在這封公開信裡，大春以一個煙農的身分措辭激烈地告訴全鄉煙農們鄉煙站拿過期的專用肥頂煙錢是不合理也是不合法的，是在坑我們煙農。他還列出了這些專用肥的進價和賣價的巨大差價，說我們辛辛苦苦種煙只養肥了鄉里和煙站的一些頭頭腦腦，而我們自己卻什麼也沒有得到，除了一堆沒效的專用肥。最後他在公開信上公然鼓動煙農們起來反抗，與吞侵我們血汗錢的貪官污吏鬥爭到底，把所有的專用肥拉回煙站裡去，讓他們給我們付現金。

不過大春還是動了點腦筋，他的公開信落款是一個要討回公道的煙農。由於沒有署名，又是列印稿，這封公開信後來讓鄉派出所所長李大林忙乎了好一陣子，最後不了了之。

陳曉康看過後還給大春說你這麼做作用不大，反而會惹火燒身。

大春說試試吧，不行再想其他辦法，我是不會放過那兩個狗東西的，是他們害死了我爹的。

陳曉康看到大春的雙眼裡迸出一道凶光。

三日後逢鄉場，陳曉康去趕場，果然在鄉場上的一個旮旯裡看到一張貼在牆上的《告全鄉煙農書》。這是陳曉康在鄉場上看到的唯一一張完好如初的，其他地方的都被揭去了，或留有少半邊，或剩下粘牢了的一角，其中有一張是貼在煙站的鐵門上的，被人摳得一片白一片黑。大春真是說到做到，陳曉康想像不出這幾夜他是怎樣地奔忙！

但是大春的奔忙註定只是一場空忙。大春畢竟年輕，他過高地估計了輿論在農村的力量。《告全鄉煙農書》沒有像他期待的那樣引起強烈反響，煙農們至多在自家心裡罵罵煙站人的黑心，泄泄心頭的不滿，沒有人當真把那些過期了的專用肥拉回煙站去找他們理論。

這些人自然也包括最先讀到《告全鄉煙農書》的陳曉康。

因為這事，大春常常在陳曉康面前罵他們那些煙農儘是些死卵，不曉得保護自己的權益。他說我怎麼也想不到你們這些農民竟然這樣的麻木，難怪那些狗官們膽敢如此放肆地搜刮民脂民膏，其實他們是被你們這些麻木的農民慣壞了的。

陳曉康說大春你把社會上的事想像得太黑暗了。

大春說事實就是如此，王站長和他兄弟兩個狗東西是不是好官，那個侖老闆是不是個好人？要是你，你捅不捅他一刀子？這個世道越來越壞了，這個國家就會被越來越多的壞人弄得不成樣子。

大春這樣的言辭是有些過激了，他的看法也是片面的，陳曉康已經聽大春說過他在南方的遭遇，知道一個人對社會的看法與他個人的遭遇有著密切的關聯，大春的遭遇使他有這樣的看法其實一點也不為奇。

過了幾天，在一個月黑風高的夜晚，大春娘突然摸來了陳曉康家。

她還沒有坐穩，就急切地對陳曉康說她是為大春的事來找他的，早幾天就想來了。陳曉康弄不清她會為什麼事找他。大春娘說大春有什麼事肯跟你講，曉康你曉不曉得大春哪來那麼些錢的？她接著告訴陳曉康說她在給大春換墊被時發現墊被下稻草裡藏有一沓厚厚的百元大鈔，她說她數了不下二十回也沒有數清那沓錢到底有多少，反正很多，差不多有她一生中聽也沒聽人說起過的那麼多。陳曉康能想像得出來大春娘最初發現那些錢時目瞪口呆的樣子，還能想像出隨後她就應該不停地拭察她的那雙渾濁不清的眼睛。要是早兩個晚上，陳曉康還沒聽大春說過他在南方的遭遇，他想換了他也會目瞪口呆，也會懷疑自己的眼睛。聽大春說那沓錢還有兩萬多（他說一共從那個死鬼手裡搞了三萬多，給小芸寄了八千），兩萬多塊錢紮在一起能有多厚陳曉康也不清楚。大春娘說她問過大春哪來那麼些錢，大春說是廠裡給他那隻殘廢了的手賠的。

大春娘說一隻手能賠多少錢？我擔心大春在外面幹了什麼壞事，他的那些錢是不是不來路清白？

陳曉康自然不能給她說大春在外面殺過人，那些錢實際上是搶來的。這樣說了，即使她不拉著兒子去派出所自首，也會日夜寢食不安，要不了幾天就會把她愁死。

陳曉康告訴她他聽大春說了，他的那些錢確實是廠裡補償給他的。

大春娘還是難以完全相信，她說哪能有那麼多呀？

陳曉康只好進一步安慰她說殘廢一隻手在下面補幾萬不算多，那裡是特區，我聽人說汽車軋死一個人動不動就得好幾十萬，上面能有多少，也就五六千，像大春這樣殘廢一隻手得兩三萬按上面算也就是幾百塊錢。

大春娘憂心忡忡地說我怕大春這孩子在外面幹了壞事。說到這裡，她已是眼淚婆娑，說我家大春就是命苦，要是他爹還在，他現在還是一個大學生。他真是命苦，下去打工為小芸盤書又丟了一隻手，今後還怎麼討吃呀！

陳曉康說大春有了那些錢，你不如勸勸他做點生意，在鄉場或鎮上租間房擺個攤，大春有腦子有文化，還愁討不了吃，我看他發財都容易。

大春娘說我哪裡勸得了他，他在外面跑了一年，心都跑花了，你看他回來後在家裡好好呆過一天沒有？又說曉康我看不如你勸勸他，他肯聽你的。

陳曉康說好的，哪天我去勸勸他

她在陳曉康家呆了不上半個鐘頭，又顫顫魏魏地回去了。

陳曉康給大春說了幾次，讓他拿那些錢去做點生意什麼的，他說你要是嫌鄉場地方小，可以去鎮上或縣城裡，還說你手裡那些錢這樣跑來跑去，還要供小芸上學，只開支出去而沒有收入進來，它們經得起幾年折騰？再說你娘也整天為你擔心，你不是沒有腦子，可以幹出點名堂來的。大春每次都只是笑笑，他總是說我自有打算，我是要幹出點名堂來的。

誰也沒有想到大春的打算竟然是要當貓莊村的村長，而且他真的當上了村長。

這年十月，貓莊村委會換屆選舉，全村有選舉資格的村民都聚集在村部樓前選舉新一屆村委會成員。鄉上也來了兩個副鄉長，一個人大主席，還有兩個當差的。村部樓前臨時搭起一個主席臺，貼了宣傳標語，還支起一塊黑板用來記票，以示選舉的正規。

鄉上的人大主席在選舉前講了幾句話，他說選舉和被選舉是憲法賦予每個公民的權力和義務，希望大家端正態度，認真填好自己神聖的一票，選出能為大家謀福利的村委會班子。人大主席講的是每個人都有選舉和被選舉的資格，但黑板上早就列好了候選人，選票上也填好了這些人的名字，虎視眈眈地等著村民們打勾打叉。

無論黑板上還是選票上最初都沒有大春的名字，他的名字是後來加上去的。

大春是在發完選票後來到選舉現場的。那段時間一個姓彭的副鄉長突然心血來潮，要幾位候選人上臺給大家說說話，講講自己的施政構想。彭副鄉長說是騾子是馬拉出來溜溜，選誰不選誰村民們心裡有個底。最先發言的兩個人一人是前任村長，一人是前任村秘書。他們的發言都是先匯報了前屆村委會的工作成績，然後又說了一些帶大家齊心協力奔小康的豪言壯語，讓人覺得他們不是說給村民們聽的，而不說給鄉政府人聽的。

他們走下臺來，大春就走上台去了。在村民們的眼裡主席臺是一個神聖的地方，大春往主席臺上走去引起下面村民們的一陣騷亂，有些小青年喊大春你又不是候選人，也要給我們講話呀。大春向人大主席和彭副鄉長大聲說村長的候選人是不是固定死了的？不是貓莊所有的村民們都有資格競選村長嗎？那些鄉幹部都大眼瞪小眼地望著大春，台下的村民們又是一陣騷亂，在他們看來大春這是在砸鄉政府人的場子。大春接著對鄉幹部說據我所知憲法規定凡是年滿十八周歲的中華人民共和國公民都有選舉和被選舉的權利，是不是的？

人大主席忙說是這樣的，你的意思是……？

大春說我想參加競選村長的選舉。

彭副鄉長來了興趣，說你好像很有把握，你是初中生還是高中生？

一個年輕的鄉幹部給彭副鄉長說劉大春是我的同學，縣一中的高材生，考上了北京的一所名牌大學，家裡出了變故供不起他沒去成。

彭副鄉長說不錯，不錯，現在基層幹部也要提倡年輕化、知識化。他對那個鄉幹部說彭平，你把他的名字加到黑板上去。

大春對彭副鄉長說把握談不上，不過我也想給大家講幾句話。

大春轉過身來，面向村民們，清了清嗓子說剛才兩位候選人的那些豪言壯語我劉大春不敢講，如果大家相信我，選我當村長，我在年內給貓莊辦兩件實事。第一件實事是我私人給大家辦，大家曉得村小完工後還差三千塊錢的裝修費，再窮不能窮教育，再苦不能苦孩子，我們一定要給孩子們創造一個美好的學習環境，大家也都曉得村委會打算靠村民們集資來解決這筆資金，但是貓莊人都不富裕，人均差不多要攤上近十塊錢，我的想法是這筆錢我先墊上，可以算是村委解決的，也可以算是我個人捐贈的，各位都是我的叔伯姑嬸兄弟姐妹，我劉大春的遭遇大家都清楚，我在下面打工丟了一隻手補了一些錢，這點錢供我妹妹小芸讀書眼前這兩年還有點餘的，就算是我對大家的一點心意，趕快把村小裝修起來，到大冬天裡別凍著孩子。說實話，我爹過世時全靠各位幫忙，你們連我家的飯都沒吃一口，在此也算是感謝。這第二件實事，如果大家選我當村長，我保證在年底湊足三萬塊錢打通下壩的那口天眼，大家都看得見，今年下壩的那一百多畝好田又沒得一根稻草。貓莊田大丘，十年九不收，貓莊之所以這樣窮，像我這樣考上了大學沒辦法去讀，害就害在這口天眼上，年年都要淹一兩百畝的好田。我記得聽上年紀的人說過一九五八年大躍進時曾打過這口天眼，幾十年裡水患並不大，責任制時下壩都是當一等田分的，只是由於後來幾屆村委管理不善，天眼又被堵塞了。大家想想，如果再把那口天眼打通，下壩的田不再被淹，全村每年就能增產一二十萬斤糧食，貓莊人的溫飽就迎刃而解，那個時候我們就可以去考慮怎樣奔小康了。天眼是貓莊人奔小康的絆腳石，不打通，貓莊永遠得窮下去。

大春這番話說得很動感情，貓莊人又都曉得大春的遭遇，他們沒有拍手鼓掌的習慣，大春說完了人群裡還是靜極了，有些上了年紀的婦女還抹起了眼淚。前村長和秘書卻不被動大春感動，前村長首先向大春發難，大聲問大春你從哪裡弄來三萬塊錢打天眼，我們村委幾年來哪天不在想打天眼，可是錢呢？

前秘書也附和著說你莫不是又要大家集資？

許多村民也跟著說打天眼我們一百個擁護，要集資我們哪裡集資得出來。
大春說我曉得大家怕集資，也集資不出來那麼多錢。我自然會有辦法的。
前村長說那就是一句空話。這些年我們向鄉上縣上打了多少報告就得了多少空話，你的話比那些領導還值錢？
大春說我可以向大家保證。
彭副鄉長說大家安靜些，關於貓莊打天眼的事鄉里也很重視，但鄉里資金實在困難，村裡能自己解決那是再好不過了。他又對大春說你的辦法可以向大家說說嘛，可行的話才能證明你說的不是空話。
大春說我現在不能說，如果大家不相信我劉大春，我可以當著鄉政府的幹部，當著全體村民們給村委一萬元押金，我當了村長到年底要是湊不攏來三萬塊錢，就拿我私人這一萬去買雷管炸藥，天眼一定得打，貓莊早一天打通天眼就早一天搬開走向富裕的絆腳石，利在當今，福澤子孫。
大春從懷裡掏出一沓錢拍在主席臺的桌子上。
村民們呆了。
鄉幹部也呆了。
不知台下誰說了一句，大春把錢收起來，那可是你家小芸要讀書的錢。村民們也七嘴八舌地說開了，他們說是看著大春長大的，人既誠實可靠，又有文化，命好早就不待在貓莊這地方了，他們說他們相信大春。

鄉幹部就不再好說什麼了，大春一走下主席臺，他們就吩咐村民們抓緊時間填選票，不一會兒那個叫彭平的當差的開始一張一張地唱票。

唱票的結果不言而喻：大春名字後面歪歪斜斜的正字最多。

那天晚上，大春去陳曉康家。陳曉康戲謔他說劉大村長你怎麼湊三萬塊錢打天眼，三萬塊可不是小數目呀，莫非你自個兒出？大春說你以為我從下面抱了三五十萬回來了。陳曉康說前村長和秘書背底裡說你花錢買選票，攏絡人心。大春說隨便他們嚼舌頭，你不想想村長算個什麼狗屁官，值得買嗎？你曉得我那些錢來路不正，把它用一點在孩子們身上讓我心安理得些。

陳曉康說那三萬不是不你自個兒出？

大春說我給你說實話了，我就那點錢，你真以為我抱轉來三五十萬？

陳曉康說你真湊得攏來？

大春說村裡本來就有三萬塊錢。

陳曉康說你聽誰說的，村裡有錢早就打天眼了，人民群眾要求打天眼的呼聲很高，難道是前屆村委的人貪污了不成？

大春說村裡確是有錢，只不過要動腦筋才拿得到，這些錢現在在鄉幹部的荷包裡。

陳曉康說大春我不明白你的意思。

大春說你翻翻今年鄉政府發給煙農的《全鄉煙葉收購合同書》你就明白我的意思了。

陳曉康說那個合同年年都有，我看過百遍了。

大春說我也看過幾遍了，合同書上不是寫著每戶煙農給鄉煙站交一斤等級煙葉縣煙草公司就有一元錢的返回金嗎？鄉政府占百分之四十，村裡占百分之六十，我調查過今年貓莊村交了五萬斤等級煙葉，不是有三萬塊的返回金嗎？

陳曉康說是有這麼回事，你這是拿雞毛當令箭，年年都是這麼說的，有哪一年兌現過，鄉政府為了發動各村種煙，給村裡畫餅充饑罷了。

大春說有合同書，白紙黑字的，年年不兌現是村委太軟弱了，或者鄉上真正用到公益事業上去了，但今年不同，今年的返回金卻是被鄉幹部們瓜分了，我既然當了村長，我就有本事讓他們嘔出來。

陳曉康問你怎麼曉得被他們瓜分了？

大春說我的同學彭平在鄉財政所裡，他分得最少，得了兩千塊，王站長那個狗雜種最多，三萬，副鄉長級的每人二萬，今年全鄉煙葉返回金三十多萬元全部被那些狗官們瓜分得精光！

大春告訴陳曉康說他當村長這個念頭還是他的同學彭平促成的。

他是在鄉場上碰到彭平的。彭平硬拉他到一家小酒館裡去喝酒，彭平說劉大春在縣一中讀書時我最佩服的人就是你，但你的命不好，你的情況我聽你們村裡人說過了，我一回鄉裡來就去你家找過你，那時你在外面打工沒回來。大春說莫提這些了，往事不堪回首。

彭平的爹在鄉政府工作，他沒考上大學頂職進了鄉政府。

彭平提到那筆返回金是在他和大春喝得半醉發牢騷時說出來的。他說劉大春你曉不曉得我在鄉政府最多只能算是一個狗腿子，我再不濟也是一中出來的高中生，比那些連半桶水也沒有的轉業軍人的鄉長副鄉長們有文化吧，我到財政所大半年了連報表都沒見過，每天就是去搞計劃生育，抬沒收來的家俱電器，像個苦工，幹的都是力氣活。我是念過十多年書的人，曉得什麼是是什麼是非，像那些二桿子們那樣搞非把這個國家搞垮不可。古人尚且知道君子愛財，取之有道，這些人斂財簡直到了瘋狂的地步。

大春說他們是怎麼個搞法？

彭平神秘地說你曉不曉得今年全鄉的烤煙返回金全被鄉政府的人瓜分完了。

大春說返回金年年好像都有，年年都沒有兌現。

彭平說以前我不清楚，可能是煙草公司沒兌現，也可能是鄉無政府挪作它用了，今年的三十多萬分了是千真萬確的。我也得了一份，王站長說我才來大半年，拿最少，鄉政府裡分贓也講的是論資排輩。

大春說彭平你講的是真的？

彭平生氣地說劉大春你不信，兄弟我唬弄誰也不會唬弄你劉大春呀，咱倆誰跟誰，六七年的交情，劉大春你聽仔細著，啊？

大春說我聽著呢。

彭平就說了今年的返回金是幾月幾號分的，王站長拿了多少，田副鄉長彭副鄉長他們拿了多少，連食堂大師傅也有一份，像過年過節分橘子蘋果似的。彭平說王站長說他剛來不久，抓煙葉出力少，分了他兩千，比食堂大師傅還少五百塊。

大春說你不講我不曉得，曉得了嚇一跳，這些狗日的膽子大得了得。

彭平說主要是下面的村幹部太差勁，年年返回金都要不到他們也就不要了，村裡的錢又不是他私人的，哪個村長願意得罪鄉長副鄉長。

大春說要是我是村長，我非要他們嘔出來不可。

彭平說劉大春你可以當村長呀，你們村不正要換屆嗎？我那兩千塊一分也不花，等著你拿回去。我記得高考回來那天你不是說你當官了就去打你們貓莊那口天眼，拿回你們村裡的返回金你就可以打天眼了，你當村長是整個貓莊人的福氣。

大春說村長是個屁官。

彭平說甭管官大官小能給老百姓辦實事就是個好官。

大春說你講的也是。

彭平說不過，你要是當了村長，你找鄉政府要肯定是白花氣力，他們會有各式各樣的藉口的，你直接到縣紀委去上告。

幾天後一個月色淒迷的夜晚大春帶著一身寒氣獨自響亮地敲響了陳曉康的家門。那時陳曉康已經睡下了，大春在門外說找他有急事，他只好穿衣起床給大春開門。大春把一個小本子丟給陳曉康說這是我剛從彭平那兒弄來的鄉幹部瓜分那筆返回金的准切資料，你文筆硬，給我整理個材料出來，以貓莊村委的名義，言辭要激烈些，提升到禍國殃民的高度上去。陳曉康睡眼朦朧地說大春明天吧。大春說我明天就去縣紀委，今晚要趕出來，早一天搬倒那些個狗日的就早一天得錢打天眼，我去搬柴給你燒火總行了吧。

大春搬柴生火後見陳曉康還是面有難色，說你怎麼啦，你不會是那種麻木到冷血地步的人吧，看了這些資料難道一點也不義憤？拋開正義、良知不講，你曉得我是要搞垮王站長和他兄弟這兩個狗雜種，你老哥幫幫我吧。大春又說幫我也是幫你自己，幫貓莊全村人，一旦他們把烤煙返回金嘔出來，我立馬就就拿那些錢去打天眼，這是為貓莊全村老百姓謀福利。

陳曉康說我怎麼能不氣憤，我是被這些資料震驚了。這個材料我寫定了，馬上就寫。

寫完後，陳曉康問大春你真有把握搞垮他們，拿回返回金？

大春說我有我的手段，你就等著打天眼出工吧。

第二天清早，大春帶著陳曉康連夜趕寫出來的材料進了縣城。

當天下午，大春從縣城回來了。一下車他就找到陳曉康說要給他交待一個任務。大春說這幾天你在家門口幫我守著縣紀委的車子，他告訴了陳曉康縣紀委小車的車型、號碼，說你一見到那輛小車去鄉里你就讓村秘書劉二毛或隨便一個人去附近幾個村裡找我。陳曉康問他去那些村幹什麼？大春說牆倒眾人推，我去聯絡幾個村村長，讓他們發動煙農，等紀委的調查組一到鄉里我們就把那些過期的專用肥拉去，找紀委的人去鬧，製造一些氣氛出來，我看那些狗日的怎麼下臺。

陳曉康說你不記得你搞的那個《告全鄉煙農書》了，哪個肯去？

大春說這次不同，你想哪個村不窮得跟屎臭，那些村長曉得了鄉政府人吞侵了他們的返回金不氣得眼珠子嗆血，煙農們不去他們出錢請人也要幫我，哪個村沒有兩三萬返回金。

陳曉康說你就曉得縣紀委的人一準會來？

大春說你不曉得今天我除了送材料還幹了些什麼？我又花了三千多塊錢買了禮品送到紀委書記家裡，她老婆照單全收，她說這事歸她家老李管，你講紀委來不來人？

陳曉康半晌沒作聲。他感到大春越來越不像大春了，他對這個社會的認同已經超出了陳曉康的想像。

等縣紀委的車子從陳曉康家門前往鄉里駛去時，大春早把一切都安排好了。紀委的小車一過，漫天的煙塵還沒散開，劉二毛的手扶拖拉機就開了出來，貓莊許多人家的過期專用肥也都背了出來，陳曉康家的那一千多斤被大春指揮人抬上了車，劉二毛的手扶拖拉機拉了兩千多斤專用肥，十多個青年後生跟在車後，一路浩浩蕩蕩往鄉政府開去。

大春說曉康哥，你不去？

那日陳曉康沒去，不是不想去，也不是他認為不該去，而是他骨子裡不願意做刁民。

後來的情況陳曉康是聽村裡的一個小青年說的，他說附近幾個村裡去了近百人，在鄉政府大院裡把縣紀委的人團團圍住，煙農們高呼縣裡不給他們一個具體的答復就不放他們回去，弄得聞訊趕來的鄉派出所警察們也束手無策。

這種局面僵持了幾個小時。

最後一個縣領導表了態，他對煙農們說返回金的事他們一定會調查清楚，給大家一個滿意的答復，並讓他們把那些過期的專用肥拉到煙站裡去，他們也一定會嚴肅查處，請大家相信黨，相信政府。他又對王站長說這個鄉民憤這麼大，你要負主要責任。

那一刻王站長的臉像死人似的，寡白寡白的。

縣紀委的調查結果很快就出來了。這樁並不複雜的案子令縣委吃驚不已。處理結果也很快出來了，王站長是主犯，副鄉長們是從犯，王站長將以貪污罪走上法庭。那些髒款如數收回，發放各村。鄉煙站坑農害農另案處理，王站長怕是要被開除公職，回老家種田。

大春是在領回村裡那三萬元返回金時碰上彭平的。彭平告訴了他這些內部消息。大春聽說後立即就把彭平拉進了一家酒館，說我們要好好慶祝一下，今天要是哪個不醉他娘的就不是個人。

彭平睜大了眼睛。

在那個霜寒夜涼的初冬之夜，大春醉酒後睡在彭平的宿舍裡，說了他永遠不該說的話，導致他最終枉送了性命。

三萬塊返回金一領回來，大春立即著手打天眼了。他派人購買來雷管、炸藥，租來抽水機、風鑽機，攤派各家各戶出義務工，雷厲風行地行動起來。

大春一顆心撲在了打天眼上面。他是村長，又是工程的負責人，按規定他每天必需到工地上來。事實上他也是每天和村民們一起幹活。村民們說大春你少了一隻手，你不要陪我們幹活，你在旁邊督陣就行了。大春說我又不是南方那些老闆。背砂挑石與村民們一樣地賣力。

休息的時候，大春給村民們說明年大家還要多栽烤煙。村民們說賣團魚蝕本見鍋蓋子都怕。大春說到明年我還要發動你們，今年的返回金打了天眼，明年的我想好了，村裡何不到靠大青山林場的那塊荒地上搞千畝桔柑開發，三四年就能掛果，那時村裡有了錢，可以設立個教育獎學金，那些考得起學上不起學的孩子由村裡出錢盤，免得像我這樣耽擱了。

村民們說這自然好，返回金用來買苗，開溝撩壕我們仍出義務工。大春說這還只是我個人的想法，到時還要跟村委會成員商議。

村民們說我們老百姓同意了村委們還會不同意。

有人跟大春開玩笑說大春你沒上成大學倒是貓莊的福氣。

大春也自負地說我本來是有能力踢打一州一縣的，卻只能在小小的貓莊蹬蹬腿。

時間很快就過去了一個多月，大春一個多月來堅持在工地上，他很快就瘦下去了一圈，鬍子拉楂起來。他那一頭頭髮因為沒時間進城去染，漸漸地跟入冬以來的第一場雪一同白了起來。

大春是兩月後知道了他並沒有扳倒王站長。

帶回這個足以令大春震驚消息的是劉二毛，他是在打天眼的工地上告訴大春這個壞消息的。劉二毛說大春，不好了，王站長並沒有被判刑，他屁事也沒有，又回了我們鄉當鄉長，都上任好幾天了。

大春難以相信地說那個狗東西不是要上法庭嗎，你搞錯了吧？

劉二毛說我今天在鄉政府碰上他的兄弟王站長，我聽他親口說的，他也沒事，還當我們鄉煙站的站長。

大春還是難以相信。

但大春又不得不相信。

劉二毛見大春臉色難看，說大春你沒事吧？

大春一把薅起劉二毛的衣領，說那兩個狗東西怎麼就沒事呢？

劉二毛說你勒得我出不來氣了，我聽鄉政府人背底裡說王站長在州委裡有後臺，本來是要上法庭的，他那個後臺做通了鄉里一些主要領導的思想，都擔了主要責任，縣裡就給鄉政府幹部全體記大過一次處分。

大春的那隻手軟下了。他的腦子木了。

這晚大春在陳曉康家喝酒醉得一塌糊塗，陳曉康說大春你要小心姓王的報復你。大春說他報復我什麼，我又不貪污。大不了這個破村長不當了。

陳曉康說你還是小心為好。

大春悶了一大口酒，說我這個村長怕是當不長了，我要趕快把天眼打通，天眼不通，貓莊就少不了第二個第三個劉大春的遭遇，我就是死也死不瞑目。

大春說得陳曉康心裡酸酸的，他說大春你莫講斷頭話。

大春醉意朦朧地笑了笑，那笑很淒慘。

大春是在三天後出事的！

時間是這一年的正月初八。

這一日是個有著十二分燦爛陽光的二月桃花天。雖然真正的桃花還沒有在枝頭上長出細小的粉紅色的花蕾，但貓莊四周高山上的櫻桃樹卻一夜之間全部打開了它們積澱一冬的笑靨，一片雪白，像一個巨大的花環環繞在貓莊的上空，在熱烈的陽光照耀下，每朵小小的櫻桃花都發出點點滴滴細碎的光芒，匯成一片白亮的光芒的海洋，使貓莊的天空顯得格外地高遠和深邃。

大春依然第一個來到天眼工地上，他並沒有把他沉重的心情表現在臉上，他的臉色平靜，甚至比平日還要平穩。村民們陸續上工後，他召集大家到砂石堆上商量，說就快要發春水了，在發春水之前一定要把天眼打通。

那天，放寒假回家的小芸也來工地上挑碎石，她說我哥說得對，不然只不過多蓄了一坑水，貓莊今年又得淹。

大家也都說就是。

大春說我建議分日夜兩班開工，從今晚就開始。

劉二毛說今晚就讓下一組上夜班。我來帶夜班吧。

大春說還是我來帶，你今晚好好休息一夜，從明晚開始你來帶。

小芸說我今晚和我哥上夜班，我明天就得回校了。好好幹一個晚上。

劉二毛說哪個要你幹呀，你一個女孩子的，一夜挑得了多少，好好讀你的書吧。

小芸翹著嘴說我不累，你們也得讓我鍛煉鍛煉呀。又衝著大春說哥，你說是不是的。

大春笑著說別貧嘴了，你明天就上學去了，今晚好好陪陪娘吧。

中午的時候，天氣突然變了，原本十二分燦爛的陽光說沒就沒了，陰風陣陣，吹得天眼上方石壁上一株巨大的岩雜樹嘩嘩啦啦地響。

溫暖的天氣一下子春寒料峭了！

風雲忽變的時候，打天眼的村民們剛剛吃過午飯來到工地上，都坐在碎石堆上抽煙、扯談，大家有說有笑的。大春也坐在中間。

最先看見對面田埂上走來三個人的是小芸，她說你們看那幾個人是幹什麼的，好像還有警察呢？等那幾個人再走攏來一些，村民們都認出來了那三個人是王站長和兩個鄉派出所的警察。村民們都不明白王站長帶兩個警察來做什麼，他們中有人說那傢伙不是被抓了嗎，怎麼又回來了？村民們都望瞭望大春，他們看到大春的臉色很難看，結了一層冰似的。

那三個人很快就走到了碎石堆前，王站長對兩名警察說那個白頭發的就是劉大春。

兩個警察小王和小張對視了一眼，向大春走攏去，小張解下他繫在腰間的手銬。

大春一直待著，好像等著他們來銬。

最先反應過來的是小芸，她大聲地說你們要幹什麼呀？

這時村民們也都反應過來了，劉二毛把手裡的扁擔一輪，說大春是我們的村長，你們憑什麼抓他。

所有人村民都舉起手裡的鋤頭鐵鏟，吼叫著說要抓人先問問我們手裡的家夥同不同意？

那兩個警察不得不停下腳步，不約而同地把手伸進槍套裡。

王站長幾步竄上前去，大聲說大家莫亂來，你們曉不曉得你們是在防礙執法？

小芸說我哥他犯了什麼法？她的聲音帶了哭腔。

劉二毛也說大春犯了什麼法？

很多人附和著說對，對，他犯了什麼法？

王站長說劉大春是一個殺人犯，你們不曉得，他在廣東打工時殺死了一個姓侖的老闆，他是一個殺人犯！

大春聽到他腦子裡嗡地響了一下，他意思到他玩完了！

小芸哇地一聲哭了，說你撒謊的，我哥他不會殺人的。我哥怎麼會殺人呀？

王站長說殺沒殺人劉大春心裡最清楚了，讓他到派出所裡去說吧。

村民們也懵了，高舉著的鋤頭鐵鏟無力地垂了下來。

兩名警察迅速地衝上去，給臉色灰白的大春鎖上了手銬。

大春被帶走了許久，小芸還蹲在地上一邊哭一邊喃喃自語我不信我哥是個殺人犯，我哥他真的殺人了嗎，老天呀！村民們個個灰著臉，他們也還沒醒過神來，更不知道怎麼去勸傷心欲絕的小芸。

大春出事的那天陳曉康在縣城裡。這天清早鄉派出所所長李大林把他弄進了縣城，住在公安局招待所裡給公安局長寫報告文學。他是下午聽到大春出事的消息的，李大林說陳曉康你相不相信你們村裡的那個劉大春是個殺人犯？陳曉康被唬得一跳，說你怎麼知道他是個殺人犯！李大林說剛才派出所小王來電話說的，他說王站長來派出所報了案，說劉大春在廣東殺了一個姓命的老闆。陳曉康心想大春他完了，又問李大林王站長怎麼知道的？李大林說他是聽小王講是王站長親自報的案，王站長是聽劉大春鄉政府的一個同學說的。李大林又說我也在尋思這種馬路消息可不可靠，這兩個人有仇我曉得，那個劉大春是條漢子我也曉得。陳曉康問你們怎麼處理？李大林說他們已經把人抓起來了，小王說王站長硬要和他們一起去先抓人，畢竟是人命案，他們也不敢掉以輕心。我已給縣局匯報了，他們正在同廣東那邊聯繫。

李大林什麼時候出去的陳曉康一點也不知道，他只感覺到腦子裡一片混亂。他有點接受不了，大春的殺人犯終於大白於天下了，過不了兩天，廣東那邊就會來人提走大春，然後審判，然後押赴刑場，然後一聲槍響，大春就拋屍異鄉了。

半夜裡李大林回房，看到滿屋煙霧騰騰，嚇了一大跳，說你怎搞了，抽這麼多煙。

陳曉康問你們聯繫上了？

李大林煩躁地擺了擺手，說狗日的王站長扯他娘的雞巴談，那邊根本就沒這個案子。
陳曉康說你甭騙我了，大春在下面確實殺了一個塑膠廠的俞老闆，為了他的那隻手。
李大林驚訝地說那就怪事了，那邊說那個宏鑫塑膠廠的老闆俞明正活得旺旺的，沒出過事，也沒報過什麼鳥案。
聽李大林的口氣不像說起玩的，這下輪到陳曉康懵了。陳曉康想大春殺了俞老闆，拿了他三萬多塊錢是確鑿無疑的。唯一合理的解釋是那個俞老闆沒被大春殺死，也沒去派出所報案。也許是他自知理虧，不敢去報案，害怕一報案有關部門就會查清事件的來龍去脈，追究起來他反而吃不消，一旦吊銷他的生產經營執照，他就得不償失，只能啞巴吃黃蓮，白挨了大春一刀，白送了大春三萬塊錢當醫藥費。
陳曉康問李大林說這麼講大春一點事也沒有了？他還搶了那個俞老闆的三萬塊錢呢！
李大林說那個老闆沒報案，那邊也沒立案，你不是想我們這邊立案，把劉大春送下去坐牢吧？
陳曉康說我不是那意思，這樣再好不過了。大春他真的沒事了嗎？
李大林說他鳥事也沒有，我給他派出所打電話讓小王和小張放了劉大春，他倆都睡了，沒人接。
陳曉康說沒事就好。我現在就想到鄉里去，告訴大春他沒事了。
李大林說你瘋了，現在是夜裡兩點鐘。
陳曉康說我心裡慌慌的，有種不祥的預感，我怕大春做傻事。大林你也不希望你派出所出事吧？

縣城距鄉里有九十里路，李大林的破吉普車開了近兩個小時，趕到派出所時四點多了，正是所謂的黎明前最黑暗的時候。車一停穩，兩人直奔審訊室，到了門口，李大林掏鑰匙，陳曉康喊大春大春，裡面沒人應，用手一碰，門是虛掩的，李大林拉亮電燈，兩人同時看到警察小王癱軟在地，審訊室裡沒有劉大春！

李大林去扶小王，喊小王，小王！

小王哼了一聲。

陳曉康看到地板上有血滴，說這裡有血。哎喲，到處都是血。

李大林說我早就看到了，劉大春截斷他的右手跑了。

陳曉康看到鐵窗上吊著一副鋥亮的手銬，它的一端連著一根粗大的鐵條，另一端空空如也。他記起兩年前八月的一天，大春也是被銬在這根鐵條上的。陳曉康還看到鐵窗下的地板上有一隻慘白的手掌，和一攤還沒有完全凝固的血。

小王被李大林抖醒了，伸手去摸後頸窩，說這裡有點痛。忽然他警醒地說劉大春跑了，那個殺人犯跑了！

陳曉康大聲地說他不是殺人犯。

李大林嚴厲地責問小王誰讓你給他上狼牙銬的？

小王分辨說是王站長堅持要上的，他說這種銬子越強越緊，他是要讓劉大春多吃苦頭。

李大林說要不是劉大春手下留情，他一磚頭拍在你後腦勺上你他媽的就開追悼會了。你不曉得狼牙鍔鍔單手犯人會自殘而逃，啊？

小王說那是，那是。習慣性地去摸左腋，接著失聲驚叫起來，壞了，壞了，我的槍被劉大春搞走了！

陳曉康感到他的頭皮轟地一下炸了，只聽到李大林說快，快去鄉政府，他媽的真出人命案了。他倆都意思到了劉大春並不知道他捅了一刀的侖老闆沒有死，也沒有報案，他認定了自己是一個殺人犯，下了小王的槍肯定是找王站長報仇去了。

陳曉康看著李大林和小王匆匆地跑出去，自己卻抬不動腳。

大春提著手槍走出派出所的時候夜黑得正濃，墨汁一般地流趟著。他來到鄉政府院子裡時，鄉場上的公雞剛好開始第一聲啼鳴，兩分鐘之後，整個鄉場上的公雞啼鳴聲響成了一片。

大春一腳踢開王站長宿舍門，王站長被驚駭得從床上彈跳起來，大聲問，誰呀？

大春說把燈拉開，認清我是誰。

王站長拉亮了燈，看見一臉殺氣的大春，驚駭地說你，你要幹什麼？大春笑了一下，說你曉得我要幹什麼，我是一個殺人犯，殺一個是死，殺一雙同樣是死，對吧？

說著舉起了左手裡的槍。只感覺到手上強烈地一抖，大春就看到王站長一下子木了，他的額頭上顯現出一個紅洞，傾刻間一股筷子頭大的血流像瀑布一樣奔湧而瀉。

大春又朝他臉上開了一槍，他一下子就栽倒下去。

大春走出黑沉沉的鄉政府院子，一片嘹亮的雞啼聲還沒有退去，整個鄉政府院子裡靜悄悄的，所有的人都像睡死過去了。

大春不知道他是怎樣回到貓莊來的。當他看到一顆巨大的電燈發出耀眼的刺破黑夜的強烈的光芒時，才明白他已經回到貓莊了。那裡是貓莊打天眼的工地。看來劉二毛已經組織村民們上夜班了。大春被那顆電燈的溫暖的光芒召喚著一直往前走，當他走到距工地只有一百多米，燈光已經照耀到他的全身時，他立即折過身向另一條小路走去，他知道這個時候去工地是不合適宜的，他的突然出現會驚駭了那些村民們的。

大春掂了掂手裡的手槍，爬上了一條土坎，向天眼上方石壁上的那條土路走去。

大春坐在土路邊一株巨大的岩雜樹下，朝著天眼工地上凝望，村民們從天眼裡挑碎石出來，看得清清楚楚……漸漸地，大春的眼睛模糊了，他感到有兩行冰涼的淚水從面頰上蜿蜒而下。知更鳥叫了，天就要亮了，大春知道他已經殺了兩個人，斷無活下去的希望，想到了含辛茹苦把他養大成人的娘還要孤苦地活在這個世界上，想到了還沒有畢業出來的妹妹小芸，大春終於哭出聲來了。

天色越來越明亮了，天眼工地上那顆五百瓦電燈的光芒已經縮小得只有白亮的一團，大春抹去眼淚，背靠岩雜樹，緩緩地舉起左手，把槍口頂在太陽穴上……

那時，在天眼裡勞累了一夜的貓莊村民們正踏著黎明的晨曦走在收工回去的路上，他們還沒走出天眼工地多遠，落在最後的劉二毛都還沒有走過碎石堆前的那座小石橋，他們就聽到了從天眼上方岩雜樹下傳來的一聲清脆的槍響，全都驚奇地回過頭去望。

好像是誰打落了一隻野物，一個村民說。

我倒碎石的時候好像聽到上面有野貓在哭，另一個村民說。

好多年都沒野貓了，你盡怪講，劉二毛說。

村民們抬頭對天眼上方望了許久，卻再無動靜，就在轉身準備離開時，他們又聽到了一陣悉悉窣窣的聲響，這一次他們看清楚了，是那株巨大的岩雜樹的樹葉在往下掉落，不是一片一片地掉落，而是許多片漫天飛舞，那些枯黃的樹葉很快就飄落到了他們的不遠處。村民們都以為那些樹葉是被槍聲震落的，他們就把目光投向岩雜樹的樹梢，他們驚奇地發現那株長在岩縫裡有著極強的生命力的大樹不知何時已經死掉了，全身的樹葉已經完全枯黃，村民們不明白已經熬過了寒冬的樹木怎麼會在溫暖的春天裡死去。

一陣風來，岩雜樹上的枯葉還在往下掉落，悉悉窣窣響成一片。

這時，在剛剛往回走的村民們的頭頂上遽然又響起一記更大的聲響。那是入春以來的第一聲春雷，接著更大更密的雷聲隨著西邊天空中大團大團的黑雲滾滾而來，響徹了整個貓莊低沉的天空……

語言文學類　PG0654

一粒子彈有多重
——于懷岸中篇小說選

作　　者 / 于懷岸
責任編輯 / 孫偉迪
圖文排版 / 鄭佳雯
封面設計 / 陳佩蓉

發 行 人 / 宋政坤
法律顧問 / 毛國樑　律師
印製出版 / 秀威資訊科技股份有限公司
114台北市內湖區瑞光路76巷65號1樓
電話：+886-2-2796-3638　傳真：+886-2-2796-1377
http://www.showwe.com.tw
劃撥帳號 / 19563868　戶名：秀威資訊科技股份有限公司
讀者服務信箱：service@showwe.com.tw
展售門市 / 國家書店（松江門市）
104台北市中山區松江路209號1樓
電話：+886-2-2518-0207　傳真：+886-2-2518-0778
網路訂購 / 秀威網路書店：http://www.bodbooks.com.tw
國家網路書店：http://www.govbooks.com.tw
圖書經銷 / 紅螞蟻圖書有限公司
114台北市內湖區舊宗路二段121巷28、32號4樓
電話：+886-2-2795-3656　傳真：+886-2-2795-4100

2012年1月BOD一版
定價：360元

國家圖書館出版品預行編目

一粒子彈有多重 : 于懷岸中篇小說選 / 于懷岸著. -- 一版.
-- 臺北市： 秀威資訊科技, 2012, 01
面； 公分. -- (語言文學類 ; PG0654)
BOD版
ISBN 978-986-221-850-1(平裝)

857.63 100018747

讀者回函卡

感謝您購買本書，為提升服務品質，請填妥以下資料，將讀者回函卡直接寄回或傳真本公司，收到您的寶貴意見後，我們會收藏記錄及檢討，謝謝！如您需要了解本公司最新出版書目、購書優惠或企劃活動，歡迎您上網查詢或下載相關資料：http:// www.showwe.com.tw

您購買的書名：________________________________

出生日期：________年________月________日

學歷：□高中（含）以下　□大專　□研究所（含）以上

職業：□製造業　□金融業　□資訊業　□軍警　□傳播業　□自由業

□服務業　□公務員　□教職　□學生　□家管　□其它_____

購書地點：□網路書店　□實體書店　□書展　□郵購　□贈閱　□其他

您從何得知本書的消息？

□網路書店　□實體書店　□網路搜尋　□電子報　□書訊　□雜誌

□傳播媒體　□親友推薦　□網站推薦　□部落格　□其他__________

您對本書的評價：（請填代號　1.非常滿意　2.滿意　3.尚可　4.再改進）

封面設計____　版面編排____　內容____　文／譯筆____　價格____

讀完書後您覺得：

□很有收穫　□有收穫　□收穫不多　□沒收穫

對我們的建議：________________________________

____

____

____

請貼
郵票

11466
台北市內湖區瑞光路 76 巷 65 號 1 樓
秀威資訊科技股份有限公司 收
BOD 數位出版事業部

（請沿線對折寄回，謝謝！）

姓　名：____________ 年齡：________ 性別：□女　□男

郵遞區號：□□□□□

地　址：____________________

聯絡電話：(日)____________ (夜)____________

E-mail：____________________